L'EXPÉRIENCE DE LA PLUIE

CLÉLIE AVIT

L'EXPÉRIENCE DE LA PLUIE

PLON

FSC
www.fsc.org
MIXTE
Papier issu de
sources responsables
FSC® C003309

Pocket, une marque d'Univers Poche,
est un éditeur qui s'engage pour la préservation
de l'environnement et qui utilise du papier fabriqué
à partir de bois provenant de forêts gérées
de manière responsable.

ISBN : 978-2-266-30023-0
Dépôt légal : mars 2020

1

Aurélien

S'il y avait eu moins de monde, peut-être aurais-je entendu mon souffle. S'il y avait eu moins de monde, peut-être quelqu'un m'aurait-il regardé. Mes oreilles bourdonnent, cherchant mon centre de gravité. Mes yeux abandonnent l'idée de croiser un regard pour appeler à l'aide. Je suis à genoux sur le trottoir, touché dans mon corps et mon ego. Je n'ai fait que trébucher, mais je l'ai fait comme un enfant qui apprendrait à marcher. Je me redresse de la même façon.

Ce soir, la vie grouille à double sens et se croise tous les deux pas. Les épaules se frôlent qu'on le veuille ou non, créant un semblant d'ardeur dans ce couloir glacial, ou plutôt une raison de s'enfuir plus vite encore.

Je fais mon choix. Pour moi, ce sera la fuite.

Mon élan me précipite loin du trottoir, vers un petit portail vert. Le parc, délimité par de hauts arbres, m'accueille discrètement. Enfin le calme, l'espace. Ici, le froid est brut, sobre, il englobe tout sans avoir à se faufiler.

D'autres semblent avoir atterri ici pour les mêmes raisons. Personne n'est assis sur un banc ni accoudé à une barrière. Chacun erre à l'affût du premier qui oserait briser cette pause dans le chaos. Je ne serai pas cet homme-là.

Je poursuis mon détour, le silence m'apaise. Quand j'arrive au niveau de l'aire de jeux, les arceaux métalliques aux couleurs criardes sont inoccupés. Déçu sans trop savoir pourquoi, je bifurque. Peut-être l'agitation enfantine aurait-elle réchauffé l'air ambiant, mais, dans l'instant présent, il se colore tout en blanc, un petit nuage apparaissant devant mes lèvres pour s'effacer aussitôt.

J'ai toujours été impressionné par l'espace que prenaient les soupirs, si grands alors qu'ils sont faits de la chose la plus insaisissable au monde. Je m'amuse encore un peu, scrutant cette buée passagère, quand une silhouette bigarrée se dessine au travers.

Immobile, un enfant coloré reste de marbre derrière la vapeur de mon souffle. Il n'a pas dû remarquer ma présence. Vêtu d'un manteau jaune et d'un pantalon rouge, il aurait pu être un élément de l'aire de jeux à lui tout seul. Un peu plus loin, une adulte l'imite à la perfection.

En équilibre sur la dernière planche d'un banc, un livre qu'elle tient au-dessus de ses cuisses, sa rigidité n'a d'égale que celle du garçonnet.

L'enfant bouge enfin. Il se lève et part en direction du bac à sable. Il ne doit pas avoir plus de six ans. Je le regarde s'accroupir en gardant les genoux à distance du sol, comme s'il craignait de les salir. La mère redresse le menton puis le rabaisse, sans commentaire. L'attention d'une femme qui veille plus qu'elle ne surveille.

Dans le sable, les bras du garçon s'agitent. Ses déplacements sont d'une efficacité absolue. Chaque geste semble pesé, mesuré. J'entends tout juste le bruissement des grains.

Dans ma poche, une vibration me fait sursauter. Sacrifiant une main au froid, je dégaine mon téléphone. Le numéro de Lucile s'affiche. C'est la quatrième fois que mon amie d'enfance cherche à me joindre en moins d'une heure. Je laisse l'appel mourir et me dirige vers un des bancs. Ce soir, je n'ai pas le courage.

À présent, le garçon est à quelques mètres, sorti du sable pour revenir là où je l'ai découvert. Mon téléphone se remet à vibrer. Je lève les yeux au ciel. Nul besoin de répondre pour connaître ses intentions. Lucile organise notre repas annuel des anciens du lycée, elle veut savoir ce que j'apporte. Le cadet de mes soucis, en ce qui me concerne, mais certainement sa plus grande inquiétude du moment. Douze invités, c'est douze occasions de tout rater, sans compter que tous ces invités sont « deux ». Tous sont « couple » et tous sont « bien ». Tous sont « vrais », aussi, et c'est uniquement grâce à cela que ça tient. Moi, je suis « un », et j'ai beau leur dire que c'est bien aussi, ils ne veulent pas me croire.

Le téléphone vibre encore, je détourne mes sens pour y échapper. Le garçon n'a toujours pas bronché, sa mère encore moins. Je me demande même si elle a tourné une page depuis la dernière fois que je l'ai regardée. J'hésite, le portable posé sur mes cuisses. Il fait froid et je veux juste rentrer chez moi sans me faire broyer en chemin par mes congénères. Alors je range main et téléphone dans la poche d'où ils étaient sortis. Lucile attendra, le repas aussi. Et, devant moi, il y en a toujours deux qui attendent. L'un que quelque chose s'anime sous ses yeux, l'autre que les pages de son livre tournent toutes seules.

Enfin, sans prévenir, l'enfant pousse sur ses jambes et retourne au bac à sable. Une fois accroupi, il reprend ses mouvements, puis, soudain, tout bascule.

Le garçon se fige. À l'inverse, sa mère s'active. Je ne sais quelle pensée les a reliés, quel choc m'a échappé, mais les deux réagissent à une urgence vitale. Sans que je sache quand ni comment le livre a été rangé, la mère fait signe à l'enfant. Dans le sable, il marche bizarrement. Lorsqu'il atteint la terre, le pire semblerait pouvoir lui arriver.

— On reviendra demain, dit-elle précipitamment en lui tendant une paire de gants.

Tandis qu'il les enfile d'un seul geste, quitte à laisser un doigt ou deux en déroute, elle lui passe un bonnet. L'étrange duo aura mis moins de temps à se préparer qu'il n'en aura fallu aux douze réverbères alentour pour s'allumer. Puis ils disparaissent entre les arbres. Dans leurs traces erre un passant, son attaché-case visiblement trop lourd pendant au bout de son bras. Il examine l'aire et soupire avant de repartir. On dirait moi il y a quelques minutes. Depuis, j'ai changé. Du coup, je n'ai plus aucun mal à décrocher lorsque mon téléphone s'obstine une fois encore.

— T'es où ? braille Lucile.

Avec elle, c'est toujours ainsi. Les « Bonjour », elle les réserve à d'autres.

— Dans un parc.

— Tu fais quoi dans un parc à une heure pareille ?

J'esquive sa question. Je n'ai aucune envie de m'éterniser sur le froid, le monde et les bacs à sable.

— Je rentre chez moi. Qu'est-ce qu'il t'arrive ?

— C'est au sujet du repas. Tu sais que…

Je la laisse poursuivre en me levant, entamant le compte à rebours des deux heures que je risque de passer l'oreille vissée au téléphone. Dans ma déambulation, je passe près du bac à sable. Le nuage blanc de mon souffle disparaît sans être remplacé, aucun air ne venant plus remplir mes poumons.

— Impossible…, murmuré-je.

— Ah, toi aussi ? On est bien d'accord ! C'est complètement…

Le flux de ses paroles continue sans qu'elle comprenne qu'elle n'était pas la cause de ma stupéfaction, mais je ne m'en soucie guère. Quelques phrases perdues parmi le millier qui jailliront de sa bouche ne changeront pas grand-chose.

En revanche, sous mes yeux, ce ne sont pas des milliers de phrases, mais des centaines de traits – droits, courbés, inclinés. Des traits agencés dans le dessin le plus parfait d'une fleur. Des zones aplaties, d'autres bombées, de quoi donner du relief à ce tableau unicolore qui prend des airs de sculpture dans la lueur des réverbères. En bas à droite, un morceau manque, sûrement à cause du départ précipité.

Je recule lentement, incapable de quitter le sable des yeux. Je dois en être au dixième pas quand je m'aperçois que je suis presque revenu à mon banc. Sur ma gauche se trouve l'endroit où le garçon s'était accroupi. Je baisse le menton.

— Non…

— Si ! s'exclame Lucile.

— Non, pas toi, réponds-je en secouant la tête.

— Comment ça, pas moi ?

Lucile est perdue, moi aussi, mais clairement pas pour les mêmes raisons.

— Lucile, je te rappelle plus tard.

— Quoi ?

— Promis, je te rappelle plus tard, dis-je en raccrochant.

Dans le parc, le silence est total. Je m'agenouille, captivé par ma découverte, l'humidité du sol s'insinuant dans mon pantalon. Devant moi une fleur, sûrement la dernière de la saison, voire de l'année. Sans conteste celle que le garçon a reproduite dans le sable. Il ne pouvait donc pas avoir six ans.

Je l'effleure de mes doigts pour me prouver qu'elle est bien réelle, puis j'interromps mon mouvement, comme si je n'avais pas le droit. Je devrais même quitter les lieux tout de suite, ce que je fais.

En sortant du parc, le froid me saisit. Les trottoirs et le monde aussi. Les nomades sont toutefois moins nombreux que tout à l'heure, la nuit s'étant imposée. Je longe les vitrines lumineuses sans qu'aucune parvienne à chasser de mon esprit le bac à sable. Mes mains ne sortent de mes poches que pour pousser la porte de mon immeuble et déverrouiller celle de mon appartement, sans avoir le courage d'allumer la lumière.

Mon sac à dos tombe par terre au moment où la porte se referme. Je me libère de mon manteau comme s'il me dévorait la peau. J'ai besoin de me réchauffer les mains. Et l'âme aussi, peut-être.

Dans la pénombre de la salle de bains, je laisse l'eau chaude couler, le sang revenant peu à peu dans mes doigts. Tandis que les picotements se propagent jusqu'à mon poignet, mes pensées retournent quelques kilomètres en arrière, auprès de cette mère et de son fils qui devraient avoir trouvé la même chaleur en rentrant chez eux. Une nouvelle vibration interrompt mes divagations. Je reviens dans un présent tiède où la voix de Lucile résonne dans mon téléphone.

— Le code de ton immeuble ?

— Trente et un, vingt-neuf. Mon âge et le tien, ça ne devrait pas être trop compliqué à retenir, pour cette année. Mais je peux venir t'ouvrir.

— Non, c'est bon, c'est déjà fait. Pourquoi tout est noir, si tu es rentré ?

— Je suis dans la salle de bains.

— Ta salle de bains donne *aussi* sur la rue.

Sans me justifier, je raccroche. J'allume quatre lampes en me dirigeant vers l'entrée, je dégage le passage en poussant mon sac. La porte est à peine ouverte que Lucile se précipite à l'intérieur.

Je compte jusqu'à trois avant que son humeur ne déferle, mais seul un étrange abattement se manifeste par-dessus sa tenue trop courte et son manteau rouge vif.

Perplexe, j'ouvre les bras, et Lucile vient se blottir entre eux. Le visage au-dessus de mon épaule, elle se crispe comme si elle allait pleurer, mais n'en fait rien. Doucement, je passe une main dans son dos, tout en fermant la porte du pied. Le battant se rabat lentement.

— Je suis désolé, chuchoté-je.

— De quoi ? ronchonne-t-elle.

— De ne pas avoir rappelé plus tôt.

— J'ai résolu le problème. Je peux rester, ce soir ?

Je m'écarte un peu. Ses yeux brillent, mais aucune larme ne s'échappe. Cela a toujours été sa force, ou peut-être sa faiblesse.

— Je voudrais que tu m'aides, pour le repas, poursuit-elle en ôtant son manteau. Tu veux bien ?

— Bien sûr ! Tu me prends pour qui ?

— Pour un mec qui rappelle pas assez vite.

Sa parka vaguement accrochée dans l'entrée, elle disparaît dans la cuisine avec un petit sourire d'excuse. Lucile a ses habitudes chez moi. Ça ne passait pas très bien quand j'étais « deux », mais, ce soir, le problème ne se pose pas. Quelques minutes plus tard, elle revient avec deux tasses fumantes. Je lui ai sorti les draps dans lesquels elle dormira. Elle les ignore comme chaque fois. Quelque chose ne va pas, c'est évident.

— Bon, commencé-je en m'asseyant sur le canapé, soit tu racontes tout de suite, soit on parle d'abord du repas. Mais je ne te cache pas que répartir les tâches entre six couples et deux célibataires ne m'enchante pas vraiment…

Lucile a déjà entrepris de se déshabiller. Je la regarde faire, si accoutumé à cette manie que je ne commente même plus le fait qu'elle ne garde que ses sous-vêtements. Au lieu de ça, je lui tends un des draps qu'elle attrape négligemment, le déroulant sur ses genoux une fois assise.

Ses yeux révèlent un brouillard qui n'a rien à voir avec l'inquiétude du dîner.

Enfin parée, elle dégage ses mains du drap. Ses phalanges se croisent les unes après les autres, mauvais baromètres de son chagrin. Dans sa bouche, c'est le même malaise que celui que j'avais lorsque je l'ai rencontrée pour la première fois : il y a quelqu'un, sur cette planète, qu'elle ne comprend pas.

— Maman va partir.

J'écope d'une douche froide au milieu de mes rêves d'eau chaude. La mère de Lucile est une amie, une mère et une confidente en même temps. Enfant, j'étais chez elle presque en permanence. Au début, parce que c'était la maison d'à côté, ensuite parce que c'était devenu mon refuge. Dans sa maison, tout avait le droit d'exister et tout avait une raison d'exister, du plus petit brin d'herbe au plus gros chagrin. J'ai noyé ceux-ci dans son foyer devenu quasiment mien. J'avale ma salive, saisi d'une terreur soudaine.

— Éloïse va partir…, répété-je, quasi sans voix. C'est prévu pour quand ?

La gifle résonne dans mon salon. Les yeux rouges de Lucile me mitraillent, elle en souffre apparemment plus que moi.

— Maman ne va pas mourir, sombre idiot ! Elle veut juste qu'on la laisse en paix. Et quand je dis en paix, c'est définitif, d'après ce que j'ai compris. Elle part dans sa maison de campagne.

— La hutte ?

Lucile hoche la tête. J'apaise l'afflux de sang dans mes veines en inspirant profondément.

— C'est ça qui t'inquiète ?

— Tu sais à quoi ça ressemble, râle-t-elle.

— On y a passé deux semaines chaque été, merci, oui.

— Alors tu crois que ça va donner quoi, en hiver ?

La hutte, pour nous, c'était une cabane de scout aménagée à trois heures de route de chez nous. Et même si nous n'y avons pas mis les pieds depuis une éternité, ce n'est clairement pas une résidence quatre étoiles pour retraités.

— Elle t'en a dit plus ? tenté-je.

— Non. Tu la connais.

— Et tu veux faire quoi ?

— Tu penses vraiment que j'ai le pouvoir de faire quelque chose ?

— Ah… c'est donc pour ça que tu es là.

Brusquement penaude, Lucile acquiesce. J'ai toujours eu plus de facilité qu'elle à convaincre Éloïse, sans qu'il y ait de préférence pour autant. Peut-être parce que je brandissais toujours la vérité, même en cas de bêtise éhontée. Lucile avait toujours tendance à s'éclipser pour échapper à la leçon de morale.

— Tu crois que j'arriverai à la faire changer d'avis ? Peut-être qu'elle ne veut y passer qu'un mois, tu lui as demandé ? Et puis… Éloïse a beau être ta mère, elle a le droit d'avoir sa vie, non ? S'enfermer dans la hutte, c'est peut-être juste parce qu'elle en a envie.

— Je n'ai jamais été douée pour deviner ce que voulait ma mère, mais ce que je sais, c'est qu'elle ne me dit pas tout. Tu veux bien essayer, s'il te plaît ?

— OK, mais j'essaie quoi, au juste ?

Elle garde le silence si longtemps que je commence à me demander si c'est bien la Lucile que je connais qui se tient sur mon canapé.

— C'est ton métier, de démêler le vrai du faux, murmure-t-elle.

— Non, ça, c'est celui d'un détecteur de mensonges. Je suis juste conseiller judiciaire.

— Mais, à force, tu dois avoir l'habitude !

— J'ai surtout l'habitude de quitter ce rôle en rentrant chez moi. C'est pesant, Lucile. D'autant plus que, souvent, les gens ne distinguent même plus le vrai du faux. Ils ne font qu'un mauvais amalgame dont je dois me contenter. Alors c'est sûr, chaque fois, chacun a ses raisons. Ta mère a sûrement les siennes.

— Mais c'est toujours toi qui as les idées, insiste-t-elle.

— Elle a prévenu les parents, au moins ? lancé-je pour changer de sujet.

Mais Lucile hausse les épaules.

— À mon avis, elle a dû dire qu'elle était trop vieille pour continuer à garder des enfants, surtout ceux qu'elle a acceptés récemment.

Je soupire en me renfonçant dans le canapé mais mon amie ne lâche pas l'affaire, et je pressens qu'elle ne le fera jamais.

— J'abdique, dis-je. Tu veux qu'on y aille quand ?

— J'aurais bien aimé dimanche.

Je tourne la tête vers mon sac gisant dans l'entrée.

— Alors tu me laisses travailler ce soir. Et ça veut dire pas de télévision en fond ni même de musique. J'ai une bibliothèque, ajouté-je avant qu'elle ne tente de me faire changer d'avis. Je suis sûr que tu y trouveras ta vie.

Elle râle, balayant les étagères du regard avant de partir vers la fenêtre.

— Tu crois que j'y trouverai celle de maman ?

Je ne réponds pas. Pour moi, Éloïse a déjà trouvé sa vie et a visiblement décidé de l'épilogue. Et même si Lucile n'en est pas satisfaite, il est clair, connaissant sa mère, que nous n'aurons pas le droit d'y changer quoi que ce soit.

2

Camille

— Arthur, viens ici tout de suite ! Ça va bientôt faire une semaine, je ne peux pas te laisser comme ça !

Un joyeux remue-ménage jaillit de la chambre de mon fils, mais rien qui ressemble à un enfant se précipitant dans une salle de bains. Je grogne gentiment, un peu agacée. Pour moi aussi, le bain est une épreuve. Tenir un pommeau à bout de bras autour d'un pantin qui gesticule n'a rien d'amusant.

— Arthur !

Je capitule, pour quelques minutes seulement.

— Si tu continues comme ça, on ne pourra plus sortir. Même Éloïse ne voudra plus de toi.

— Éloïse se moque de la douche !

J'écoute, à l'affût et satisfaite. Il est dans sa chambre, un joli cul-de-sac dont il ne pourra s'échapper sans passer d'abord entre mes mains. Il semble s'en rendre compte, sa tête émergeant lentement de l'encadrement de sa porte. Je me rue sur lui, le piège au pied du mur. Arthur se met à rire haut et fort, de ce rire qui nous rend toujours quittes.

Lui comme moi savons qu'aucun ne peut retenir l'autre ainsi. Si j'avais le malheur de me plaquer contre lui, il aurait l'impression d'étouffer sous le poids d'une montagne. Quant à moi, la pression sur chacun de mes membres serait tout aussi insoutenable. Le sort quotidien que nous partageons.

— Allez, mon chéri, il faut te laver.

— Juste au gant ?

— Non, tu sais que le gant, avec toi, c'est comme les yaourts de la voisine, c'est allégé.

De nouveau, Arthur rit. J'essaie de croiser son regard pour lui signifier que je vais lui attraper la main, mais il m'esquive délibérément. Il sait que je n'oserai pas le toucher sans l'avoir prévenu. Mais comment lui en vouloir quand l'attraper au vol pourrait lui donner l'impression de se faire griffer ?

À force de trop chercher ses yeux, j'en perds son corps. Arthur s'accroupit et se glisse entre mes jambes, son pull frottant à peine le tissu de mon pantalon. Ce jeu, nous l'avons pratiqué des dizaines de fois, pour apprendre. Pour moi, c'était facile, j'ai eu trente ans de plus que lui pour me faire à l'hypersensibilité. Mais lui n'en est qu'à six. Six petites années d'un enfant diagnostiqué autiste pour la seule raison que son épiderme est cent fois plus réceptif que celui de n'importe qui dans cette ville.

Je me retourne, le vois courir vers son lit, préparer son appel et sauter à pieds joints sur le matelas. Il amortit son atterrissage, aussi doué qu'un équilibriste, et me lance un regard plein de satisfaction. Je lui souris. Oui, mon fils, oui, je suis fière de toi, mais j'aimerais quand même que tu viennes prendre ton bain !

Au moment où je m'apprête à lui dire ça, le téléphone sonne. Je laisse Arthur à ses sauts et m'éloigne en frissonnant. Cela fait deux semaines que j'évite l'agent des services sociaux et sa visite trimestrielle. Ce soir, au parc, nous y sommes parvenus de justesse, mais il sait pertinemment où nous vivons, de même qu'il connaît chaque numéro où nous joindre. Je décroche avec la folle envie de lui rappeler que les contacts ne sont une partie de plaisir pour personne, dans cette maison.

— La famille Julié est en ligne ! dis-je froidement en mettant le haut-parleur.

Si l'agent m'a bien écoutée la fois précédente, il saura qu'Arthur entend la conversation. J'avais glissé l'information au cours d'une énième explication : garder le téléphone en main est aussi désagréable que de me frotter la paume avec une pierre ponce, d'où ma tendance à ne pas répondre.

— Bonsoir, Camille, c'est Éloïse.

— Bonsoir, Éloïse, dis-je d'une voix chaleureuse, soudain plus détendue.

— Bonjour, Éloïse ! hurle Arthur en courant vers moi pour repartir vers sa chambre.

Je le suis des yeux, j'anticipe son saut. De nouveau, l'atterrissage est parfait. Avec autant d'élan, il y a toujours des risques, mais si je devais avoir peur chaque fois, je ne respirerais jamais. Il reprend ses bonds sur son lit, les poings soigneusement serrés pour minimiser les contacts avec l'air.

— Arthur semble en pleine forme, dit Éloïse après un petit rire.

— Disons que j'aurais préféré qu'il soit en pleine forme dans son bain.

— Oh, laissez-lui un jour de plus.

— Je lui en ai laissé six !

— Et vous, quel a été votre maximum, quand vous étiez petite ?

Éloïse a le don pour me faire ravaler mes leçons.

— Neuf. Mais je l'ai senti passer, le dixième. S'il se déshabitue trop, ce sera pire.

Encore un regard vers Arthur et ses sauts réguliers. Ses boucles blondes oscillent avec un léger temps de retard. Je les suis, l'amour au bord du cœur, en me disant qu'il faudra bientôt songer à les raccourcir, car même le frottement des cheveux sur ses tempes peut gêner, quand, soudain, je ne vois plus rien.

— Éloïse, je reviens, dis-je précipitamment.

Je cours vers la chambre d'Arthur tout en sachant ce que je vais découvrir. Lorsque j'arrive, c'est une scène que je ne connais que trop bien.

Arthur est affalé sur les draps, un bras plié pour éviter le désastre qui a malheureusement déjà eu lieu : pour lui, l'équivalent d'une chute de deux étages.

Son corps est figé, mais je sais que, quelque part, ça tremble. Ses yeux exorbités sont d'un vide effroyable. Son visage devient rouge. Je me prépare.

Son cri déchire mes tympans et mon cœur en même temps. Même Éloïse doit sentir son être se fendiller. Je prie pour qu'aucun voisin n'invite l'agent Terdreau, des services sociaux, mais j'ai de gros doutes sur la voisine du dessous. Parfois, on dirait qu'elle a sa ligne directe.

Je me hâte auprès d'Arthur, une main de chaque côté de sa tête, à quelques millimètres, sans le toucher. Alors que je suis contorsionnée au-dessus de lui, il prend ce qu'il peut. Chaleur, présence, distance. C'est ce dont sont faites nos étreintes.

Son cri s'estompe petit à petit, ses paupières s'amollissent. De petits diamants liquides apparaissent au creux de ses yeux puis s'écoulent malgré lui. Petit, lorsqu'il pleurait, les larmes le démangeaient, transformant le chagrin en une crise affolante. Aujourd'hui, il a appris à gérer. J'aimerais qu'il en fasse autant pour le bain.

Noyée sous ses sanglots contrôlés, j'attends qu'il vienne chercher refuge. Je ne peux imposer mon réconfort, pas dans un pareil cas. Enfin, il soulève un bras et le passe dans mon dos. Une jambe s'enroule ensuite autour de mon bassin, la seconde l'imite. L'autre bras se faufile dans mon cou.

Je me redresse, lentement. Sa tête traîne d'abord en arrière puis son front se plaque sur mon thorax. À présent, je dois ajuster mes mouvements de manière à n'accentuer aucun frottement. Même avec ses vêtements, Arthur pourrait perdre la raison après la foule d'informations que son cerveau vient de traiter.

Transformée en maman koala, je retourne au salon. Dans le haut-parleur, des bruits filtrent de façon irrégulière. Éloïse a dû s'éloigner. Je lève une main, la pose sur la tête d'Arthur qui frémit, signe que je vais briser notre bulle. Je guette le « pour de vrai » qui me dira de le porter, puisque, à l'instant, c'est davantage lui qui se maintient. Mais rien ne vient.

— Éloïse ? Nous sommes là.

Arthur convulse du mouvement de ma poitrine, ses jambes se resserrent autour de mon bassin. Les trois mots que j'attendais glissent jusqu'à mon oreille. J'ôte ma main et la place sous ses fesses. La deuxième la rejoint et je donne une unique secousse pour le rehausser. Sa tête part sur mon épaule.

— Une chute sur le lit, reprends-je. Je crois que je vais remettre le bain à demain.

— Sage décision, répond Éloïse. Je peux vous rappeler plus tard, si vous préférez.

— Non, non, dites-moi tout.

Un petit temps de silence me permet de bercer Arthur. Sa respiration s'est apaisée, sa tête devient de plus en plus légère.

— Je ne pourrai plus garder Arthur. Je déménage.

Une boule se forme dans ma gorge. Éloïse était parfaite, sans diplômes, sans bagages et sans colère. Les autres, ils arrivaient chaque fois avec leur montagne de savoir, transformant chaque jour en mission de survie. Moi, tout ce que je veux, c'est qu'Arthur apprenne à vivre, pas à survivre.

— Vous arrêtez dès lundi ?

— À moins que vous ne puissiez pas faire autrement… J'ai des cartons à préparer.

— Non, je me débrouillerai. Je…

Dans mon cerveau, logique et émotions s'emmêlent. L'organisation prend le pas.

En soi, emmener Arthur au travail n'est pas un problème, mais je baigne trop dans ce milieu d'autistes, alors que je veux qu'il s'en éloigne. Peut-être juste pour quelques jours, le temps de trouver une solution provisoire.

— Écoutez, Camille, je connais votre situation. Je peux vous laisser encore une semaine, si vous êtes coincée.

— Non, c'est bon, je m'en sortirai, merci. Mais… Éloïse, tout va bien ?

— Ne vous inquiétez pas. J'ai simplement pris des décisions.

Je me retiens d'en demander plus. Éloïse a toujours eu ce franc-vivre qui me subjugue et dont je m'efforce d'attraper quelques morceaux pour Arthur.

— Alors je vous les souhaite belles.

— Merci, Camille. Plein de patience à vous pour le bain.

Le silence s'installe dans l'appartement. Pendu à mon cou, les jambes déliées, Arthur me fait comprendre qu'il veut descendre. Je me penche en avant, lâche une main et le laisse se détacher de moi.

— Pourquoi Éloïse a parlé du bain ? Elle a oublié qu'on ne le faisait que demain ?

— Tu es d'accord pour demain ?

— Elle ne veut plus de moi ? demande-t-il alors.

Je m'accroupis pour être à sa hauteur. Ses oreilles n'ont rien manqué et ses yeux se sont emplis de tout un tas de choses qui ne devraient pas y être. Si seulement je ne lui avais pas légué cette partie de moi…

— Cela n'a rien à voir avec toi. Éloïse a passé des examens médicaux, ça doit être lié aux résultats. Peut-être qu'elle doit se rapprocher d'un endroit. Elle n'est pas obligée de tout nous dire.

Arthur prend un air perplexe. Je sais qu'il a compris mes mots. Examens et résultats ont fait partie de son quotidien jusqu'à ce que je dise que j'en avais assez. On y reviendra un jour, pour voir la progression, comme ils disent tous, mais en attendant j'ai ralenti les tests. Oui, mon fils est catégorisé autiste Asperger. Oui, il sent tout avec excès. Mais il n'est plus question de passer des heures dans des cabinets médicaux pour entendre parler de camisole chimique. Arthur apprendra à vivre ainsi. Il découvrira ce que c'est que de serrer quelqu'un contre soi, même si c'est « trop fort », et qu'on peut réussir à prendre une douche sans hurler.

— Tu vas te mettre en pyjama, dis-je en désignant sa chambre.

— Pas de bain ?

Ses yeux plissés cherchent une feinte là où il n'y en a plus. Je secoue la tête.

— Demain. Tu promets ?

Il se mord les joues. La promesse en elle-même est une épreuve.

— Mais tu promets quoi, toi ?

Depuis toujours, chaque promesse d'Arthur s'accompagne d'un engagement de ma part. Je désigne son manteau jaune dans l'entrée.

— Je promets qu'on retournera au parc demain aussi.

Ses lèvres s'entrouvrent dans une expression béate, ses yeux pétillent, la chute bel et bien oubliée. Il tend la main, paume offerte. Je place la mienne au-dessus à quelques millimètres. Ce geste, je l'ai inventé quelques heures après sa naissance, sans savoir qu'il était déjà si indispensable. Rien que de l'air entre nous – réduit à néant lorsque la sonnette nous fait sursauter.

Réflexe humain, nos doigts s'agrippent. Réflexe de notre univers, nous les délaçons aussitôt. Dans la suite du mouvement, mon fils s'enfuit en direction de sa chambre. Je n'aurais pas pu trouver mieux pour lui faire enfiler son pyjama. J'aurais toutefois préféré que les choses se passent moins brutalement. La recherche de la douceur n'est pas un luxe, chez nous.

— J'arrive ! m'écrié-je depuis le salon, rangeant au passage les chaussures éparpillées au sol.

J'ouvre la porte avec vigueur, comme si la nouvelle d'Éloïse avait déclenché un regain d'énergie en moi. Tout réorganiser pour Arthur demandera une force autant morale que physique. Songer aux trajets en bus suffit à me donner le vertige, mais ce n'est pas comme si je n'avais jamais affronté cela auparavant.

— Bonsoir, madame Julié.

Le sang quitte mes joues, mon univers se rétracte à ma seule petite personne avant de s'étendre de nouveau jusqu'à Arthur, par chance encore isolé dans sa chambre. Je pourrais refuser de laisser entrer le visiteur, le repousser jusqu'au bas de l'escalier, mais il ne me demande rien. Il attend simplement que je lui réponde cordialement, ce que n'importe qui ferait. Je me force.

— Bonsoir, monsieur Terdreau.

Mon entrain s'est évaporé. Ma voix accuse et pleure en même temps. Il est près de 19 heures, et un agent des services sociaux a pris la peine de se déplacer jusque chez moi. De l'appel d'Éloïse ou de cette visite impromptue, je ne sais ce qui me meurtrit le plus.

— Je me suis permis de passer, car vous n'avez donné suite à aucun de nos appels.

Je hausse les sourcils, feignant la surprise, avant de jeter un bref coup d'œil au téléphone fixe sur lequel j'ai dû effacer pas moins d'une demi-douzaine de messages. « Madame Julié, ici la secrétaire de l'agent Terdreau. Nous attendons la confirmation de votre présence au rendez-vous du 15. » Maintenant que j'y songe, le 15, c'était hier. Je ferme les paupières, sachant que je ne serai jamais excusable.

— Pardonnez-moi. Le rendez-vous. J'ai oublié.

Des mots jetés en vrac sans que j'y engage ma personne. Je me retourne pour chercher Arthur, priant pour ne pas être témoin de la même scène que tout à l'heure. Aucune silhouette ne se dessine.

— Nous allons vous donner une autre date rapidement, reprend l'agent en se raclant la gorge. Par courrier. Je venais vous prévenir, puisque vous n'avez apparemment pas reçu le précédent.

— Mmm…, marmonné-je.

— Madame Julié, je n'ai pas à vous rappeler que ce rendez-vous est nécessaire.

Mon regard revient sur lui, mon esprit s'évade. Tête inclinée, je me demande si, en dehors de mes collègues, cet homme n'est pas celui que je rencontre le plus souvent. Le laisserai-je un jour approcher à moins de deux mètres ? Il respecte soigneusement cette distance, habitué à moi, à Arthur, à tous ceux qui nous ressemblent.

— Je sais, dis-je en soupirant. Nous récupérerons cette lettre, soyez-en certain.

— Je n'en doute pas, tout comme je ne doute pas que vous ayez reçu nos appels. Gardez juste à l'esprit ce qui est important : votre fils, dit-il en tendant légèrement le bras tenant son attaché-case.

— Mon fils ne se résume pas au contenu de votre mallette.

— J'en suis conscient, répond-il avec gentillesse, et je souhaite autant que vous ne plus voir son nom dans les dossiers que je traite. Pour cela, vous savez ce qu'il faut faire.

— Vous ne pouvez pas demander de la neige au mois de juin.

— Si je peux me permettre, nous sommes en octobre. Ce sera pour bientôt.

— La notion du temps est encore relative, pour Arthur.

— Malheureusement, elle l'est beaucoup moins pour la commission.

Je cesse de rétorquer, j'en ai déjà assez dit. Je hoche la tête, geste que l'agent Terdreau me renvoie.

— En tant qu'agent administratif, je ne suis pas censé voir Arthur, reprend-il, mais puis-je simplement vous demander s'il se porte bien ?

— Il se porte très bien, merci.

— Ses journées se déroulent-elles comme vous le souhaitez ?

— Nous sommes… Je vais l'emmener plus souvent à l'institut, avoué-je.

— C'est une excellente nouvelle. Puis-je savoir ce qui a motivé cette décision ?

La mâchoire crispée, je commence à me demander si l'agent n'est pas également chargé de me faire passer un entretien sur le seuil de mon appartement. Dans un sens, il respecte mon désir de le repousser plus loin de moi ; dans un autre, il accomplit sa tâche. Malgré le ressentiment que j'éprouve envers cet homme, je dois admettre qu'il fait bien son travail. Si seulement il pouvait aller le faire ailleurs…

— La dame qui gardait Arthur doit déménager.

— Oh… J'en déduis que l'institut ne sera que temporaire.

Mes lèvres restent scellées. Il n'y a rien d'officiel dans cette visite. Juste une vérification déguisée sur le ton de la courtoisie. Mes premiers réflexes commencent à refaire surface. Fermer la porte, le renvoyer au bas de l'escalier, devant l'immeuble, et même au bout de la rue, le plus loin possible d'Arthur et moi. Le silence s'éternise.

— Maman, j'ai fini.

Arthur émerge de sa chambre en pyjama, croyant sûrement le visiteur parti. Lorsqu'il prend conscience de sa présence, il se fige telle une statue, ses yeux braqués dans notre direction – mais pas sur l'agent, sur son attaché-case.

— Bonsoir, Arthur.

Arthur chancelle comme si le souffle de l'agent l'avait atteint physiquement. Bien évidemment, il ne répond pas, transporté dans un monde cauchemardesque où même la douche paraîtrait agréable.

— Bon, je vais vous laisser. Merci pour votre écoute, madame Julié. Passez une bonne soirée. Au revoir, Arthur.

Étrangement, je ne referme pas tout de suite la porte, comme si la paralysie d'Arthur m'avait moi aussi atteinte. Mes yeux suivent l'agent Terdreau le long du palier jusqu'à ce qu'il disparaisse dans l'escalier. Je tends l'oreille. Cet homme est toujours d'une discrétion exemplaire. Ses chaussures ne font pas le moindre bruit. On pourrait presque croire qu'il s'est immobilisé dans une farce quelconque, prêt à ressurgir, bras écartés, avec un « Ta-dam ! » enjoué. L'espace d'un instant, cette vision me déclenche un sourire, puis tout s'efface quand j'entends une respiration dans mon dos. Il y a encore plus discret que l'agent Terdreau.

Ma main gauche passe derrière moi à la recherche de l'épaule d'Arthur. La droite pousse la porte. Dans l'élan, le battant se clôt de lui-même, enclenché dans la serrure que nous voudrions verrouiller sur-le-champ.

Le métal ne résonne même pas, scellant une conversation que nous pourrions croire imaginée. L'agent Terdreau m'a toujours donné l'impression d'avoir la consistance d'un fantôme traînant notre fardeau : son attaché-case et les décisions qu'il contient. Je connaissais celle du jour, c'était la même il y a six mois. La commission et ses entretiens préliminaires. Ou comment séparer un enfant de ses parents en l'envoyant à l'autre bout de son univers.

3

Aurélien

Je m'incline sur ma chaise, guettant par la fenêtre. Lucile a dit qu'elle me rejoindrait au travail, et je redoute son arrivée. Depuis deux jours, son moral est encore plus indéchiffrable que d'habitude. Vingt-cinq années d'amitié ne suffisent plus à la traduire.

Face à moi, mon dernier client de la journée marmonne, le dos voûté, les doigts noyés sous les papiers. Cela fait trois minutes qu'il retourne le contenu de sa pochette grise. Ses mains s'affairent, pressées et hésitantes à la fois. Trouver le plus vite possible son document pour s'éviter un contact de plus avec son litige. Il finit par me tendre un tas complet. Je fais le tri en quelques secondes.

— Ça devrait suffire à vous légitimer, dis-je après avoir examiné les imprimés de mon choix. Je vais encore vérifier quelques points, mais vous pouvez déjà préparer l'enveloppe et les timbres.

— Merci…

Il ne sera pas le dernier de la journée à me manifester sa reconaissance, mais peut-être l'un des rares à être sincères. Dans ces bureaux, on entend des dizaines de formules de politesse par jour, vraies, fausses, convaincues ou frivoles. L'homme en face de moi a choisi le camp de la vérité. Il regarde autour de lui avec anxiété. Son aversion pour cet endroit est aussi évidente que son désarroi.

— Écoutez, reprends-je à mi-voix, il ne sera pas utile de revenir. Je vous enverrai les dernières informations par courriel. Qu'en pensez-vous ?

Son visage s'illumine. On dirait que je viens de lui annoncer qu'il est tiré d'affaire, même si ce n'est pas à moi d'en décider.

— Ce serait merveilleux.

— Tenez, je n'ai pas besoin de les garder, dis-je en lui rendant les papiers.

Il les attrape avec dégoût. Puis il passe son manteau, les yeux baissés sur sa pochette infâme qu'il aurait sûrement préféré ne pas avoir à remporter. En l'observant, je m'aperçois que le gris terne me répugne autant qu'à lui, et mon rôle m'échappe soudain.

— Brûlez-la.

Il était en train de rajuster son col lorsqu'il se fige. Son regard oscille autour de nous, à la recherche d'un délateur, témoin de mon inconsidération. Estimant la voie libre, il se baisse à ma hauteur, ses mains cachant ses joues, ses yeux trop étonnés pour s'ouvrir davantage.

— Brûler quoi ?

Sa situation me revient aussitôt en tête et mes doutes explosent. Heureusement, malgré une belle méprise de sa part, mon conseil restait légal quoique inapproprié. Je désigne le carton gris.

— La pochette. Quand tout sera fini, brûlez-la.

Il rougit en attrapant l'objet de notre quiproquo ; je secoue la tête pour le rassurer. Personne ne pourrait lui en vouloir d'avoir envisagé une autre issue. Et tandis que je referme la porte derrière lui, je me sermonne. J'aurais mieux fait de me taire. Peu importe que le gris de cette pochette ait réveillé un souvenir maussade.

Je reviens, sombre, à mon bureau, me demandant si je verrai un jour cette couleur autrement. Le ciel pluvieux, les vêtements gris, je les déteste tous. Il a même fallu que je choisisse un téléphone vert pour éviter les nuances qui m'agacent. J'attrape d'ailleurs l'objet. Depuis mon dernier coup d'œil, Lucile a appelé deux fois et laissé un message. « Je suis rentrée chez toi directement. » Quelle lâche. Elle sait qu'il va pleuvoir.

Dans la rue, l'effervescence est toujours là. J'emprunte le même trottoir qu'hier, les mêmes allées. Sans surprise, je passe devant les vitrines et les bouches d'égout, contournant les unes et les autres pour ne pas y échouer. Mais quand je m'aperçois que j'ai dépassé le portillon vert de quelques mètres, je fais demi-tour et le franchis, percutant au passage trois badauds.

L'air pénètre dans mes poumons de naufragé. En quête d'une île où le néant serait roi, je me dirige vers l'aire de jeux, bruyamment occupée. Je reste à l'écart, caché derrière une rangée de sapins bleus. Trop d'agitation.

Mon corps s'effondre sur un banc, mon cœur avec lui. Je redoute le dimanche qui vient et je redoute Lucile. Passer la nuit dans ce parc n'est pas envisageable, mais y trouver un enfant immobile et les pages d'un livre à l'arrêt aurait pu suspendre le temps pour quelques instants, me laissant ainsi un sursis vital. Malheureusement, rien ne s'arrête. Ni mes pensées néfastes ni les pleurs d'un gamin derrière les sapins.

Je me retourne. Au-delà du bleu cendré, le chagrin enfantin s'éternise. Je me renfonce dans le banc, bras croisés. Ça m'a coupé l'envie de râler.

À l'envers des arbres, l'apaisement finit par arriver. Le désespoir est devenu résignation, puis quelque chose de bien plus doux prend le relais.

— C'est triste, mon ange, je suis d'accord.

Je n'ai entendu cette voix qu'une seule fois et pourtant je la reconnais.

— C'était pas assez beau ?

Entre deux hoquets, le garçon a réussi à glisser quelques mots. Même si les arbres me volent la réalité de la scène, j'imagine parfaitement les enfants qui, indifférents à l'œuvre qui s'y trouvait, ont dû piétiner le sable.

— Ça l'était, mais ils ont eux aussi le droit de profiter. C'est le principe des belles choses. Ça doit toujours être éphémère.

— Ça veut dire quoi « éphémère » ?

— Que ça peut s'effacer, disparaître, plus vite qu'on ne le croit, parfois.

Aveugle de leurs corps mais espion de leurs voix, je tourne la tête comme si je pouvais les voir. Une telle conversation près d'un bac à sable me paraît irréelle… Ce garçon est au-delà de mon champ des possibles.

— Je peux recommencer ?

— Bien sûr. Tu sais simplement ce qu'il risque d'arriver.

— Ce…

La suite est noyée dans les cris enfantins. Je fais un pas en avant, m'aperçois que je suis debout et me rassieds d'un coup. Le froid du banc me fait frissonner, mon statut d'épieur également. Mes jambes rêvent d'achever le parcours. Ma raison me force à rester assis.

Rester à ma place. Ne pas m'immiscer dans les affaires d'autrui, encore moins dans leurs cœurs. J'ai sûrement autre chose à faire que d'écouter une mère expliquer la vie à son fils. Je suis même censé trouver les mots pour expliquer la vie à Éloïse, ou du moins celle que sa fille voudrait qu'elle ait.

À ces pensées, toutes mes forces s'envolent. Il va falloir que je l'avoue à Lucile : le seul ici capable de renverser le possible et l'impossible se trouve derrière les sapins. Il a environ six ans, dessine dans le sable et vient d'apprendre ce que veut dire « éphémère ». Il est intouchable, comme ce réel qu'il propose autour de lui. Aussi inatteignable que la vie que je voudrais avoir.

L'enfant est bientôt rejoint par d'autres qui, eux, semblent baigner dans l'éphémère. Au milieu des éclats de rire et des chaussures qui cognent les structures, le silence se fait soudain. Je me tends comme un arc, à l'affût du premier son qui illustrera cette interruption.

L'envie irraisonnée d'aller constater le vrai m'assaille. Je me retiens. Ma place n'est pas là-bas, pas plus auprès des mères muettes que de leur progéniture. D'ailleurs, les bruits reprennent aussi brusquement qu'ils se sont arrêtés. La parenthèse se referme sans avoir contenu la moindre syllabe, sauf en bordure où la petite voix refait son apparition.

— J'ai compris, éphémère, maman…

— Non, Arthur. Ça, c'était de l'impolitesse.

— Ils m'ont regardé comme s'ils avaient fait une bêtise !

— Ils *savent* qu'ils en ont fait une. Ils ont eu peur, tout simplement.

— De leur maman ? Ou de moi ?

— Des deux, je pense…

Le souffle court, je bascule de nouveau dans ce monde où rien ne pèse la même chose. Cette femme, ou plutôt ses mots, me subjugue et me terrorise en même temps. Tremblant d'excitation, je me lève, crevant d'envie d'aller balancer mes problèmes à ses pieds. Serait-elle aussi compétente si je lui exposais le cas d'Éloïse ? Saurait-elle expliquer à Lucile qu'il est inutile de raisonner sa mère ?

Mon cœur bat la chamade sans que je comprenne pourquoi. C'est comme si j'étais déjà face à Éloïse, lui révélant mes intentions, et surtout celles de sa fille.

— C'est mal, ce qu'ils ont fait, alors ? Je ne comprends pas, maman. Tu m'as dit…

— Arrête de réfléchir, Arthur.

— Mais dis-moi ! Est-ce que c'est mal ?

Les bruits de fond sont en train de s'estomper. Je soupçonne les mères et leurs enfants de fuir de là où, moi, je ne rêve que d'aller. La mère ne répond pas. Je le fais pour elle.

— Il n'y a rien de bien, rien de mal. Il n'y a que ce que l'on en fait.

Mon murmure se perd entre les sapins bleus. La volonté du garçon aussi.

— Je retourne dessiner, dit-il.

La mère soupire. Finalement, peut-être ne détient-elle pas toutes les vérités. Peut-être fait-elle son possible pour y accéder et servir une réalité neutre à son fils. Plus j'y pense, d'ailleurs, plus je nous trouve un terrain commun. Elle avec son fils, moi avec le reste des tâches qui m'incombent. Mes clients, Éloïse, Lucile.

Je fais un pas en arrière. En plein jour, j'aurais pu distinguer sa silhouette. À présent, la nuit tombe, et je n'ai que du noir et cette rangée d'arbres qui nous sépare. Je ne sais rien d'elle. Je sais simplement ce qu'elle vit à l'instant, tout en ignorant la foule de détails qui l'accompagnent.

Je m'écarte des arbres pour de bon. Personne n'aura de solution, ni pour elle ni pour moi. Je trouve la sortie. Je ne dois pas m'arrêter, sans quoi je risque de revenir en arrière et demander à cette femme quelle magie elle a utilisée pour tenir à distance le chagrin.

Je pousse le portillon et, en quelques secondes, suis emporté par le courant. Mais tout va trop vite et j'ai besoin de ralentir. Alors, pour accentuer mon retard, j'opte pour le bus. À l'arrêt, une foule se presse. Je me poste en bordure, à l'écart des conversations. Je n'ai pas le temps de soupirer. Un coup de klaxon nous fait bondir.

Animés d'un même réflexe, comme si la marche à suivre était inscrite dans notre ADN, nous reculons tous d'un pas. Quelques années d'expérience ont suffi à nous faire intégrer que trente centimètres de trop pouvaient être fatals. Un seul le serait tout autant, mais nous ne sommes pas assez subtils pour cela.

Le bus déjà bien rempli s'arrête sur ma gauche. Mes congénères jouent des coudes et, à ma grande surprise, parviennent quasiment tous à s'engouffrer dans le véhicule bondé. Je fais partie des rares à rester sur le trottoir.

Le bus redémarre. Le conducteur affiche la même indifférence qu'avant sa halte. Pour lui, vingt corps de plus ou de moins ne changent rien. Il est le seul à avoir droit à un mètre carré exclusif.

À présent, je dispose de trois fois cette surface, car les adolescents ayant choisi mon camp sont si collés l'un à l'autre qu'ils libèrent plus de place qu'il ne m'en faut. Ils murmurent, s'embrassent. Du « deux » et du « bien » dégoulinant sur le bitume.

Dans mon attente, les gouttes commencent à tomber, me contraignant à reculer. Parmi les nouveaux voyageurs qui s'entassent pour se mettre à l'abri, deux silhouettes familières apparaissent. Me poursuivent-elles ? Ou est-ce l'inverse ?

— Arthur, on va prendre le bus.

— Pourquoi ?

Dans sa voix, l'effroi a élu domicile. Clairement, pour lui, rentrer sous l'eau ou en bus, c'est le même supplice.

— Je n'ai pas pris de parapluie.

— Demain ?

Demain quoi ? Demain tu seras d'accord pour rentrer sous la pluie, s'il y en a ? En mauvais météorologue, je lève les yeux au ciel, ne distingue que la tôle de notre abri. Pendant ce temps, le garçon se met à dessiner, du bout du doigt, presque de l'ongle, sur la vitre embuée de l'arrêt de bus. Le klaxon nous intimant de reculer ne tarde pas à se faire entendre.

— On est vraiment obligés, maman ?

— Ce sera moins désagréable, je te le promets.

— Moi, je ne promets rien tant que je ne suis pas sûr !

Il y a de la négociation dans l'air. Je risque un regard. Le véhicule vient de s'arrêter et le garçon est toujours devant son dessin, ongle à l'appui. J'ai l'impression de reconnaître un morceau de fleur et je me sens curieusement privilégié, comme le conducteur du bus avec son mètre carré. Mais la mère a quitté la conversation, les dents serrées, les paupières plissées. Quelqu'un vient de la frôler et, encore voûtée au-dessus de son fils, je devine une douleur dans son épaule.

Je la perds de vue en montant dans le bus. À l'intérieur, ça se questionne, ça fait des politesses ou alors ça les évite en déviant le regard. L'espace se remplit à une allure folle et je reste debout, coincé entre une paroi et une barrière. Puis je les vois entrer.

Sur la pointe des pieds, je la repère et, dans ses yeux, je lis le même tourment que celui de son fils. Sa réticence n'est bousculée que par le démarrage du bus, son garçon s'écrasant sur elle pour s'écarter aussitôt. La seconde suivante, elle l'attrape par le col et se fraie un chemin parmi les gens.

Sur ces quelques mètres, elle grimace bien six ou huit fois. C'est sûr, il y a un problème. Une luxation de l'épaule, peut-être. De plus, le petit espace qu'elle déniche ne les sauve ni l'un ni l'autre. Tous les deux sont coincés près des portes vitrées qui s'ouvriront bientôt, sans compter les ballottements du bus. Alors, quand l'arrêt suivant est annoncé et que je sens la panique flotter au-dessus d'eux, je ne peux plus me retenir.

— Pardon. Je descends bientôt.

Je pousse mes voisins jusqu'à me retrouver derrière elle. Quelques secondes plus tard, les portes s'entrebâillent. J'encaisse les chocs et les remontrances de ceux voulant descendre. Même sans blessure, c'est loin d'être une partie de plaisir. Puis, portes enfin closes, le bus reprend sa route.

Pas mon cœur.

Elle s'est tournée vers moi, yeux écarquillés. Au milieu du millier de questions qui y vibrent, je repère un merci. Je hoche bêtement la tête pour signifier que je n'ai pas fait grand-chose, et elle n'insiste pas, se tournant de nouveau vers son fils.

Mon cœur peut enfin se remettre en marche. J'essaie de ne pas prendre une trop grande inspiration, mais je peine à remplir mes poumons comme je l'aurais souhaité. Cette femme m'a coupé le souffle, et pas parce qu'elle était jolie, même si elle l'est.

Mais parce qu'elle était vraie.

4

Camille

Juste sous mon nez, il y a les boucles blondes d'Arthur. Sous mes doigts, la barre métallique que j'essaie de serrer sans m'en saturer le cerveau. Et dans mon dos, un morceau du monde que je ne comprends pas.

À la naissance d'Arthur, je pensais que ma vie allait passer d'épreuve en épreuve, à la recherche du fonctionnement de mon fils. Finalement, je n'ai jamais rien vécu d'aussi simple. Tout ce qui lui arrive m'est arrivé un jour, je connais donc très souvent la solution. Mais, avec cet homme, je n'identifie même pas le problème.

Le bus stoppe de nouveau. Les kilomètres m'ont complètement échappé. Comme à l'arrêt précédent, je ne perçois pas le moindre impact. Ce voyageur s'est transformé en bouclier, à l'image de ce que je suis pour Arthur, sauf qu'Arthur tient les deux pans de mon manteau.

Les portes se referment sans que je sache quoi dire, quoi faire. Un excès de courtoisie pourrait être mal vu, mais les perceptions et moi sommes généralement trop en guerre pour que j'y donne du sens chez les autres. À l'instant, je dispose d'une trêve imprévue.

D'ailleurs, je ne sens tellement rien que c'est à se demander s'il est toujours là. Peut-être est-il descendu.

Lentement, j'incline la tête. Quand son épaule se dessine, je ne vais pas plus loin. Mon cœur, lui, continue sa route. Je ferme les yeux quelques instants, envoyant un message silencieux à celui qui nous protège encore. Je n'aurai pas le courage de le lui dire en face, il faudra qu'il se contente du peu que je lui ai déjà accordé.

Une traction sur mon manteau me réveille. Arthur n'a pas relevé la tête, mais je sais qu'il veut me parler. Je me baisse.

— Qu'y a-t-il ? chuchoté-je.

— C'est encore loin ?

— Trois arrêts. Tu veux qu'on se mette ailleurs ?

Arthur secoue la tête. Pour lui, je suis certaine que tout va bien. C'était la place idéale, coincé entre trois choses plutôt qu'entre trois êtres. Un être, c'est imprévisible, à l'inverse d'une porte, d'une vitre et d'un bloc de validation de ticket.

— C'est toi, continue-t-il.

— Moi quoi ?

— C'est toi qui touches, dit-il en montrant mon dos.

Je n'arrive pas à répondre. De toute façon, Arthur n'en dit pas plus. Sur mon ciré, ses doigts gigotent. Il sait que je suis la plus malmenée par ce trajet en bus. Il le savait même avant qu'on y monte, et c'est pour ça qu'il insistait pour rentrer à pied. Mais c'était impossible, pas avec cette pluie et pas sans avoir prévu le moindre parapluie ni son propre ciré.

— Ne t'inquiète pas pour moi, mon chéri. Je fais attention.

Impossible aussi de lui dire qu'en réalité quelqu'un le fait pour moi.

Je me redresse. Dans l'élan, mon dos frôle mon protecteur.

En quelques minutes, cet homme est parvenu à me faire croire que j'étais en sécurité ; il mérite mieux qu'une mauvaise excuse. Alors je prépare un remerciement tout en doutant. Un « merci », ça demande bien plus d'assurance qu'un « pardon » lancé en l'air sans désir de retour. Un « merci », c'est comme les « je t'aime » en pleine nuit, ça exige de la conviction. De la vérité. Pas que j'en manque, mais l'arrêt suivant se profile déjà, étouffant mes désirs.

Cette fois encore, aucun corps n'effleure le mien, et l'échange de passagers se passe dans le néant sensitif. Je savoure le moment. Il y a peu de chances que je connaisse un trajet aussi tranquille une seconde fois dans ma vie. À condition que celui-ci le soit jusqu'au bout, et, soudain, je panique.

— Vous descendez où ?

Ma voix résonne dans mes oreilles alors qu'elle a à peine dû l'atteindre. Mes joues s'empourprent de ma question et de mon absence totale de politesse.

— Aux Ursulines.

Il semble aussi surpris que moi d'avoir parlé. Nous nous dévisageons bêtement, ne sachant comment poursuivre. Dans ma tête, un mélange monstrueux prend forme : celui du soulagement que cet homme parte un arrêt après nous, joint à l'inquiétude d'Arthur qui cherche à agripper de nouveau mon manteau, sûrement lâché durant ma volte-face. Je me tourne vers mon fils, lui tends l'ourlet qui le sauvera.

— C'est assez loin ?

Dressée et raide comme la barre à laquelle je m'accroche, je contemple les yeux inconnus qui me fixent. Sont-ils verts ou marron ? Je n'en sais rien.

— Nous descendons juste avant.

Je n'ose pas lui demander s'il serait resté dans le cas contraire. Cela équivaudrait à tout ce que je n'ai pas encore eu le courage de dire. Alors j'attrape le bras d'Arthur et reste de profil, partagée entre l'envie de protéger et celle de l'être à mon tour.

À l'arrêt d'après, je suis enfin témoin de ce que cet homme fait pour nous. Les passagers qui circulent derrière lui le bousculent sans ménagement. Je grimace pour lui à chaque heurt. Lorsque le bus se remet en marche, son murmure grésille à mon oreille.

— Vous devriez le dire, si vous avez mal à l'épaule. Quelqu'un vous laisserait peut-être son siège.

Surtout, ne pas trahir la moindre émotion. Je ne suis pas montée dans un bus pour donner une leçon sur ma catégorie d'autisme. Heureusement, mon silence n'a pas l'air de gêner notre aide providentiel, ou alors il fait mine de s'en moquer. J'esquisse un sourire. Les muscles de mes joues s'étirent comme s'ils n'avaient pas effectué ce mouvement depuis une éternité.

L'arrêt suivant est annoncé, et mon rythme cardiaque entame alors une course hasardeuse. Il me faut bien dix secondes avant de calculer qu'il s'agit de nos derniers instants ici. Pourtant, notre protecteur improvisé l'a dit, il quittera le bus après nous, ne nous abandonnera pas. Cela ne calme pas mon cœur pour autant.

Sur son visage, je lis ses doutes, mais fais comme si je n'avais rien vu. À présent, il contemple les portes fermées, nous ignorant presque. Je me détends un peu. Arthur et moi sommes incomparables en la matière.

Les autres nous craignent toujours trop pour s'intéresser réellement à nous.

Mais je ne peux écarter le malaise qui frémit en moi tandis que les kilomètres de goudron défilent sous nos pieds. Mon ingratitude est impardonnable. Je dois me forcer, faire ce que je demande à Arthur depuis sa naissance : prendre contact avec le reste du monde. Alors je réunis mon courage et ouvre la bouche, quand l'homme s'agite.

— Pardon, mon téléphone, dit-il en fouillant une de ses poches.

Désillusion, désenchantement. Tout est brisé. Vexée, je scelle mes lèvres. Il ne pouvait pas savoir que j'étais enfin parvenue à dépasser mes limites, d'autant plus avec quelqu'un que je ne reverrais jamais. Là, il répond à voix basse, peut-être à une autre que moi. En plus de m'exaspérer, cela me refroidit, même s'il ne faut pas exagérer. Cet homme a le droit d'avoir une vie. Il n'est pas juste le protecteur d'autistes dans le bus.

Au milieu de mes lamentations, le véhicule freine brutalement. À l'avant, le conducteur s'énerve contre un piéton, mais son excuse glisse dans l'habitacle. Je cherche Arthur, croise son regard tourmenté. Une telle secousse ne peut qu'encourager son aversion pour les transports en commun, mais, au lieu de la peur que j'aurais pu y lire, je ne vois qu'une énigme insoluble.

— Ce n'est rien, mon ange, dis-je pour le rassurer, seulement le conducteur qui a freiné trop fort.

Arthur n'a pas l'air satisfait de cette réponse ; son regard oscille entre quelque chose à ma gauche et mon visage. Je parcours son corps pour vérifier que rien ne l'incommode. Il est en sécurité. Puis je baisse les yeux, et mon rythme cardiaque s'emballe.

L'homme a un bras passé autour de ma taille, son autre main accrochée à la barre d'acier.

Comme si mon cerveau avait attendu l'image, je ressens soudain tout ce que j'aurais déjà dû percevoir. La surcharge, l'écrasement. Un simple soutien qui devient pilon. Je suis encore très loin de la douleur, mais les réflexes sont là et je m'écarte d'un bond.

Le bus s'étant un peu vidé, je ne bute dans personne, si ce n'est dans Arthur qui esquive mon mouvement. Ma taille quitte la main qui ne bouge pas, telle une sculpture à qui on aurait ôté son moule.

— Pardonnez-moi, dit-il, surpris par ma réaction. Je ne pensais pas…

Il ne termine pas – à quoi bon, de toute façon – et se penche pour récupérer son téléphone qui a fini par terre, dans sa hâte sûrement. Je recule encore, déclenchant un nouveau trouble dans ses yeux, et reprends Arthur contre moi, faisant comme si je n'avais rien remarqué.

Voilà pourquoi nous n'aimons pas nous frotter aux autres, dans tous les sens du terme. Il faudrait leur justifier notre comportement à chaque instant. Cet homme a failli me faire céder, avec mes envies de le remercier. Et au moment où j'allais le faire, il a tout fait exploser, mon courage comme mes sensations.

Je ne peux pas. Et si j'ai pu tout à l'heure, je ne peux plus.

Ma tête tombe en avant, j'ai envie de pleurer. Notre arrêt est annoncé pour la seconde fois. Ma main se lève vers la barre du bouton d'appel. En chemin, je ne trouve aucun obstacle et j'appuie assez fort pour enclencher le bip, assez brièvement pour minimiser le contact.

Quand je relève les yeux, je devine que mon protecteur s'est retenu de le faire à ma place. Son regard s'est altéré, depuis le premier qu'il m'a offert, sans rancune, mais avec une pitié qui m'enserre la gorge.

Tout serait réglé en deux minutes si j'acceptais de lui expliquer. Je résous mon dilemme en me rappelant qu'il nous en reste moins que ça.

— Ça va être à nous, dis-je à Arthur.

— Je sais compter, maman.

Répondre ainsi ne lui ressemble pas, mais je suis prête à lui pardonner tous les écarts, étant donné ce que je suis en train de vivre. Mon trouble ne m'a pas quittée et, malgré mes efforts pour m'intéresser à la liste des arrêts placardée sur la paroi, je ne parviens pas à l'effacer, même lorsque les portes s'ouvrent.

Dès que l'espace est suffisant, Arthur se jette à l'extérieur. Je l'imite et, depuis le trottoir, m'autorise enfin à regarder notre inconnu.

L'homme a repris son téléphone et, apparemment, son interlocuteur est toujours au bout du fil. Mais il ne l'écoute pas. Au lieu de ça, il reste debout à nous observer, Arthur et moi, me laissant une dernière occasion. Alors j'ouvre la bouche et vois la sienne s'ouvrir en même temps. Pour lui aussi, on dirait qu'il y a une dernière chance à saisir.

— Mer…

Le démarrage du bus noie nos paroles tandis que le sifflement des portes ruine toute autre tentative. L'inéluctable s'écrase sur mes épaules : ma chance est passée, mais, surtout, c'est bien la seule fois que j'aurais voulu en avoir une.

— Moins fort, maman.

J'allège la pression de mes doigts sur ceux d'Arthur. D'habitude, j'adopte la tension idéale. Il faut croire que ce trajet en bus m'a perturbée. Non, ce trajet en bus m'*a* perturbée.

— Pourquoi tu souriais, dans le bus ?

— Plus tard, Arthur, dis-je en le tirant vers notre appartement.

— C'est toujours « plus tard »…

Encore une fois, je laisse passer son insolence. De plus, avec nos promesses, ce n'est pas une soirée de calme qui nous attend.

Nous marchons d'un bon pas jusqu'à notre immeuble. Je sors le trousseau de clefs de ma poche, remercie pour la centième fois celui qui a eu l'idée de remplacer le digicode par un badge magnétique et grimpe l'escalier en traînant Arthur derrière moi. Il sait ce qui est prévu en arrivant et, sans surprise, je sens qu'il commence à regretter le bus.

Deux coups de clef dans la serrure, et je le lâche. À le voir détaler vers sa chambre, je décide de lui laisser encore dix minutes. Elles me seront profitables à moi aussi. Je referme la porte en m'effondrant dessus, chose plus qu'inhabituelle. En réalité, je veux vérifier. Vérifier pourquoi je n'ai pas réagi, tout à l'heure, lorsque cet homme m'a retenue par la taille pour m'éviter de tomber. Je laisse choir mon sac et mon manteau, vais jusqu'au canapé et m'enfonce volontairement dedans. C'est certain, je sens.

— Alors pourquoi… ?

Dans l'appartement, un bruit étrange flotte, puis mes yeux s'écarquillent. Arthur a actionné le robinet de la douche. Pour la première fois depuis sa naissance, la situation s'inverse. *Je* ne suis pas prête. Pas encore. Alors je parle, la tête enfouie dans mes mains.

— Tu as encore cinq minutes, Arthur.

Son cri de joie me fait à peine sourire, même lorsqu'il bondit hors de la salle de bains nu comme un ver. Arthur n'est jamais aussi heureux que lorsqu'il ne porte aucun vêtement, et je ne le comprends que trop bien.

Doutant qu'il ait coupé l'eau, je me lève et marche en direction de la baignoire où, effectivement, le robinet est toujours ouvert. Le filet d'eau tressaillit à chacun de ses sauts, mon corps à chacun de mes souvenirs, comme si j'étais encore dans le bus.

Il faut croire que mon âme y est toujours. La serviette que j'ai attrapée pour Arthur m'échappe trois fois des mains, cet objet d'habitude si inutile qui pourrait pourtant servir ce soir. Ces derniers temps, Arthur réclamait systématiquement le sèche-cheveux. Je finis par poser la serviette sur son tabouret, acceptant tous les possibles, y compris ceux du bus.

— Je voulais...

— Tu voulais quoi, maman ?

Sans bruit, Arthur s'est glissé près de moi. Il attend, jambes serrées, bras repliés, espérant un énième délai. Je lui indique la baignoire et place le tabouret pour qu'il enjambe facilement le rebord.

Je voulais...

— ... passer à la boulangerie avant de rentrer, mais j'ai oublié. Allez, grimpe.

Arthur fait la moue mais obéit, davantage à sa promesse qu'à moi-même, mais le résultat sera le même. Il se laissera faire tant que son cerveau ne s'interposera pas.

Debout dans la baignoire, il se met de profil, aussi raide que son tabouret. Tout en préparant l'eau à la bonne température, je le contemple. Mon fils, un mètre dix de peau hypersensible, un mètre dix de bonheur à l'état pur.

Je me suis souvent dit que c'était pareil, finalement. Le bonheur exacerbe tout, il nous met à l'affût des moindres sensations qui pourraient passer par là. Mais, avec Arthur, nous sommes très loin de cette définition.

Enfant, j'ai vite compris qu'il existerait toujours deux versions pour chaque chose : la mienne et celle des autres. Pour tous, le bonheur est un sentiment. Pour Arthur et moi, une sensation. Ce bonheur, que j'ai connu avant sa naissance, a été fugace et n'a pas été rendu de la façon que j'espérais. J'avais mélangé bonheur et amour sans savoir ce dont le second était fait. Cette nuit-là, j'en ai fait un ennemi.

— J'ai froid.

Je frissonne en dirigeant le pommeau vers ses pieds, l'autre main prête à actionner la bascule qui fera enfin jaillir l'eau. Plus jeune, il faisait des cauchemars à cause de ce clapet. Il m'a fallu deux mois pour le convaincre que ce morceau de métal n'était pas son ennemi.

Personne n'a encore réussi à en faire de même pour mes propres ennemis. Et si jamais quelqu'un y parvient, ma peau finira par faire exploser le peu qui aura été construit.

— Pardon, mon ange. On y va ?

Arthur ouvre grand les yeux et hoche la tête, rigide. Tout le monde sait que, lorsqu'on se prive de la vue, les sensations s'intensifient. Alors, une règle nous suit partout, lui et moi : quoi qu'il arrive, garder les yeux ouverts.

J'actionne la bascule, ses pupilles suivent le chemin de l'eau dans le tuyau puis se rétractent lorsque les premières gouttes perlent. Son inspiration soulève ses épaules, puis l'air et la tension s'évacuent. L'ennemi est vaincu. Temporairement.

— Tout seul…, gémit-il alors en tendant le bras vers le pommeau.

Je lui laisse les rênes. J'interviendrai pour le savon bien assez tôt. L'eau coule sur son corps en petits ruisseaux. Nous devons être le foyer le plus économe de l'immeuble car j'agis de la même manière sous la douche. J'accepte toutefois d'y passer tous les deux jours. Pour garder l'habitude et pour être sociable, même si la seconde raison a peu d'impact sur ma vie.

Du moins, avant ce trajet en bus.

Je voulais…

Je m'appuie sur le rebord de la baignoire, mon poids réparti sur mes avant-bras. Arthur est en train de subir chaque goutte, alors, très vite, il place le pommeau près de sa peau et le fait glisser. La torture s'altère, prenant la sensation d'un filet de sable, mais pas le sable doux des îles paradisiaques, davantage celui dans lequel il aime dessiner.

Ce sable, il accepte de le toucher du bout des doigts parce qu'il peut créer avec. Il y a un an, je lui ai proposé la peinture pour nous éviter de sortir lorsqu'il pleuvait, vainement.

À présent, je ne suis toujours pas certaine qu'il pense autrement. Ce que je sais, en revanche, c'est que cela nous éviterait de reprendre le bus.

Je voulais qu'il m'entende.

Arthur tend déjà le bras pour me rendre le pommeau. Il a sûrement dû omettre quelques zones, mais ce n'est pas grave. J'attrape un gant doux et y pose une crème de ma fabrication. Une adaptation perpétuelle face à ce monde agressif où nous tentons d'évoluer. Même dans le bus, alors que nous étions au cœur de cet univers hostile, nous avons trouvé le moyen d'être protégés. Mais pas de la façon que j'aurais imaginée.

Je voulais qu'il m'entende. Je voulais qu'il me voie.

Je passe le gant dans le dos d'Arthur, sur ses bras, dans sa nuque. Il frissonne et fixe la serviette avec inquiétude. Je la pousse du pied. On a assez d'une personne bouleversée dans cette pièce.

Je voulais qu'il m'entende, je voulais qu'il me voie. Et en fait, je crois que je voulais qu'il me touche.

Je termine par ses pieds. Arthur se détend puis reprend le pommeau. Je le laisse se rincer et pars chercher le sèche-cheveux. Sous ses boucles, qu'il faudra bientôt laver car je n'ai osé insister aujourd'hui, je devine son soulagement. Il referme le robinet, replace la bascule sans se hérisser, puis sort de la baignoire.

— On peut se mettre dans le salon, si tu préfères, dis-je. Éteins simplement les lumières.

Sans répondre, Arthur s'évade dans le séjour. En dix secondes, il a abaissé tous les interrupteurs. Dans l'obscurité, je déniche la prise électrique. Par-dessus le bruit de la pluie qui a repris, le ronronnement du sèche-cheveux ne dure qu'une petite minute, mais c'est assez pour atteindre notre but. Lui de pouvoir s'habiller, moi de pouvoir accepter.

Accepter qu'aujourd'hui j'aie voulu être perçue, alors que je sais pertinemment que, dès que ce sera fait, tout partira en mille morceaux.

5

Aurélien

— Mais par où est-ce que tu passes ? s'exclame Lucile.

— Par la route qui me chante ! riposté-je.

— Mais c'est plus long, par là !

— Il y a plus d'arbres, réponds-je niaisement.

— Quelle excuse !

— On n'est pas plus pressés l'un que l'autre d'arriver ! Alors si tu ne voulais pas le chemin bucolique, tu n'avais qu'à conduire.

Je prends l'allée suivante, sillonnant le lotissement spiralé comme bon me semble. Mon excuse se révèle inutile, la plupart des arbres ayant été abattus avec les récentes constructions. Cela ne raccourcit pas pour autant la route, ni notre nervosité.

Si j'ai fait ce détour, c'est qu'il m'était impossible de passer devant la maison aux volets gris, au toit gris et aux murs gris qui jouxte celle d'Éloïse à l'ouest. Cette maison où le gris a élu domicile du plus loin que je me souvienne.

— Je prendrai le volant au retour, conclut-elle.

Nous sommes dimanche et il est 10 heures du matin. Je suis passé chercher Lucile chez elle il y a une demi-heure. Depuis, nous roulons sous le soleil qui, lorsque j'étais enfant, filtrait au travers des arbres. Aujourd'hui, il éclaire seulement le goudron aussi gris que la maison que j'évite soigneusement, même si plus personne n'y vit.

— Le chêne ! m'exclamé-je soudain. Tu te souviens ?

Lucile sursaute, entraînant un écart dans ma conduite. Je corrige l'échappée.

— Je me souviens surtout de ta trouille à l'idée d'y grimper, rit-elle.

— Et qui a eu peur d'en redescendre, finalement ?

Je grimace. Lucile ronchonne. Ce chêne a été un grand moment, pour nous. Depuis, il a grandi et nous aussi, lui donnant moins de panache qu'à l'époque, mais les émois qu'il nous a provoqués n'avaient rien de factice. Chacun avait eu sa dose de frousse et s'était juré de ne plus recommencer.

— C'est la première fois que j'ai vu ta mère avoir peur.

— Ben, ce serait chouette qu'elle ait un peu plus peur aujourd'hui…, maugrée Lucile. Et j'aimerais ne pas avoir besoin de remonter dans un arbre pour ça.

Je garde le silence.

— Arrête-toi là, m'ordonne alors Lucile.

— Il reste moins de cent mètres ! Enfin, on peut finir à pied, si tu préfères.

— Non, ce n'est pas ça. Je veux juste qu'on se mette d'accord avant.

Je me gare sur le bas-côté et coupe le moteur. Muets, nous scrutons la route comme si nous continuions à rouler, devançant les derniers mètres.

— Je te ferais remarquer que tu as évité le sujet pendant tout le trajet.

— Eh bien, je ne l'évite plus.
— Qu'est-ce que tu proposes, alors ?
— Je parle la première et…
— C'est ta mère, je n'envisageais pas les choses autrement.
— … et comme je sais déjà que je vais perdre patience, poursuit mon amie, est-ce que tu pourras attendre que je sois sortie pour tenter de la convaincre à ton tour ?

Je souris en coin. Lucile connaît bien ses défauts. Elle sait qu'elle ne tiendra pas plus de cinq minutes dans cette maison avant de déraper.

— Ta mère ne se fera pas avoir.
— On essaie quand même.
— Comme tu voudras.

Je redémarre le moteur et j'attends un peu avant d'avancer, au cas où Lucile voudrait ajouter quelque chose, mais elle se tait résolument. Sous mes pieds, la voiture roule au pas. Cette fois, ce n'est pas Lucile qui retarde notre arrivée, c'est moi. À chaque mètre, j'ai la sensation de perdre une année. Quand je sors de la voiture, hormis le fait que je tiens les clefs, j'ai l'impression d'avoir seulement sept ans et une dizaine de bêtises en poche. En réalité, j'ai plutôt une dizaine de phrases inutiles en tête.

— Tu sais quoi lui dire ? demande Lucile.

Je fais « non » de la tête en claquant la portière. Ma respiration s'accélère tandis que nous approchons de cette maison dans laquelle j'ai quasiment grandi. Je suis prêt, *tout* est prêt, ma témérité comme mes faiblesses. Je n'ai pas envie de perdre Éloïse, mais les rares phrases que j'ai eu l'occasion de préparer dans le bus n'y changeront sûrement rien. D'autant que j'avais plutôt la tête ailleurs…

Cette parenthèse dans le bus, c'était indéfinissable. Je n'avais croisé cette femme et son fils que deux fois et, pourtant, j'ai eu la sensation de m'immerger dans leur monde tout en étant maintenu à distance par une force impalpable. Ils étaient entiers et vides à la fois, dévoilant tout et rien. Comme un idiot, je me suis perdu entre les deux, sans savoir quoi faire. Tout comme je suis perdu aujourd'hui entre Lucile et Éloïse qui désirent la même chose sans utiliser les mêmes moyens.

Vivre et s'aimer, loin de l'une, près de l'autre.

Il y a trop de similitudes entre ces deux voyages pour garder l'esprit clair.

— Maman veut partir, murmure Lucile. Je n'en reviens pas.

— Arrête de te répéter. On n'est pas là pour ça.

— On est là pour quoi, d'après toi ?

— On est là parce que tu penses que ta mère a besoin de nous. Pas l'inverse.

Nous sommes à quelques pas de la porte d'entrée. Bras croisés, Lucile me fusille du regard. Cela fait un moment que j'attendais cette réaction. J'en suis presque soulagé.

Je fixe ses yeux que je connais par cœur. Lucile, c'est une sœur et une amie en même temps. Une portion de moi dont je ne pourrai jamais me défaire, une fausse jumelle égarée dans une maternité.

Comme lorsque nous étions petits, je soutiens son regard. À ce jeu, nous sommes souvent quittes, abdiquant simultanément. Aujourd'hui, je pressens que je vais remporter la victoire haut la main. Ses yeux commencent à briller.

J'avance vers elle, les bras légèrement écartés. Lucile a toujours refusé la condescendance pendant ses chagrins. Ma mémoire retrouve ces règles d'antan et je m'y plie en silence. Interdit de prononcer son prénom, interdit de chercher à l'apaiser par des caresses ou des mots. Ne pas non plus montrer qu'on veut la prendre contre soi. Juste être là et avancer. Être là et proposer.

Sa tête échoue sur mon épaule plus vite que je ne l'aurais cru. Contre mon ventre, il y a sa chaleur ; sous mon menton, ses larmes si brèves qu'on pourrait croire qu'elles n'existent pas. Je ne bouge pas, immobile tel un arbre, imperturbable face au vent.

C'est sûrement ce que j'aurais dû faire dans le bus, au lieu de rattraper cette femme. Par la suite, je n'ai plus su comment agir. Rester, m'éloigner, m'excuser ou faire comme si de rien n'était... Alors je l'ai juste regardée. J'avais déjà posé mon corps en bouclier, c'était à elle d'avancer. Elle l'a fait, étrangement, s'enquérant de ma destination. Mais, en deux phrases, nous avions épuisé nos possibilités, ne laissant que l'impossible à nos pieds.

— Tu n'es pas là, renifle Lucile en s'écartant légèrement.

— Qu'est-ce que tu racontes ?

— Tu n'es pas avec moi. Tu as l'air ailleurs.

Elle recule pour de bon, fronce les sourcils. Nerveux, je cherche à fuir son regard, mais la porte s'ouvre. Éloïse se tient sur le seuil, emmitouflée dans un plaid. Elle nous scrute attentivement, puis désigne le hall. Nous rentrons, tête baissée, tels deux enfants pris la main dans le sac, ce que nous sommes plus ou moins.

Depuis que je la connais, Éloïse n'a pas changé. Dans sa maison, pas d'encombrement, pas de vide non plus. Dans ses yeux comme chez elle, tout est à sa place. Chaque chose a un endroit pour exister. Même moi, j'ai eu ma place. Patiemment, elle nous regarde ôter nos manteaux, puis secoue la tête et interpelle sa fille.

— Ne l'enlève pas, dit-elle doucement. J'ai déjà ma petite idée sur ton avis.

Lucile lève un regard noyé par les larmes qu'elle refuse de laisser déferler. Sans rien dire, elle repasse sa manche, attrape mon trousseau de clefs et sort. Je ne m'inquiète pas, elle n'ira nulle part avec ma voiture, le geste n'était là que pour me rappeler son engagement.

— Assieds-toi, dit gentiment Éloïse. Même si ça ne prendra pas des heures, nous avons des choses à nous dire.

Je jette un œil par la fenêtre. La parka de Lucile, rouge vif par-dessus le fond bleu du ciel, flotte autour d'elle. Elle commence ses allers-retours dans le jardin. D'ici peu, elle arpentera les trottoirs, puis reviendra et rentrera, où qu'on en soit.

— On a vingt minutes, estimé-je en m'enfonçant dans un fauteuil.

— Tu la connais si bien, sourit Éloïse, et tu as toujours été là pour elle. Oserai-je te demander de l'être encore une fois ?

Elle est assise, le plaid ajusté sur ses épaules, ses jambes bien droites à l'avant du fauteuil. Mais, plus que le reste, ce sont ses yeux qui me retiennent. Ils ne cillent pas, leur bleu aussi pâle que celui de ce matin d'automne trop froid. C'est bien ce que je pensais.

Je ne suis pas là pour Éloïse. Elle a déjà choisi ce qu'elle fera de sa vie, et ce n'est pas sa fille qui y changera quoi que ce soit.

— Lucile ne connaît pas le fond de mes intentions.

— Moi non plus, lancé-je.

— Donc tu as compris que je ne vous verrai plus.

— À vrai dire, je n'ai pas compris grand-chose à part le fait que, morte ou loin, ça reviendra au même, dis-je en haussant les sourcils. Il y a trois heures de route jusqu'à la hutte et ce n'est pas vraiment une résidence de luxe.

Mes mots ne la choquent pas. En retour, elle prend une grande inspiration, candidate à l'oral de ses propres aveux.

— Je voulais que tu sois au courant avant elle. Je sais qu'elle veut me dissuader de partir. Je sais aussi qu'elle t'estime bien plus compétent qu'elle en la matière, et c'est pour ça qu'elle n'a pas hésité à sortir dès que je le lui ai suggéré.

Je jette un nouveau regard par la fenêtre. Il n'y a plus de parka rouge.

— Je vais oublier, dit-elle, presque asphyxiée par ses mots.

— Oublier quoi ? De respirer ?

Ses lèvres s'arquent légèrement.

— Vous perdre, toi et Lucile, ça reviendra un peu au même, non ?

— Tu vas *nous* oublier ?

— Pas seulement. Pas forcément, ajoute-t-elle avec une négligence à m'en faire courir des frissons dans le dos. On ne peut pas vraiment prévoir.

Mes dents grincent en comprenant le diagnostic qui la pousse à s'enfuir, mes doigts creusent mes paumes.

Lucile avait tort. Même grimper aux arbres ne suffira pas à convaincre sa mère de faire marche arrière.

— Éloïse, tu sais pourquoi je suis là, au moins ?

— Pour me demander de rester.

— Tu sais aussi que je ne le ferai pas, non ?

Elle sourit de nouveau.

— Je vois que tu le prends plutôt bien, dit-elle simplement.

— Tu voulais que je le prenne comment ? On ne pourra jamais être là tous les matins pour te résumer ce qui s'est passé la veille.

— C'est pour ça que je vais partir dans la hutte.

— Pour ne pas être tentée de nous demander de le faire ?

— Pour que *Lucile* ne soit pas tentée de *te* demander de le faire.

J'esquisse un rictus gêné. Tous les trois, nous avons toujours évolué ensemble, chacun à sa mesure. Mais Éloïse nous connaît trop.

— Je me demande quelle sera sa réaction le jour où elle le découvrira, soupiré-je.

— Certainement pas la même que la mienne lorsqu'on me l'a annoncé, dit-elle, amusée.

J'imagine un instant Éloïse dans le cabinet d'un spécialiste en train d'éclater de rire ou, pire, de demander si elle sera encore capable de remplir des grilles de mots fléchés. Mes paupières se ferment sur mes délires, puis se rouvrent sur son air sérieux.

— Tu es sortie des sentiers battus et ils ont eu peur, n'est-ce pas ?

— Ils ont eu peur d'une seule chose : le fait que je n'aie *pas* peur. Pour moi, c'est la vie. Pour eux, c'est la fin. Lucile répond au même schéma qu'eux.

Je revois la petite fille aux tresses qui me disait que sa maman était indestructible. Lucile n'était pas trouillarde, mais il existait effectivement une chose qui l'effrayait : savoir que sa mère, à sa place, n'aurait jamais eu peur.

— Éloïse, reprends-je, un peu déprimé, même si tu es comme une mère pour moi, je ne suis pas sûr qu'il soit juste que je serve autant d'intermédiaire. Je veux dire… Lucile se sert de moi pour te parler. Ne pouvez-vous pas être plus directes ?

Elle détourne le visage. Je n'avais pas remarqué à quel point ses rides s'étaient accentuées. Ma dernière visite n'est pas récente, mais elle remonte à quelques mois seulement, et sa peau n'était pas aussi pâle alors.

— Lucile a toujours eu peur de ce que je pense. Alors de ce que je ne penserai plus… ce sera encore pire. Toi, tu considérais simplement que c'était « comme ça ». D'ailleurs, c'était…

— … ce que je lui disais. « C'est comme ça », « c'est ta maman ». Je n'ai pas osé le lui dire, quand elle m'a annoncé la nouvelle.

— Tu as été bien avisé, sourit-elle.

— C'est toi qui m'as toujours avisé.

Son sourire persiste quelques secondes, puis se fane. Ses yeux qui pétillaient se ternissent, et elle me dévisage comme si c'était la dernière fois qu'elle le faisait.

— Il est temps que tu arrêtes de penser ça, Aurélien. Tu es ce que tu as choisi d'être, pas ce que j'ai choisi pour toi. On ne décide pas pour les autres et tu le sais mieux que quiconque.

— Je te dois beaucoup quand même.

— Tu ne me dois rien du tout. Je vous ai donné les mêmes paroles, à Lucile et à toi, vous n'en avez juste pas fait la même chose. Cela ne veut pas dire que je dénigre l'un ou l'autre, au contraire, je suis fière de vous deux, mais il faut cesser de croire que ma vie influence la vôtre. *Ma* vie, *je* la décide. Toi, Lucile, vous la rendez juste plus belle et c'est la seule tâche qui vous incombe. On ne peut pas changer les gens ni leur façon de voir les choses. Si tu veux que Lucile n'ait plus peur de moi, il va falloir qu'*elle* le décide. En attendant, tu peux être là pour elle.

Être là et proposer. On en revient toujours là.

— La voilà, chuchote Éloïse.

— Ça ne fait même pas dix minutes ! m'exclamé-je en regardant l'horloge.

— Il faut croire que nous nous sommes trompés.

Bien plus que trompés. Lucile a fermé sa parka, qui la serre étroitement, chose qu'elle fait très rarement. Par la fenêtre, elle articule des mots auxquels je ne réponds pas. Sa vie, à l'heure actuelle, ne tourne qu'autour de sa mère. Sa mère voudrait que ce soit l'inverse. Et moi, je voudrais que chacun vive la sienne, moi inclus.

— Il fait froid, dit-elle en pénétrant finalement dans la maison.

Elle s'assied sur une chaise sans se déshabiller. Pour justifier les mots qu'elle vient de prononcer ou parce qu'elle compte partir, je ne sais pas. Elle a toujours mes clefs de voiture. J'ai envie de lui dire d'aller faire un tour, un peu plus loin cette fois.

— Tu as réussi ? demande-t-elle soudain.

Je secoue la tête.

— J'essaie ? demande-t-elle en fixant sa mère.

C'est au tour d'Éloïse de dire non. Mais, quand elle ouvre la bouche, prête à révéler sa vérité, sa fille la coupe :

— On y va.

Lucile se lève, va jusqu'à sa mère et l'embrasse sur la joue, d'un de ces baisers toujours trop édulcorés à mon goût. Sur le retour, elle attrape ma veste et me la tend. Je l'attrape au vol, obéissant à contrecœur. J'ai beau ne rien avoir à décider ici, tout reste amer.

— Tu ne veux pas écouter ce qu'elle a à dire ?

— Tu me raconteras dans la voiture.

— On était là pour lui parler, non ?

Je me tourne vers Éloïse, désemparé et honteux à la fois. S'il y a bien quelque chose qui m'insupporte, c'est de parler des gens comme s'ils n'étaient pas là. Mais avant que j'aie pu ajouter quoi que ce soit, Lucile agrippe mon bras et me tire vers la porte. Son geste est si inhabituel que je ne réagis qu'une fois dehors.

— Arrête de te comporter comme une gamine !

— Laisse-moi gérer le bazar dans ma tête, rétorque-t-elle en me lâchant comme si mes mots l'avaient brûlée.

— C'est ta mère !

— Et je l'aime ! On n'a juste pas la même définition de l'amour !

Elle me lâche et se dirige vers la voiture. Le souffle court, je la regarde se ruer à l'intérieur et mettre le moteur en route depuis le siège passager, se contorsionnant dans l'habitacle. Je retrouve la Lucile que je connais, celle qui ne m'aurait jamais forcé à la suivre. J'ai toujours pensé que c'était de l'orgueil, aujourd'hui, je trouve ça puéril.

— Je suis désolé, dis-je à Éloïse en me retournant.

— C'était la plus belle chose qu'elle pouvait me dire.

— C'est la fille la plus capricieuse que j'aie vue, oui ! râlé-je en boutonnant ma veste. Et arrête de parler comme si tout était fini ! Tu ne nous as pas encore oubliés !

Elle me rejoint, m'embrasse sur les deux joues. Une bise pour moi et une pour Lucile, le geste d'affection immuable.

— Et je t'interdis de déménager en semaine, ajouté-je alors qu'elle s'écarte.

Sa sérénité ne l'a pas quittée. La mienne n'a jamais été aussi enfouie au fond de mon estomac. Éloïse agit par amour pour sa fille, Lucile par amour pour sa mère. Aucune n'en veut à l'autre. Il n'y a que moi, finalement, qui en veuille aux deux.

Je monte dans la voiture sans la lâcher des yeux. Éloïse nous regarde fixement. Juste avant de refermer la porte, il me semble entendre quelque chose, mais j'abandonne. Je n'en ai plus la force.

— Je croyais que tu voulais conduire, balancé-je à Lucile, las de son attitude.

Pour toute réponse, elle renifle. Je ne mets pas la radio et démarre en silence, ma main sur le levier de vitesses. Des propositions, rien que des propositions… Si seulement *elles* acceptaient de se rapprocher. Mais il y a toujours eu un mur entre elles, parfois si épais que j'étais obligé de faire la passerelle, comme aujourd'hui.

La seule qui a osé parler, finalement, c'est cette femme que je ne connaissais pas du tout, dans le bus. Peut-être que c'est ce qu'il faut, pour que les gens se parlent : qu'ils ne se connaissent pas. Pas de jugement, pas de confiance à établir, juste la vérité à l'état brut. Quand il y a de l'émotion autour, voilà ce que ça donne : une fille effondrée et une mère qui attend.

Dans le bus, sans émotion, c'était vrai, c'était juste. C'était la vie. Et c'était la mienne qui en croisait une autre.

6

Camille

— Maman, on le connaissait, le monsieur, la dernière fois ?

Je me tourne vers Arthur, ne repérant que son reflet dans la vitre du bus sur laquelle il est en train de dessiner. Les hommes que nous avons croisés récemment sont au nombre de deux. Je doute fortement qu'Arthur s'inquiète de l'agent Terdreau.

— Non.

— Pourquoi tu l'as laissé faire ? dit-il en arrêtant de dessiner.

Avec Arthur, c'est tout ou rien. À l'instant, il me met au défi de le prendre pour un imbécile en esquivant la question ou, pire, l'identité de la personne.

— Parce que je ne m'en suis pas rendu compte et que faire une scène dans le bus n'était clairement pas ma priorité, soupiré-je.

Arthur m'abandonne pour retourner à son œuvre, puis soudain lève le bras, poing serré. La panique me gagne à l'idée d'une crise. Il nous reste dix minutes de trajet, je refuse de les transformer en deux heures sous la pluie et, avant ça, en trente secondes de « pour de faux » entre deux sièges. Mais son avant-bras s'abat sur la vitre et balaie le dessin. Juste comme ça. Comme il ne l'avait jamais fait.

Le geste me poignarde plus que la crise si elle avait existé. Puis une nouvelle tache de buée apparaît à la hauteur de ses lèvres ; sa main se relève. J'espère un court instant qu'il se remettra à dessiner, mais non. Il scrute la vitre, puis se retourne en tendant l'index.

— Il y a un monsieur qui regarde mes dessins.

Mon cœur s'emballe à l'idée que nos chemins se recroisent si tôt. Je suis le doigt d'Arthur jusqu'aux portes où un visage familier apparaît et, en une fraction de seconde, je redeviens la pire autiste que j'ai jamais été. Celle de l'enfance, criant dès qu'on me touchait. Celle de l'adolescence, pleurant dès que le réveil sonnait. Par la suite, je l'ai rarement vu, mais personne n'oublie jamais le visage de son père. Pas quand il vous a regardée durant vingt ans, de loin, quasi transi de peur dans un coin.

Je ne cille pas, surveillant ce visage éberlué qui a la même attitude que dans mon souvenir. Les secondes défilent, les voyageurs aussi. Nos voisins pourraient entamer des paris sur qui de nous avancera vers l'autre. Ce sera moi. Je n'ai pas l'intention de rester dans ce bus une minute de plus, pluie ou pas. Je le signifie à Arthur.

— Mon dessin ?

— Tu en feras un autre la prochaine fois.

Arthur descend du siège et se dirige en oscillant jusqu'aux portes. Là, il attrape mon ciré. Pour lui, c'est toujours mieux que la barrière.

— C'est le tien ? émet une voix grave.

Je ferme les paupières, commandant vainement à mon cerveau de ne pas reconnaître le timbre paternel qui y est enregistré. Les mots auraient pu se noyer dans les bruits ambiants, mais ni le moteur ni mon cortex ne couvrent la question hardie. La bile menace de remonter dans ma bouche, et je me force à rester stoïque, retrouvant trop facilement l'attitude irascible que j'avais il y a plusieurs années.

— Il s'appelle Arthur.

— Il te ressemble, murmure mon père.

— Plus que tu ne le crois.

Je guette une réaction dans ses iris si clairs qu'on pourrait voir au travers, mais je n'y ai jamais rien vu à part la peur de sa propre progéniture. Le freinage du bus m'empêche de déchiffrer celle du jour. Je pousse Arthur vers la sortie.

— Les portes ne sont pas encore ouvertes, maman.

— Elles le seront bientôt.

— S'il te plaît, Camille, pourrait-on… ?

— Quoi ? sifflé-je entre mes dents. Rattraper le temps perdu ?

Il me regarde, désespéré, et désigne Arthur de la main. Dans son geste, je sens qu'il voudrait tout savoir. L'âge, l'évolution et les symptômes. Tout ce que je déteste raconter. Et pourquoi pas la conception, pendant qu'on y est ?

— Une autre fois, peut-être. Que fais-tu là ?

— Ça y est, maman, c'est ouvert, annonce Arthur comme si je ne parlais à personne, ce qu'il s'obstine généralement à faire, la seule exception à ce jour restant notre protecteur improvisé.

Je le pousse, l'air froid nous saute au visage. Arthur trébuche et se rattrape à mon ciré. Une main surgit de l'autre côté pour se placer sous son bras. Arthur pousse un cri et saute presque sur moi. Mon exaspération est à son comble alors que nous n'échangeons que depuis trente secondes.

— Tu réapparais pour tout ruiner ? m'écrié-je en fusillant mon père du regard.

— Il y a une raison, dit-il tandis que les portes se referment dans son dos.

— Laquelle ? Savoir qui est son grand-père ? Sa grand-mère ? Qui sont ces deux personnes qui n'ont jamais compris leur propre fille et qui ont été bien contentes de la laisser partir lorsqu'elle a pu le faire ?

— Camille, veux-tu bien m'écouter ?

— Tu n'as jamais été capable de le faire avec moi, et, visiblement, vingt années d'expérience ratées ne t'ont pas inculqué la moindre délicatesse, rétorqué-je en déposant une main légère sur la tête d'Arthur.

— On ne peut pas lutter contre les réflexes.

— Je lutte pourtant bien contre celui de te mettre ma main dans la figure.

Il n'a jamais compris mon point de vue et je n'ai jamais compris le sien. Pour lui, ma protection était primordiale, même si elle impliquait de faire voler ma bulle en éclats. Le jour où j'ai brisé la sienne, il a commencé à avoir peur au lieu de percevoir mon malaise. Le voir me dégoûtait et il s'arrangeait pour ne plus être seul avec moi à la maison.

— J'aimerais discuter dans un endroit plus calme, propose-t-il.

— Tu appelles ça discuter ?

— Maman, ronchonne Arthur, on peut aller au parc ? On n'est pas loin.

— Pas tout de suite, mon ange. Dis-moi ce que tu veux, lancé-je à mon père.

— Eh bien, je voudrais justement qu'on parle…

— J'aimerais aller au parc, répète Arthur.

— On va rentrer à la maison. Ça ne durera pas très longtemps, dis-je en jonglant entre mes interlocuteurs.

— Le parc, c'est une bonne idée, glisse doucement mon père.

— Tu ne me contredis même pas lorsque je te dis que maman et toi n'avez pas été à la hauteur. Si c'est pour que cette conversation ressemble à celles qu'on a toujours eues, non merci !

— C'est pour une autre raison. Et il sera heureux de l'entendre, j'en suis certain.

— Qu'est-ce que tu en… ? Où est Arthur ?

Plus de petite main agrippant mon ciré. Livide, je lève les yeux sur mon père. Son visage reste impassible.

— Il est où, ce parc ? demande-t-il fermement.

— À deux minutes à pied, par là.

Nous nous élançons tous les deux. Malgré son âge, mon père court plus vite que moi, comme cela a toujours été le cas. Pour ne pas rester à la maison, l'activité physique était devenue quotidienne.

Aucun chemin n'avait de secret pour lui. Et, tandis que j'aurais voulu qu'il me les montre sans me tenir par la main, il partait les sillonner seul dans l'espoir que je lui en veuille moins.

Sa silhouette s'éloigne progressivement, comme lorsqu'il quittait la maison, baskets aux pieds. Aujourd'hui, ses chaussures semblent moins confortables, mais il conserve son avance et la creuse, même.

Après le deuxième virage, il disparaît de mon champ de vision. Au troisième, j'ai un point de côté. Forcée de ralentir, je constate que ma faiblesse jaillit uniquement parce que j'ai confiance en mon père. Mais à l'idée qu'il l'attrape de nouveau par le bras, je pousse sur mes jambes, mes poumons trouvant quelque ressource supplémentaire.

Quand j'arrive au portillon vert, ni Arthur ni mon père ne sont en vue. Le sang qui avait gagné mes joues les quitte sur-le-champ, puis Arthur surgit au détour d'un arbre. Juste derrière lui marche mon père. Aucun contact entre les deux, rien qu'une direction commune. Haletante, je les regarde approcher. Arthur a les yeux baissés, conscient de sa bêtise. Mon père surveille les boucles blondes.

— Au bac à sable, grogné-je lorsqu'ils arrivent à ma hauteur.

Sans un mot, Arthur s'oriente vers l'aire de jeux. Mon père nous emboîte le pas sans que je m'y oppose.

— Tu peux y aller, Arthur.

— Tu ne lui fais pas une leçon après la frousse qu'il nous a donnée ? demande mon père.

— Parce que tu lui en as fait une, peut-être ?

— Non, je pensais que c'était ton rôle.

Je pars vers mon banc habituel, celui qui n'est ni trop près ni trop loin, dans la définition d'Arthur. Mon père s'assied, hésitant à s'adosser. La rupture entre nous est déjà assez évidente sans qu'on ait besoin de l'accentuer par nos postures.

— Regarde-le, dis-je. Il se la fait tout seul, sa leçon.

— À son âge ?

— Si jamais tu connaissais son âge, tu saurais que ça ne signifie rien.

— Je te l'accorde…

Peut-être le premier aveu de toute ma vie, celui que j'ai espéré durant des années et qui n'était jamais venu. Je reste cependant sur la défensive.

— Il a sept ans ?
— Non, six.
— Qui est son père ?
— Un trouillard, comme toi.
— Je te l'accorde aussi.

Dans le sable, Arthur danse. Seul son index touche le sable, tout le reste s'agitant avec économie. Voilà qui aurait plu à ma mère, ancienne ballerine qui désespérait de voir sa fille aussi gauche pendant ses cours de danse.

— Il est très beau, reprend mon père.

— Tu n'es pas venu ici pour me parler d'Arthur. Tu ne savais même pas qu'il existait.

— Non, c'est vrai. Je suis venu te transmettre l'offre d'un ami.

— Je ne vois pas ce qu'un de tes amis aurait à m'offrir.

— C'est plutôt ce que tu pourrais offrir au monde qui l'intéresse.

Sa phrase m'emporte instantanément dans un univers d'électrodes, d'imagerie cérébrale et de fils reliés à des écrans où des taches de couleur vacillent. Je me retiens de me jeter sur Arthur pour m'enfuir avec lui. Mon père n'a pas pu revenir pour ça. Il n'aurait pas osé.

— Cet ami est conférencier. Il travaille sur l'autisme et les différentes façons de l'aborder. Je me disais que tu aurais pu partager ton lexique.

— Mon lexique ?

Il fouille dans l'une de ses poches et en sort un petit répertoire. La teinte, un vieux rose délavé, et la couverture écornée me renvoient vingt ans en arrière.

— Où l'as-tu trouvé ? dis-je en le saisissant.

— Dans le seul carton que tu as laissé à la maison. On veut repeindre les murs, alors j'ai fait du tri et je suis tombé dessus…

Je caresse la reliure lisse renfermant mes premières traductions. C'était ainsi que je nommais la différence de langage entre mon univers et celui qui m'entourait. Langage oral ou langage corporel, tout y était mélangé.

Les pages roulent sous mes doigts. À quelques dessins succèdent des phrases maladroites, puis des paragraphes plus précis. J'avais quatorze ans à son commencement. La date du dernier commentaire m'échappe cependant.

— Je regrette de ne pas l'avoir trouvé plus tôt, dit mon père. On aurait peut-être mieux compris, ta mère et moi. À cette époque, tu avais déjà cessé de communiquer, te renfermant encore plus sur toi-même.

— Vous ne vouliez pas le voir, ce « moi » qui vous crevait pourtant les yeux.

— On le voyait, mais on ne savait pas comment faire. Si nous avions su que les solutions se trouvaient là-dedans…

— Papa, les solutions se trouvaient là, dis-je en désignant mon cœur, pas sur un bout de papier. C'est ce qui nous a toujours éloignés. Vous vouliez une recette pour me décortiquer alors qu'il fallait d'abord apprendre à me lire.

— C'était nouveau pour nous.

— C'était nouveau pour moi aussi.

Mon pouce s'arrête sur la lettre E. La tranche de la feuille me fait l'effet d'un couteau. J'appuie, la mettant au défi de faire couler le sang, mais il en faudrait bien plus. De toute manière, mes sens sont partis ailleurs, sur le dernier mot au bas de la page.

« Expérience : tout ce que je ressens de nouveau qui doit devenir habituel. »

Je grimace devant la phrase un peu bancale, mais souris tout de même. Je n'étais pas loin, finalement. Cette traduction doit faire partie de mes ultimes contributions.

— Tu as un crayon ? demandé-je à mon père.

Il sort un stylo de sa poche comme s'il avait souhaité que j'écrive depuis le départ. Je m'en saisis sans relever cet espoir et pose la pointe sous le paragraphe.

« Ce dont est fait chaque jour, chaque geste, chaque contact. »

— Alors ? Tu serais d'accord ? tente-t-il après mon ajout.

Mon doigt traîne sur l'encre déjà sèche. Ces dernières années, j'ai mis mon vocabulaire en avant à l'institut, mais je ne me vois pas le révéler à un comité de conférenciers, encore moins me tenir devant un amphithéâtre rempli d'étudiants.

— Tu ne serais pas obligée d'être présente, ajoute mon père. Il a dit pouvoir fonctionner en visioconférence.

— Je ne sais pas.

— Envisage-le comme une nouvelle expérience.

Sa phrase me met mal à l'aise, et je m'aperçois que je n'aime pas que mon vocabulaire soit utilisé par d'autres. Mon père a dû croire que cela me plairait, mais c'est l'inverse. Je me retiens de lui adresser un énième reproche. C'est la première fois qu'il fait réellement un pas vers moi.

— Je ne pense pas être prête, finis-je par avouer.

— J'ai glissé ses coordonnées à l'intérieur. Là, il y a un petit papier, dans la couverture.

Ses doigts saisissent le carton rose. Surprise par ce geste invasif, je lâche le répertoire, recule et me cogne au dossier du banc. Un gémissement sort de ma bouche tandis qu'une foule d'informations assaillent mon cerveau. Je plisse les paupières pour tout retenir – sensations, larmes. Je suis fatiguée…

— Tu t'es fait mal ? s'inquiète mon père en récupérant le calepin tombé à terre. Je peux faire quelque chose ?

— Non. On va… On va simplement rentrer, Arthur et moi.

— Il fait quoi, au juste, là ?

— Il dessine.

— Je peux aller voir ?

Je n'ose pas lui dire qu'Arthur ne remarquera pas sa présence. Ou qu'il la remarquera, mais y sera indifférent. Alors je désigne le bac à sable et mon père se lève avec précaution. J'ai envie de lui dire d'arrêter d'avoir peur, mais ses réflexes sont encore trop forts. De toute façon, Arthur ne s'en rend pas compte. Il poursuit sa danse, ignorant le reste du monde.

— C'est impressionnant, chuchote mon père en revenant, ébahi.

— Non, c'est lui. Tout comme j'ai été ce livret à un moment.

— Tiens, dit mon père en me tendant le répertoire.

Je l'attrape tel un vieil ami. Durant les quelques dixièmes de seconde que dure cet échange, je vois nos deux mains accrochées à la couverture. Ma gorge se serre.

— Arthur, on rentre.

Je l'empoche comme une voleuse puis referme ma bulle tandis qu'Arthur efface son dessin du bout des pieds.

— Tu faisais pareil, dit mon père doucement.

— Je suis sûre que je n'ai jamais dessiné dans le sable.

— Un soir, tu t'es mise à effacer tes journées comme si tu voulais les reprendre de zéro le lendemain. Ce n'est pas que tu les oubliais, simplement que tu ne voulais pas en parler.

— Ça ne me dit rien.

— C'est arrivé le jour où je me suis cassé la jambe sous l'armoire de la cuisine.

Le choc du souvenir est aussi violent que celui de l'armoire qui s'est effondrée sur mon père. J'étais jeune, farouche, inquiète en permanence de ce qui pouvait me toucher. Ce jour-là, j'ai évité la table, les chaises et la nouvelle lampe de ma mère. Mais j'ai buté dans l'armoire.

Submergée par les messages sensoriels, je suis restée figée, même lorsque l'armoire s'était inclinée dans ma direction. Mon père s'est surgi pour me mettre hors de sa trajectoire, y échouant lui-même. Un mois de plâtre pour lui, deux jours de migraine pour moi, ainsi qu'une perte de confiance totale en tout ce qui occupait la maison, humains comme objets. Je ne serais pas surprise d'avoir commencé à remplir le calepin le lendemain.

— Merci d'être passé.

Le remerciement est aussi fade que ce que je peux produire d'habitude, ma seule exception à ce jour restant celui que je n'ai pas eu le temps de prononcer, la dernière fois dans le bus, à cet homme que je ne reverrai jamais. Pour conclure, mon père et moi inclinons la tête en guise de salut, sa veste noire s'éloignant entre les arbres du parc.

— C’était qui ? demande Arthur, revenu près de moi.

— Mon père.

Arthur fait une drôle de moue. Il a déjà entendu le mot, en connaît la définition, mais les souvenirs qui devraient y être associés lui sont inédits. Néanmoins, il ne proteste pas, prenant la personne comme elle était : un homme avec qui j’ai parlé, qu’il recroisera peut-être un jour. Je ne suis pas certaine de ce qui se passe dans sa tête. J’ai parlé à plus de gens en une semaine qu’il ne m’a vue le faire en un an.

La silhouette de mon père s’amincit entre les arbres. Les adresses et les numéros de téléphone ont été échangés, un jour. Depuis, le papier a dû s’étioler dans le tiroir, comme mon courage. Recommencer de zéro, c’était bon pour quand j’étais enfant. Désormais, il n’y a plus qu’Arthur pour le faire.

7

Aurélien

Mes yeux évitent soigneusement la zone que je refuse de voir, mes pieds font tout pour m'en tenir éloigné. La disposition en escargot du lotissement ne m'a jamais semblé aussi rassurante. Un simple changement d'angle, et une maison peut en cacher une autre.

C'est ce que je m'efforce de faire depuis que je suis sorti de la voiture : ignorer la bâtisse grise voisine de la maison d'Éloïse. Comme la semaine passée, j'ai pris le chemin dénigré par Lucile. Deux kilomètres de route en plus, juste pour éviter la première maison de mon enfance. Non pas que je fasse exprès de passer devant les immeubles qui abritaient la seconde, mais celle-ci avait si peu d'importance que je me souviens à peine de l'adresse. Celle d'Éloïse promettait bien plus et, malgré la proximité avec la première, c'est là que s'est établi mon véritable foyer.

Quinze mètres les séparent, de même qu'une haie de rosiers. Leurs fleurs sont fanées depuis longtemps. J'aimais ces rosiers bigarrés, rêvant que leurs rouge, jaune et orange déteignent sur le gris maladif qui régnait en moi.

Malgré moi, je pivote sur mes talons, levant le regard pour scruter la haie voisine, noire et marron, dans un état aussi déplorable que la bâtisse qu'elle longe. Je détourne rapidement les yeux. Même sans ornement floral, la haie d'Éloïse respire l'entretien et l'éclosion qui mettra quelques mois à paraître. Je me demande qui sera là pour la voir.

— L'hiver prendra soin d'elles, ne t'en fais pas.

Je savais qu'Éloïse me regardait. La fenêtre du salon s'est ouverte avec son crissement habituel. Lentement, je caresse une tige, passant sur les épines comme si elles étaient tendres. Jamais Éloïse ne s'est laissé griffer, et pourtant elle ne portait pas de gants.

— Il y a de quoi les tailler dans le cellier, si tu souhaites le faire au printemps.

C'est donc bien ce que je pensais. Si quelqu'un profite de ces fleurs, ce ne sera pas elle. Mon index se coince dans une échancrure, se piquant au détour d'une épine. Le sang perle le temps que je porte mon doigt à ma bouche. Je n'ai jamais eu le talent d'Éloïse.

— Tu veux boire quelque chose avant de commencer ? poursuit-elle, accoudée au rebord de la fenêtre comme si elle avait trente ans.

— Tu n'as quand même pas laissé le réfrigérateur branché ?

— J'ai même déjà emballé la cafetière, répond-elle en secouant la tête. Je peux te proposer de l'eau froide ou chaude, avec ce que tu veux dedans. Une bouilloire sèche en quelques minutes, il me suffira de la glisser dans le dernier carton.

Je choisis l'infusion qui me réchauffera les mains à défaut du soleil que nous aurions pu avoir. Cette journée s'annonce aussi grise que la triste maison de mon enfance, aussi morose que l'idée de déménager Éloïse loin de nous.

— Lucile n'a pas pu venir, commente Éloïse tandis que je la rejoins à l'intérieur.

— Elle a moins de facilités à obtenir un jour de congé, c'est certain. Mais tu sais très bien que…

— … que les déménagements ne sont pas son fort, oui, soupire Éloïse. Tous ces cartons à porter, empiler sans se coincer les doigts, tous ces chambranles de porte à éviter…

J'ignore ce que les chambranles ont à voir avec Lucile, mais je crois surtout qu'Éloïse cherche des excuses à sa fille. Le labyrinthe créé par un déménagement m'a toujours amusé. Heureusement, aujourd'hui, ce n'est pas toute la maison d'Éloïse qui s'évade, mais seulement l'essentiel.

— Reste-t-il des choses à faire avant de charger la camionnette ? D'ailleurs, d'où vient-elle ? dis-je.

— Un ami à moi, Gustave, me l'a proposée. C'est un vieux tacot, mais elle fera l'affaire.

De mémoire, le terme « tacot » se prêterait plus à Gustave qu'à son véhicule, mais il est vrai que la camionnette sera d'un bon secours. D'ici, elle peut sembler aussi branlante que la maison d'à côté, mais Gustave jamais n'oserait mettre Éloïse dans un corbillard.

— Tiens, ça me permet de terminer ce pot, dit-elle en me tendant la tasse garnie de feuilles odorantes. Une chose en moins à traîner là-bas, souffle-t-elle en posant le bocal vide sur une étagère.

— Et celui-ci ? demandé-je en désignant le récipient à côté.

— Celui-là ? Oh… je le laisse.

Elle passe rapidement à sa propre tasse pendant que j'examine l'étiquette. L'encre est si vieille qu'on peine à distinguer les mots, mais je finis par déchiffrer « Souci officinal » avant de fermer les paupières. C'était la tisane favorite de Lucile, ou en tout cas celle que sa mère lui préparait toujours.

— Je te montre ce que l'on doit charger ?

— Ce que *je* dois charger, corrigé-je après une gorgée d'infusion.

— Ne t'inquiète pas, j'ai trié les affaires plus légères pour moi.

J'opine doucement du chef, la suivant dans les pièces du rez-de-chaussée. Il n'y a pas plus de quatre cartons chaque fois, tous annotés de leur contenu, consciencieusement placés pour être emportés. Dans mon souvenir, aucun des déménagements de mes amis n'a été aussi bien préparé.

— On dirait que tu as fait ça toute ta vie, murmuré-je, ébahi.

— C'est plus ou moins le cas, répond Éloïse en sirotant.

Je hausse un sourcil, mes yeux effleurant chaque carton. L'adhésif marron est placé de façon optimale, les annotations portées sur trois faces au cas où. Éloïse ne peut pas en être à son premier déménagement, ou alors ce n'est pas elle qui a emballé ses affaires.

— C'est le quinzième, dit-elle en secouant nos tasses par la fenêtre. À partir du moment où je suis partie de chez mes parents, j'ai passé en moyenne deux ans dans chacun de mes appartements, jusqu'à m'installer avec mon mari dans cette maison.

— Eh bien, tu n'as pas perdu tes réflexes… Mais, si je peux me permettre, tu avais les moyens de déménager autant ?

Éloïse ricane doucement tout en fermant la fenêtre. Un chiffon posé non loin lui permet de sécher les tasses qui échouent dans le dernier carton ouvert. J'y ajoute la bouilloire puis replie les rabats. Tout est déjà inscrit.

— Mes parents avaient plus d'argent que d'amour à donner. Je ne leur reproche rien, ils ont été là à leur façon, comme les tiens, ajoute-t-elle avec un bref regard dans ma direction, mais j'avais bien plus d'économies qu'envie de rester chez eux. Alors, à dix-huit ans, je suis partie en me jurant de n'utiliser leur argent que pour cette raison : partir. Et, au gré de ma vie, qui ne leur convenait pas, d'ailleurs, de mes envies, des petits boulots, cette tirelire m'a été bien utile !

— Je ne savais pas tout ça…

— Tu n'avais pas besoin de le savoir jusqu'ici, dit-elle en désignant l'adhésif.

— Tu me caches d'autres choses ? souris-je en lui tendant le rouleau.

— Tout ce qu'il n'est pas encore nécessaire de savoir, répond-elle, ses mots presque étranglés par le crissement du ruban.

Je me retiens de les lui demander en mettant en avant sa future amnésie. Même sur le ton de la plaisanterie, cela ne passerait pas. Comme elle le dit, tout arrivera en temps voulu. Cet épisode de sa vie a émergé au bon moment. Je me demande quel chapitre de la mienne je pourrais être en mesure de partager, là maintenant, quand une proposition apparaît à la fenêtre.

La petite tête bouclée se rétracte instantanément. Des bruits de pas étouffés par le tapis vert qui longe la maison me parviennent, puis un chuintement, une voix peut-être. Ma mémoire fait sa part, mon imagination le reste. Puis la réalité prend forme dans l'encadrement de la porte d'entrée, telle que je l'ai vue chaque fois.

— Vous.

Ce petit mot à l'unisson, et nos yeux qui s'emmêlent. La maison d'Éloïse disparaît pour céder sa place au bus. Nous nous examinons sans nous regarder, comme si nous essayions de nous déchiffrer. À l'image de mes sensations d'il y a cinq jours, cette femme dégage la réalité la plus inaccessible que je connaisse.

Perdu dans son mystère, je souhaite soudain soulever chaque pan de sa vie, dévoiler le cœur de son existence. Elle me le présente en un seul morceau, cru et entier, mais pas pour autant vulnérable. Le décortiquer me semble imparable, et pourtant je sens qu'il risque de s'envoler dès l'éclosion. Jardinier devant un bourgeon, guettant l'apparition des pétales, je redoute le terme de cette étroite densité. Mais, finalement, c'est ainsi que je l'ai rencontrée et je n'ai pas le droit d'aller plus loin.

— Camille, quelle surprise ! s'exclame Éloïse. Où est le petit ?

Le prénom résonne en moi et chemine dans l'imbroglio de mes pensées.

— Sous la fenêtre, dis-je à voix basse.

— Ah oui ? sourit Éloïse, les yeux mi-clos avant de les rouvrir plus qu'étonnés.

— Nous nous sommes… déjà croisés, expliqué-je, presque timide, en jetant un regard de biais à celle dont je m'efforce encore d'apprivoiser le prénom.

— Oh, reprend Éloïse, plus sage. Charmante coïncidence !

Personne ne relève la remarque. De toute façon, Éloïse part déjà en quête du garçon qui peine visiblement à entrer dans la maison. D'une façon ou d'une autre, j'ai dû lui faire peur, même s'il m'a déjà vu une fois.

Pour éviter qu'une telle scène ne se reproduise, je m'éclipse dans la cuisine, flottant sur mes pieds comme la voix d'Éloïse dans les airs. Enfin assis sur une des chaises recouvertes d'un drap, je constate que l'essoufflement qui me parvient est le mien, et que ce n'est certainement pas ce piètre déplacement qui l'a occasionné.

Dans le couloir, les paroles se font douces, fluides. Je les laisse voguer sans chercher à les attirer. Isolé dans la cuisine, chacun demeure ainsi à sa place. Cette femme et son fils en ont apparemment une auprès d'Éloïse, dans un monde où seuls eux trois ont le droit de cohabiter. L'instant que nous avons partagé n'était qu'un interlude.

Les minutes défilent au son de l'horloge mécanique. Je prévois l'empilement des cartons dans la camionnette, révise le trajet jusqu'à la hutte, si concentré que je ne remarque pas la silhouette jaune et rouge plantée à quelques mètres. Quand je le vois enfin, je manque de sursauter.

— Bonjour, dis-je pour rattraper mon impolitesse.

L'enfant se tient immobile quelques secondes, puis la voix de sa mère nous parvient, nuage invisible se diluant dans les airs.

— Arthur, enlève ta tenue de pluie, elle ne t'est d'aucune utilité.

L'hésitation est si claire sur le visage du garçon qu'elle me tord le ventre. Puis le petit s'efface derrière un pan de mur. Mon esprit s'enflamme sur les bribes d'informations que j'ai pu attraper. Deux prénoms, des vêtements, un mutisme extrême et des paroles si rares qu'elles en deviennent plus précieuses que les rosiers d'Éloïse.

J'entends soudain renifler. Un sourire se propage sur mes lèvres. Dans cette maison, c'était Lucile qui reniflait, et je la rejoignais, bras ouverts ou sourire explicite aux lèvres selon notre âge. Aujourd'hui, le petit Arthur la remplace et je me décroche de la chaise. Le garçon est debout dans le couloir, finissant d'ôter sa veste avec une extrême délicatesse.

Au troisième reniflement, je ne peux rester sans rien faire, mais lorsque ma main jaillit près de lui, il se pétrifie. Malgré tout, ses yeux vibrent encore, son torse se soulève toujours, le visage éveillé, curieux. On pourrait presque croire qu'il fait la plus grande découverte de sa vie juste en fixant ma main.

Dans cette immobilité qui lui sied tant, je remarque le pantalon de ciré rouge au sol et celui, rouge, en toile, qu'il porte. La veste qu'il tente de retirer et le pull qu'il s'échine à faire apparaître sont du même jaune d'or. Il portait déjà ces couleurs dans le bus.

— Je peux t'aider ?

Devant son absence de réponse, je me demande brièvement s'il me comprend, mais, au parc, sa mère lui parlait avec des mots bien plus compliqués. Alors je n'attends pas son aval et attrape une manche de la veste. En quelques secondes, je déclenche une tempête.

La mère surgit dans le couloir, Éloïse à sa suite. Le petit Arthur ouvre la bouche juste avant que je le lâche. Un vent invisible paraît avoir mené tout le monde jusqu'à lui, me repoussant dans la direction opposée. Chercher à l'aider semble soudain la pire idée qui me soit venue. Je me suis trompé, cet enfant n'est pas Lucile.

— Laissez-le faire, dit Camille.

C'était presque un murmure, mais il a eu la force d'une bourrasque. Je recule encore pour rendre à l'enfant son espace semble-t-il vital. La mère me remercie d'un regard, comme dans le bus, emmêlant le peu de pensées que j'avais cru éclaircir. Depuis mon poste, je tente de décrypter les attitudes de chacun. Tout le monde est sur le qui-vive, pourtant je n'ai pas l'impression d'avoir fait une bêtise.

— Je vais préparer de la tisane, annonce Éloïse en retournant au salon.

La mère ne répond pas, veillant sur son fils jusqu'à ce que la tenue soit totalement ôtée. Je reste à quelques pas seulement, mais à des lieues d'eux, m'excluant moi-même. Dans le salon, Éloïse ouvre un carton, le bruit m'attirant vers elle.

— Tiens, va me remplir ça, dit-elle en tendant la bouilloire.

— Tu leur offres quoi ?

— Le souci officinal, répond-elle aussitôt. C'est la seule chose qui ne soit pas emballée, ajoute-t-elle comme si je l'avais prise au dépourvu.

Je m'acquitte de ma tâche en évitant soigneusement de déranger nos invités. Quand je repasse en sens inverse, bouilloire fumante, le garçon s'est réfugié dans le salon. Sa mère observe sa trace invisible, les pieds ancrés au sol comme si en soulever un compromettrait l'équilibre global. Énième scène déroutante de ce duo insolite.

Je me penche pour ramasser les vêtements. Le bruit la fait revenir sur moi à une vitesse impressionnante. Son regard traduit un « Laissez-moi faire » que je refuse en lui tendant la bouilloire. On m'a mieux élevé que ça.

— Apportez plutôt ça à Éloïse.

Quelques secondes s'écoulent et je comprends qu'elle pourrait se brûler si je ne la lui présente pas autrement. Alors je déplace mes mains pour qu'elle n'ait que la poignée à attraper. Elle la fixe quelques instants avant de s'en emparer. Je fais volte-face pour retourner à la cuisine.

Les paumes posées à plat sur la table, ma poitrine sur le point d'exploser, je gonfle mon dos comme un chat effarouché. Je me suis littéralement enfui, il n'y a pas d'autre mot. Dans le salon, l'eau coule par-dessus le silence et les feuilles de souci. Sur mon corps, tous mes poils se hérissent. Je n'ai pas ma place là-bas. Moi qui ai toujours su où être et comment vivre chez Éloïse, je me retrouve pour la première fois à l'écart, et ce par ma propre volonté.

— Aurélien ? On s'y met ?

Je vais bien devoir me résoudre à sortir de cette cuisine. Autant le faire caché derrière un carton. Alors j'attrape celui qui semble le plus lourd pour accompagner le poids de ma pudeur.

— La camionnette est ouverte ?

— Non. Tiens, voici les clefs, dit Éloïse. Et, Camille, buvez tranquillement votre tisane. Aurélien est ici pour m'aider, pas vous.

Les paroles résonnent dans ma tête jusqu'à ce que j'arrive au fourgon. Je dépose mon chargement à terre dans un léger bruit de vaisselle. Les doutes m'envahissent pendant que j'ouvre les portes arrière. L'ordre d'Éloïse était on ne peut plus clair : Camille ne portera rien. Alors pourquoi ai-je l'impression qu'un double sens s'est glissé dans ses mots ?

Pour effacer mes soupçons, je pousse le carton jusqu'au fond, estimant l'emplacement des suivants. Et les allers-retours commencent, sans Éloïse qui semble bien partie pour divertir Camille.

Le premier à suivre mes traces est finalement le petit Arthur, qui, sans me regarder, s'amuse de mes empreintes de pas dans les zones humides. J'en suis à mon cinquième trajet lorsque je le surprends à dessiner dans la boue, mais il s'interrompt rapidement. La terre doit être trop sèche.

Bras chargés, je lui passe devant, feignant de l'ignorer. Il part en sens inverse dans une attitude similaire. La troisième fois, je crois entendre un gloussement près des rosiers où il se terre chaque fois. Ce garçon a beau ne pas être Lucile, leurs refuges sont les mêmes, bien que mon amie déteste les épines.

À présent, il ne reste plus que les affaires entreposées dans le salon avant de passer à l'étage, mais je me refuse toujours à y entrer. Alors, déjà fourbu, je gravis l'escalier menant à ces chambres où j'ai passé tant de temps enfant. Une jaune, une rose, une orange. Éloïse et son mari, Lucile, et moi dès que l'occasion se présentait. C'est-à-dire presque tous les jours.

J'aimais ces chambres aux portes toujours ouvertes. Quand je passais devant, elles me donnaient un avant-goût des rosiers, dehors. Du soleil et du bonheur, à l'intérieur comme à l'extérieur, le parfait opposé de ce que je vivais dans mon immeuble, plus loin.

Je pénètre dans la première chambre. Le mobilier reste sur place, couvert de draps blancs rappelant une ancienne demeure désertée. Les cartons sont posés dans un coin. À côté s'étalent des sacs volumineux. Éloïse va m'en vouloir si elle me voit descendre avec, s'étant juré de participer au chargement. Je n'ai plus qu'à espérer être invisible, comme ce petit être qui cherche à se cacher de moi alors qu'il n'a pas mis plus de cinq secondes à me suivre dans l'escalier.

— Tu peux entrer, tu sais.

Je ne le regarde pas, ne tends pas la main. Cet enfant est hors du monde – en tout cas du mien. Je viens de comprendre qu'il est le seul à décider de ce qu'il en fait. Alors je saisis un sac que je dissimule à moitié derrière un gros carton.

J'atteins le rez-de-chaussée quand le garçon me double pour se caler sur ma gauche. Le petit meuble du couloir l'aurait empêché de passer plus loin. Mais, quand nous nous retrouvons dehors sans qu'Éloïse ait fait le moindre commentaire, je comprends que son déplacement n'était peut-être pas si anodin que ça.

Un peu encombré, j'épie ce complice de fortune que je n'ai même pas le droit de questionner. À quelques mètres du fourgon, il se sauve dans les rosiers pour réapparaître dans mon dos cinq secondes après ma nouvelle entrée dans la chambre jaune.

Douze voyages se passent ainsi, même lorsqu'il n'y a aucun sac à dissimuler. Une prouesse, d'après moi. Je ne connais aucun enfant qui aurait accepté vingt-quatre volées de marches sans dire un mot. Mais je ne connais pas non plus d'enfant capable de dessiner aussi bien dans le sable.

— Il ne reste plus que le salon, maintenant, soupiré-je en aménageant l'espace libre pour y caler les dernières affaires. Et ta mère semble être la compagnie dont Éloïse a toujours rêvé. C'est à se demander si elle veut vraiment partir…

Je me retourne, certain que l'enfant est de nouveau sous les rosiers, et sursaute en le découvrant derrière moi. Mon rythme cardiaque ne s'apaise pas pour autant. Frôlant les frontières de l'impossible, à la limite de tout faire basculer, le petit Arthur bat sa mère en matière de regards éloquents.

Deux voitures passent non loin de nous pendant cet instant suspendu, puis l'enfant inspire, m'attirant à lui comme un aimant qui se serait enfin inversé.

— Pour-de-vrai.

Et il détale de nouveau sous les rosiers.

Je l'observe, caché sous les ronces, savamment placé de façon à ne pas se piquer. Son immobilité est contagieuse. Pris sur le fait, je m'ébroue avant de retourner à l'intérieur avec enfin une dose de courage. Si je suis parvenu à rester aussi près de cet enfant, sa mère ne devrait plus me faire peur.

— Nous allons vous laisser. Je suis tellement triste que vous partiez… Arthur le comprend aussi, il a juste plus de mal à l'exprimer.

— Ne vous inquiétez pas, Camille, je sais exactement ce qu'Arthur ressent. Non, laissez, je nettoierai les tasses.

— Je suis navrée qu'il ait gaspillé.

— Le souci n'a jamais été sa grande passion, commente Éloïse avec ironie. Ah, Aurélien, voudrais-tu les rincer ? Ces feuilles laissent plus de traces que les autres.

Éloïse plonge son regard dans le mien, Camille me fuit des yeux. J'attrape les tasses avec l'envie folle de révéler le partenariat furtif établi avec le garçon tout en me réjouissant de le garder secret. Cet enfant m'a redonné une place, servant de lien entre deux mondes qui se heurtaient l'un à l'autre. Je devrais aller le remercier, mais, au fond, je crois que c'est déjà fait. Son « pour de vrai » était éloquent, même s'il demeure une énigme, peut-être un jeu à l'école, ou alors le nom de celui que nous avons inventé ensemble.

Puis, lentement, Camille relève le menton. Encouragé par mon expérience avec le petit Arthur, je garde le silence. Éloïse comprend mon manège et, au bout d'un temps, se racle la gorge. Nous réagissons de concert, moi en reculant, Camille en se décalant. Je la laisse passer en compagnie d'Éloïse, fermant une marche incongrue.

Dehors, Camille examine aussitôt les rosiers. Certaines paroles de Lucile me reviennent alors. Il ne peut s'agir que de ça. Arthur doit être l'enfant qu'Éloïse gardait jusqu'à ce qu'elle décide de partir.

Sur l'ordre muet de sa mère, le garçon quitte son refuge. Trop occupé à admirer l'art avec lequel il s'extirpe des ronces, je ne vois pas les deux femmes se dire au revoir. Quand je me retourne, Camille tient la portière d'une voiture rouge. Arthur saute à l'intérieur sans même frôler la carrosserie.

Aucune main ne s'agite au moment de partir. Seuls deux visages sont tournés vers Éloïse et moi. Deux visages aussi vrais que si leurs bouches avaient parlé : vous allez nous manquer. Je soupire pendant que le moteur ronfle sur les premiers mètres, repérant le logo d'une agence de location.

— Elle n'a pas de voiture ? demandé-je bêtement alors que mille autres questions hantent mon esprit.

— Elle n'en a pas eu besoin jusqu'ici.

— Elle en loue… louait une chaque fois qu'elle amenait son fils ? m'étonné-je dans un mouvement brusque, écopant de quelques gouttes d'infusion sur mon pantalon.

— Tu as compris beaucoup de choses, pour quelqu'un qui n'a pas beaucoup parlé, répond Éloïse, malicieuse.

— C'était une règle, de ne pas parler, non ? rétorqué-je en renversant le contenu des tasses au pied des rosiers.

Le petit amoncellement de feuilles imbibées scintille sous l'arbuste. Dans son bocal, le souci se ternit, mais, une fois mouillé, il retrouve son jaune vif et brillant. Plus je le contemple, plus cette teinte m'en rappelle une autre, et certainement pas celle de la chambre à l'étage. Je détale vers la cuisine.

Je jette quasiment les tasses sur la table pour m'emparer de la tenue de pluie. Le tissu glisse entre mes mains, d'une douceur incomparable. Éloïse pénètre quelques instants après.

— Mince… ses vêtements… Heureusement que Camille a un double chez elle.

— Je les lui rapporterai, dis-je aussitôt.

Éloïse lève un sourcil puis le rabaisse, comme rappelée à l'ordre par une voix intérieure. Sans rien dire, elle part dans le couloir, soulève le drap couvrant le buffet et ouvre un tiroir.

— Je croyais avoir noté son adresse dans les papiers qui traînaient ici, s'énerve-t-elle. Et le contrat de garde d'enfant est à tous les coups dans un des cartons que tu as déjà chargés ! Bon, ce n'est pas grave. Camille travaille à l'institut Les libellules. Tu connais ?

Je secoue la tête, m'abstenant de pointer l'inutilité d'un tel contrat à la hutte.

— C'est un institut spécialisé qui se trouve à dix kilomètres au nord de chez toi. Elle y est quasiment tous les jours. Tu n'auras aucun mal à y entrer. Tiens, voilà l'adresse, ajoute-t-elle en la griffonnant sur un papier.

— Un institut spécialisé ? répété-je.

Éloïse repart au salon, et le même manège qu'il y a une heure reprend. Cette fois, c'est moi qui dépose les tasses et applique l'adhésif. Éloïse semble mâcher ses mots.

— Camille est autiste, Arthur aussi. Ils sont tous les deux hypersensoriels. Ce que tu as accompli aujourd'hui relève du miracle. Jamais Arthur ne se laisse approcher par un inconnu, encore moins Camille.

— Nous… nous étions déjà croisés, précisé-je, de nouveau estomaqué par la révélation.

— Camille m'a raconté.

— Mais qu'est-ce que ça veut dire exactement ?

— Je ne t'en dis pas plus, cela ne sert à rien.

Déçu mais déjà résigné, je me penche pour saisir l'un des derniers cartons, me relevant à grand-peine. Éloïse n'a pas lésiné sur le contenu.

— Par contre, reprend-elle, ce dont on a besoin maintenant, c'est de finir de charger la camionnette, couper l'eau et l'électricité, et fermer la maison. Ensuite, on a trois heures de route, sans compter ton retour. Si tu veux pouvoir aller à l'institut demain, tu ne dois pas rentrer tard.

Je souris en l'entendant s'adresser à moi comme lorsque j'avais seize ans. Si Éloïse oublie un jour qu'elle m'a pratiquement élevé dans cette maison, j'espère qu'elle ne perdra pas ce ton. Et, quinze minutes plus tard, quand nous fermons les verrous, je me demande si, eux aussi, elle les oubliera.

8

Camille

Depuis le seuil de l'immeuble, le bloc de boîtes aux lettres paraît si petit qu'on pourrait le manquer. Pourtant, je l'évite systématiquement, comme s'il empiétait sur la cage d'escalier. Arthur ne s'en inquiète pas autant et trépigne d'impatience pendant que je rajuste son manteau. D'un œil, je lorgne la petite plaque indiquant notre nom, sans avoir le courage de m'en rapprocher. Demain, sûrement. Ou peut-être le jour suivant.

— C'est fini ?

— Attends, je n'ai pas accroché le dernier bouton.

Mais Arthur n'a que faire de ce que je lui raconte. Pour lui, le seul attrait se trouve dehors, sous forme de gouttelettes transparentes.

— Si tu pouvais avoir autant d'entrain pour aller prendre une douche…

Il n'attend même pas que je lui dise que tout est bon et se jette dehors. Dans ces moments, tirer sur une poignée ou se décaler pour que quelqu'un passe lui importe peu. Tout ce qui l'intéresse, c'est la pluie sur ses vêtements cirés.

Je regarde son dos et sa tête jaunes, ses jambes rouges et ses bottes noires. Seule la moitié supérieure de son visage est visible, ses manches trop longues lui recouvrent les mains. Derrière son col roulé se cache un énorme sourire. Le mien tait la nervosité d'avoir à ouvrir cette lettre qui traîne depuis déjà cinq jours.

Même au travers de la fente, le logo des services sociaux était immanquable. Désormais, il est enfoui sous d'autres courriers que je n'ai pas relevés non plus. Il ne faudra pas que je tarde autant que la dernière fois, mais je m'accorde encore un délai. Pour l'instant, Arthur et la pluie, c'est plus important qu'Arthur sur un bout de papier.

À l'extérieur, les gouttes rebondissent déjà sur ses vêtements. En quelques instants, chaque parcelle de tissu est assaillie sans que son corps ressente quoi que ce soit. Arthur dégage son front et m'offre son bonheur, m'invitant à le suivre. Une dernière promesse à la boîte aux lettres, puis je remonte ma fermeture Éclair.

Mon ciré est gris pâle – perle, disaient-ils dans le magasin. Au-delà de la couleur, tout ce qui m'importait, c'était sa robustesse. Pendant que le vendeur épiloguait sur la doublure rayée, j'examinais l'extérieur. Carapace finalement efficace, je l'ai néanmoins essayé quinze fois avant de me décider.

Je le ferme jusqu'au menton, presse chaque bouton d'ornement l'un contre l'autre. La capuche finit sur ma tête, mes deux mains dans les poches.

Dehors, le vent, la pluie. Sous mon manteau, le calme.

La toile cirée, c'est comme le bip magnétique ou les éclairages à détection de présence : un tout petit détail qui pourrait être insignifiant et qui prend une importance capitale. Je me rapproche d'Arthur et de ses bras tendus sous la pluie. Ses yeux pétillent comme lors de sa première fois.

— On y va ?

Il lève le nez. Les gouttes glissent le long de sa capuche et sur les pans de son ciré.

— Chez Éloïse ?

— Je t'ai déjà expliqué que tu venais au travail avec moi.

Il devrait protester, mais la pluie le distrait. Je désigne ma droite et il s'oriente telle une girouette, jambe en l'air, membres raides. Aucune chance qu'il joue au somnambule jusqu'à l'institut, mais il tiendra sûrement cinq minutes.

— Il fait presque nuit, commente-t-il.

— Il faut prendre le bus.

Le somnambule s'arrête, les bras pendants, l'eau y ruisselant telles des larmes. J'avais espéré que la pluie gommerait aussi cette désillusion.

— C'est pour ça que l'on part tôt, ajouté-je rapidement. Il y aura moins de monde.

Cette fois, il enfonce joues et nez dans son col. Je n'entrevois qu'un morceau de front et une boucle solitaire. L'envie me démange de la remettre en lieu sûr, mais Arthur ne m'y autorisera pas. Son ciré, c'est son univers. Personne n'a le droit de le toucher lorsqu'il le porte.

La rue est quasiment déserte. Dans mes oreilles résonne le bruit des gouttes, de toutes les gouttes. Celles qui cognent sur le goudron, celles qui claquent dans les flaques, et celles qui bondissent sur ma capuche. Hantés par cette mélodie percussive, nous atteignons l'arrêt de bus, vide.

— Il faut vingt minutes, pour aller jusqu'à l'institut.

Arthur reste debout devant le banc de l'Abribus, engoncé dans ses vêtements cirés. Je l'observe du coin de l'œil, cherchant à déceler s'il a deviné mon intention, mais, pour l'instant, il est figé comme une statue.

Lorsque le bus arrive, le sympathique somnambule a totalement disparu. Nous y montons, ajoutant deux âmes aux quatre y errant déjà. Rassurée par le peu d'affluence, je désigne les sièges qui nous isoleront le mieux. Arthur me précède et s'y faufile. Le bus démarre, me projetant vers l'arrière. Quand je me redresse, ma capuche glisse en arrière.

— Tu as les cheveux lâchés.

Arthur ne me regarde pas. Il fixe mon reflet dans la vitre constellée de gouttes. Effectivement, ce matin, j'ai oublié l'éternel élastique qui m'évite l'inconfort dans le cou ou sur les tempes.

— J'étais trop occupée à chercher ton pantalon de secours…

Son sourire disparaît dans la buée. Cette fois, ce n'est pas une fleur qu'il commence à dessiner, mais le logo de la marque de son manteau. Le vrai, celui que j'ai laissé chez Éloïse et qui m'aurait épargné une fouille dans les placards.

Le bus freine. Mes yeux s'orientent vers les portes qui laissent pénétrer un passager. Aujourd'hui, sans personne pour nous compresser, nul besoin d'aller se cacher là-bas, pourtant, mes épaules frémissent d'une absence que j'aurais voulue autre.

— Maman, tu as chaud. Tu devrais enlever ton ciré.

Je me tourne vers Arthur qui a retiré le sien sans que je m'en aperçoive. Ce que je vois, en revanche, c'est le reflet rouge de mes joues sur les courbes qu'il a déjà tracées.

— Tu as raison. À moitié…, ajouté-je dans un soupir.

Arthur retourne à son logo et moi aux portes contre lesquelles j'aurais accepté de me tenir si… Aurélien… avait été là pour nous isoler. Je tente maladroitement de lui attribuer son prénom mais bute comme un insecte contre une vitre. Pour moi, il n'est pas Aurélien. Il est celui qui m'a permis de respirer, créant une bulle à lui tout seul pour qu'Arthur et moi n'ayons pas à consolider la nôtre.

Finalement, il y a mieux que deux sièges et une vitre. Il y a cet homme qui vaut tous les trajets en bus que j'aie jamais faits, au sec et assise.

Peut-être que je n'aurais pas dû nous lever si tôt.

— Pourquoi tu ne mets pas un pantalon de ciré, toi aussi ? demande soudain Arthur.

— Parce que je me suis habituée et que la toile de mon pantalon est plus épaisse. Et puis je te rappelle que je suis capable de prendre plus souvent ma douche, ajouté-je en chuchotant.

Il rit, puis, du doigt, touche une zone mouillée sur mon jean. Sous son ciré, il a déjà fait l'expérience plusieurs fois. Un jour, il la fera « pour de vrai », mais il lui reste encore quelques années avant de se rendre sous la pluie dans de simples vêtements.

— Tu en avais un, quand tu étais petite ?

Je grimace honteusement en me remémorant ma tenue de l'époque.

— Ma maman avait cousu quelque chose qui y ressemblait. Ça lui prenait toujours du temps de comprendre ce dont j'avais besoin.

— Elle ne savait pas ?

— Elle ne pouvait pas savoir, elle n'était pas comme moi. Pas comme nous.

— Elle était comme Éloïse, alors ?

— C'est un peu ça.

— Mais, Éloïse, je la voyais souvent. Pourquoi on n'est jamais allés voir ta maman ?

— Arthur !

Ma voix résonne dans le bus. Je m'excuse d'un regard autour de moi, mais personne ne nous observe. Je regrette de plus en plus mon inconnu d'il y a six jours. Lui aurait réagi.

— On a vu ton papa. Ta maman ne voulait pas venir ?

— Ça, je n'en sais rien…

— Tu ne veux pas savoir ?

Je hausse les épaules, perdue dans les multiples issues à sa question. Je vais tenter une réponse quand il m'interrompt :

— Je peux appuyer ?

Notre arrêt a été annoncé. Je recule au fond de mon siège, lui laissant la voie libre. En quelques gesticulations, Arthur atteint le bouton jaune, déclenchant la sonnerie à l'avant du bus. Le son le fait rire et, excité, il se rassied d'un coup.

Trop fort.

Ses yeux s'emplissent de larmes. Une seule roule sur sa joue, je l'essuie délicatement.

— Remets ton manteau, mon ange.

Il obéit aussitôt, comme s'il voulait effacer l'erreur qu'il vient de commettre. À l'instar de nombreuses mères, je cherche à être un modèle pour mon fils, mais, dans le cas d'Arthur, le mimétisme est encore plus extrême. Il sait qu'il ne pourra pas passer sa vie à porter des pantalons cirés ou à laisser passer une semaine entre chaque douche.

— Allez, on descend.

— Mmm…, marmonne-t-il vaguement.

Sans autre commentaire, nous nous plaçons devant les portes. Dans le vide, il est presque agréable de se laisser ballotter de gauche à droite. Je me cramponne à une barre, Arthur agrippe mon ciré. Là aussi, il sait qu'un jour il devra se tenir lui-même, sans que je sois là pour servir de bouclier ou de paratonnerre.

Sur sa droite, un passager s'installe, prêt à descendre. Je me décale pour l'en éloigner, mais, déstabilisé, il tombe. Je guette sa plainte diffuse. Elle ne vient pas. Son flanc reste appuyé contre le mien. D'une main, il rabat sa capuche, masquant ses yeux, ses joues et son front.

— C'était mieux la dernière fois, bougonne-t-il.

D'ici, je n'aperçois que le bout de son nez. Il semble hésiter à poursuivre. Dans le bus, les gens s'organisent. Nous laissons deux passagers descendre en premier et s'éloigner. Une fois dehors, comme déversés sur le gravier, nous restons immobiles.

— C'était mieux quand il était là, reprend Arthur en regardant au loin.

Nous sommes quasiment à la campagne. L'institut pour autistes est situé en dehors de la ville, afin que les patients se sentent moins oppressés. À 7 heures du matin, hormis les gens partant travailler, il n'y a personne. Autant dire que nous sommes seuls au monde.

— Parce qu'il a évité que les autres ne nous bousculent ? demandé-je.

— Parce qu'il t'a rattrapée.

Mon cœur s'interrompt une seconde, pleine, longue, entière. Qu'est-ce que j'imaginais, en fait ? Qu'Arthur ne réfléchirait pas ? Ou alors qu'il ne dirait pas ce que j'ai eu envie de hurler dès que nous avons mis les pieds dans cet autobus ? Nous sommes faits d'une même chair, lui et moi. Tout soulagement nous touche forcément l'un et l'autre. Il n'y a que les limites qui ne soient pas encore les mêmes.

— Il ne peut pas être là chaque fois, dis-je pour combler le silence.

— C'est dommage.

Ma voix se coince dans ma gorge. Je ne peux pas répondre. Un enfant en aurait le droit, moi pas. Pas après trente années de lutte pour paraître comme les autres. Mon modèle, celui que je façonne chaque jour, exploserait en mille morceaux.

— On a encore une heure avant que Caroline ouvre l'institut. Tu veux faire quoi ? demandé-je d'une voix légèrement tremblante.

Arthur tend un bras devant lui. Plus rien n'y rebondit.

— Il ne pleut plus.

— Tu veux qu'on aille prendre un petit déjeuner ?

— Oui.

En douceur, je prends sa main et me mets en route vers le café avoisinant l'institut. Les établissements thérapeutiques ont plutôt tendance à faire fuir les gens, mais, ici, le gérant est sympathique. Ce n'est malheureusement pas toujours le cas des clients, puisque nous restons un morceau du monde que personne ne comprend.

— C'est comment, l'expérience de la pluie ?

Nous continuons à marcher, main légère contre paume fébrile. Arthur ne traîne pas. Il adopte même un bon pas. Dans ma tête, les pensées circulent à la même allure. Il y a tant d'informations à donner que je ne sais dans quel sens les révéler.

— Ça ressemble un peu à l'expérience de la douche, mais en plus diffus.

— C'est quoi, « diffus » ?

Je soupire. Je n'aurais pas dû me lancer là-dedans. J'ai depuis toujours estimé qu'il n'existait pas assez de mots pour traduire nos sensations. C'est d'ailleurs à cause de cela que j'ai inventé cette expression : l'expérience de tout. Comme les gens qui expérimentent le goût du chocolat, nous, nous expérimentons les contacts.

— On va dire que c'est partout, mais pas trop épais, comme s'il n'y avait qu'un verre de sable à répartir sur tout ton corps. Un sable léger et vaporeux, mais vaste, aussi.

Un temps de silence. Je sais déjà ce qui va suivre.

— Je ne comprends pas.

— C'est normal.

Arthur n'insiste pas. Il sait que je fais toujours mon possible pour résoudre ses énigmes. Trouver les mots justes, le bon vocabulaire, inventer mon propre dictionnaire, c'est ce pour quoi Caroline m'a recrutée. Étant moi-même concernée, personne n'est mieux placé pour présenter aux parents ce à quoi ils vont être confrontés. *Ceux* à qui ils vont être confrontés.

Après un premier entretien avec moi, les parents reconnaissent en général que leur enfant est, à leurs yeux, un étranger. Qu'il est un petit extraterrestre partageant leur domicile et leur cœur, impression que je m'efforce de renverser en leur demandant de se familiariser avec sa planète sans chercher à le transformer.

Lorsque les plus démunis me demandent comment sera la vie de leur enfant, je réponds qu'ils seraient bien incapables d'expliquer ce qu'ils ressentent en s'embrassant l'un l'autre. En principe, à ce moment-là, les deux parents rougissent, mais le message passe. Les plus poétiques essaient de me dire que « ça a un goût de… », mais ils s'arrêtent vite en s'apercevant qu'ils sont à côté du vrai. Les plus pragmatiques tentent eux de me parler d'humidité, de chaleur, et comprennent qu'ils manquent cruellement de sensibilité. Du coup, avec ce seul problème, je leur résume la totalité de ce qu'ils auront à affronter avec leur enfant. Et c'est souvent à ce moment-là qu'ils se mettent à pleurer. C'est aussi le moment où je leur parle de « l'expérience ».

— Les parents de Théaume, ils avaient l'air d'avoir compris, pourtant.

— Je ne leur ai pas parlé de la pluie, mais d'autres expériences. Ils ont fait beaucoup d'efforts. Et puis, c'est plus facile d'appréhender le vocabulaire quand on n'a pas toujours eu l'impression de se faire écraser alors qu'il ne s'agissait que d'un câlin.

— Tu ne leur as pas parlé de la pluie ? se récrie Arthur.

— Je n'en parle jamais.

— Pourquoi ?

Nous nous arrêtons, les yeux dans les yeux. La curiosité que toutes les expériences engendrent ravive l'air éveillé que je lui trouve depuis ce matin, comme une envie de dépasser des limites qui devrait encore attendre quelques années. Je ne peux pas lui mentir.

— Parce que c'est sûrement la plus difficile à vivre.

Ses pupilles se dilatent progressivement, ses lèvres s'entrouvrent et, enfin, il baisse le menton. La capuche reste en arrière, libérant ses cheveux. Je reprends le tissu, le replace méticuleusement sur sa tête, quand, d'un coup, sa main attrape la mienne.

— Ça fait mal ? demande-t-il d'une petite voix.

Je laisse ses doigts me contrôler. Il n'y a aucune violence, aucune défense dans nos gestes. Arthur veut juste que je me concentre sur la pluie alors que tout mon être voudrait qu'il pense à autre chose. Mais j'ai laissé une porte ouverte et il vient littéralement de s'y engouffrer.

Je lui dois la vérité jusqu'au bout. Ma vérité, en tout cas. Elle ne sera pas forcément la sienne, mais elle n'en sera pas loin. Je tente toutefois d'enrober la chose.

— Arthur, il n'y a ni bien ni mal. Il n'y a que ce que nous en faisons. Souviens-toi de ce que te disait Éloïse.

— Mais qu'est-ce que j'en ferai, de la pluie ?

Il descend ma main vers sa poitrine, la comprimant comme un étau. Pour nous, cette étreinte n'est ni douce ni chaude, mais elle crée le lien, ce lien qui fait que je le comprends et qu'il me comprend. En me serrant, c'est comme s'il voulait accéder à mes propres expériences. Parfois, je l'y autorise. Aujourd'hui, il sait qu'il ne pourra pas, que je ne pourrai pas.

Ses pupilles se mettent à briller. J'avance pour le prendre dans mes bras, laissant mon buste et mes membres flotter à un centimètre de son manteau. Quelques secondes s'écoulent, nos corps et nos esprits en suspens.

— Pour de vrai.

Manteau contre manteau, la douceur passe quand même. Nos joues trouvent une place pour se toucher. Autour de ce cercle de chaleur glisse un filet mouillé. Aucun de nous ne le chasse, absorbant à deux le contact de cette larme, diluant l'effet, partageant le chagrin. Quand ce dernier s'est estompé, je recule un peu. Arthur renifle. Je tends ma main, il place la sienne juste au-dessus.

— Qu'est-ce que tu en as fait, de la pluie, toi ?

— Je l'ai apprivoisée.

— Apprivoisée…, répète-t-il comme s'il décortiquait le mot.

Enfin, il pose sa main sur la mienne. Je la saisis, l'étreins délicatement. Finalement, nous passons notre vie à ça : apprivoiser. Nos sens, les autres. Jusqu'à ce jour, je n'ai connu qu'une exception : le bus et Aurélien.

Tout était pur, net. C'est ce que j'ai choyé, il n'y a plus aucun doute.

C'est aussi ce que j'ai désiré durant le voyage d'aujourd'hui. Mais nous n'étions qu'Arthur et moi, sans coup de vent pour nous assécher et nous laisser nus devant la vie. Celle que nous voudrions, en tout cas. Nous arrivons au café sans la moindre goutte de pluie.

— Tu sais, je ne t'ai pas tout raconté sur l'expérience de la pluie, dis-je après avoir commandé deux chocolats chauds et un croissant.

Arthur regardait par la fenêtre, déçu de n'y trouver aucune buée. Ma seule phrase a suffi à lui rendre le sourire. Il me fait face, avide de tout ce que je pourrais ajouter qui viendrait rétablir un rêve que je pressens avoir brisé.

La serveuse revient avec nos tasses fumantes. Je place mes mains de part et d'autre, à un ou deux centimètres, pour les réchauffer. Arthur garde les siennes sur ses genoux. C'est à se demander s'il a remarqué que sa boisson préférée était sous son nez.

— Elle fait effectivement partie des plus difficiles à vivre, mais aussi des plus belles.

Il hausse un sourcil, perplexe, mais j'ai redonné du courage là où tout s'était effacé. Comme un appui dans un bus.

— C'est laquelle, celle qui est encore plus belle ?

— Celle de la neige.

Ses yeux s'illuminent. J'ai gagné. Un peu honteusement, car j'ai juste détourné son attention, mais, s'il ne faut que ça pour redonner un peu de lumière à ce jour si gris, je ne m'en priverai pas. Sa bouche est grande ouverte, cette fois de béatitude. Arthur n'a jamais vraiment vu la neige.

— C'est comment ? demande-t-il, excité.

— Tu découvriras par toi-même. Je ne vais pas te voler cette expérience !

— Mais ça ressemble à quoi, déjà ? poursuit-il en se levant de la vieille banquette.

Quelques instants plus tard, il est à côté de moi, dans l'attente de mon signal. Je souris et il s'installe sur moi ; j'ignore les picotements de mes cuisses. J'approche son chocolat chaud et nous profitons d'un contact trop rare. Aussi léger qu'une plume mais aussi fort que l'univers.

— Tu le sais très bien, plaisanté-je, car je devine qu'il va me harceler.

— Redis-moi ! Je ne m'en souviens pas !

— C’est normal, tu étais trop petit. Et, l’an passé, tu étais malade et tu n’as rien vu.

— Alors redis-moi !

Je bois une gorgée. Arthur se love davantage contre moi.

— C’est blanc et ça ressemble à des boules de coton. Et quand tu…

9

Aurélien

— Aurélien ? Qu'est-ce que tu fais encore là ?

Je relève les yeux, rompu par ma journée. David est déjà habillé, prêt à partir.

— Je travaille.

— Et tu crois que je faisais quoi, jusqu'à maintenant ? Mais là, il est 19 heures !

Un coup d'œil à l'horloge – mon collègue ne ment pas.

Ici, mentir n'est pas une option… Nous baignons dans une autre dimension. Au sein de ces bureaux, la vérité et le mensonge se mélangent, créant un amalgame où personne n'est forcé de mettre de l'ordre.

— Je n'ai pas terminé.

— Tu n'as pas travaillé chez toi, hier ?

Je secoue la tête sans lui donner de détails. Aucun besoin de lui raconter la journée où j'ai aidé celle que je considère comme ma seconde mère à déménager au cœur des bois. Éloïse a tout fait pour me convaincre qu'elle y serait bien, et j'ai feint de la croire. Quelques flammes dans la cheminée, une bise sur chaque joue et le rappel de me rendre à l'institut. De tout petits mots pour masquer le pire à venir : qu'elle va oublier.

— Pas trop tôt, par pitié…, murmuré-je.

— Quoi ?

— Rien, rien. Tu as raison, je vais rentrer, dis-je en empilant les dossiers qui ne manqueront pas d'être rejoints par de nouvelles affaires.

Je jette un œil par la porte vitrée un peu embuée. En la franchissant, nos clients arrivent avec leur histoire, le regard perdu en arrière. Ce vrai-faux, je m'en contentais jusqu'à présent. Désormais, je suis assoiffé de vrai, crevant de croiser un œil alerte, mais je n'en ai connu qu'un seul, et c'était dans le bus la semaine dernière.

— Tu n'en emportes pas non plus ?

— Une amie vient à la maison ce soir, on doit organiser un repas.

Cela suffit à David qui attend visiblement que l'on quitte les bureaux ensemble. Je me presse un peu, connaissant ce besoin de ne pas être seul pour retrouver la « vraie dimension », même si, au fond de moi, je sais que ce n'est pas David que je voudrais voir. Et effectivement, pendant qu'il ferme les bureaux à clef, je scrute les trottoirs à la recherche de rouge et de jaune. Ou de gris, puisqu'il paraît que c'est sa couleur à elle. Mais, ce soir, toutes les teintes sont gommées par l'averse qui dure depuis une bonne heure.

— Quel temps ! s'exclame David. Tu as un parapluie ?

— Je prends le bus, dis-je en secouant la tête.

— Ça ne rallonge pas ton trajet ?

— C'est mieux que de rentrer trempé.

Des tours et des détours pour éviter de se livrer. Non, je n'ai pas de parapluie, parce que je n'en ai volontairement pas pris ce matin. À la place, dans mon sac, j'ai deux vêtements cirés trop petits pour moi. Je suis censé les remettre à leur propriétaire en me rendant dans un institut pour autistes, mais, en voyant la pluie ce matin, j'ai eu l'espoir de pouvoir les restituer dans le bus.

— Tu veux que je te ramène en voiture ? Je suis garé juste à côté.

— Non, ça ira. Le bus n'est pas loin. Merci quand même !

Je le salue en m'éloignant pour éviter qu'il ne s'obstine. Mon unique envie est de rentrer chez moi délesté de deux vêtements cirés mais chargé de cette rencontre qui m'a tant plu la dernière fois.

J'entrouvre le sac passé à mon épaule. Manteau et pantalon me mettent au défi de les sortir immédiatement. Je le referme, pressant le pas pour attraper le bus qui nous a déjà réunis une fois. Les chances d'accomplir ma mission sont minces. Il y a trop de monde, trop de bus, trop de pluie, mais j'ai envie d'y croire.

Le banc et son poteau métallique se profilent. Pas de toit pour se protéger, ici. J'attends sous l'eau que le véhicule arrive, hésitant à me servir du ciré jaune pour me protéger. Je n'ose pas. Il ne m'appartient pas.

Le bus est enfin là. Je grimpe à l'intérieur, me précipitant vers l'endroit où ils auraient pu être avec la sensation de transporter un coffre de banque ou le dernier butin d'un receleur de tableaux. L'arrêt suivant est celui du parc. S'ils doivent monter à un arrêt, c'est à celui-ci.

Dans mes veines, la crainte se mélange à l'envie. Mon courage oscille à chaque pulsation et, soudain, il remonte dans ma gorge. Le bus s'est arrêté, les portes se sont ouvertes. Je les vois sur le trottoir et il m'est impossible de ne pas les reconnaître. Le parfait assemblage des trois teintes, pourtant maussades sous les réverbères, gagne mes pupilles avec la puissance d'une étoile. Puis mon courage explose en une myriade de petites déceptions quand je comprends qu'ils me tournent le dos et que chaque pas les éloigne de moi.

Ils étaient là, dans le bus. Ils étaient à quelques mètres et je ne les ai pas vus, trop concentré sur mon petit espace réservé. Il me reste sûrement assez de temps pour leur courir après, mais je m'attarde, pilier de chair et de sang, juste à côté de celui d'acier auquel je me cramponne. Eux sont couverts jusqu'au crâne, le garçon dans une copie conforme de ce que je cache dans mon sac, elle dans le gris le plus magnétique que je connaisse. Et, malgré cela, je reste enraciné au plastique moucheté du sol.

Les portes du bus se referment sans que ma lâcheté se soit dissipée. Je n'aurai plus qu'à aller à l'institut et faire comme Éloïse me l'a indiqué : être discret, puisque, apparemment, c'est la seule chose que recherchent ce genre de personnes.

Pourtant, Camille ne l'a pas été, la dernière fois. Pas plus que son fils lorsqu'il s'est imposé avec son surnom étrange. Tous les deux mènent leur vie comme ils l'entendent, à leur rythme, malmenant celui des autres si cela leur chante. Ce jour-là, dans le bus, elle m'a parlé, m'a écouté. Nos deux mondes se sont croisés le temps de quelques arrêts. J'ai cru comme un idiot qu'ils pourraient nous réunir de nouveau, mais je ne suis qu'un égoïste cherchant un moment de bonheur au milieu de mes journées sombres.

Je l'ai déjà eu, ce moment de bonheur. Il a duré huit minutes, soit trois arrêts de bus.

Et c'est tout.

— Éphémère..., murmuré-je.

Elle l'avait dit. Elle lui avait appris le mot. C'est quasiment le premier que j'ai entendu d'elle et je n'en ai même pas tenu compte. Ma bouche s'assèche. C'était un cadeau à attraper au vol, rien de durable ni de construit. Je resterai l'illustre inconnu qui rapportera les vêtements oubliés lors d'une visite. Dit comme ça, ça n'a pas plus de sens que chez Éloïse. Ça n'en a d'ailleurs toujours pas lorsque j'arrive chez moi en convainquant mon corps de faire ce que je lui ai toujours demandé : se noyer dans le quotidien neutre et sans intérêt de son propriétaire.

— Ah ! Quand même ! Tu faisais quoi ?

Je n'avais même pas remarqué que la lumière était allumée...

— En quoi ça te regarde ?

Lucile hausse un sourcil. Ne pas fouiner dans le cœur des gens, par indifférence ou respect, c'est sa ligne de conduite. Ce soir, je lui en sais gré, malgré toutes ces fois où j'aurais voulu effleurer ne serait-ce qu'un dixième de ses émotions.

— J'ai commencé une liste, dit-elle plus calmement. Tu viens ?

Je pose mes affaires. À voir le gros sac ouvert par terre, elle a l'intention de dormir ici.

— Tu sais qu'on est censés inviter chez toi, pas chez moi, commenté-je.

— Oui, pourquoi tu dis ça ?

Je relève les yeux sur sa bouche pleine. Je n'ai pas la force de protester en reconnaissant un morceau de ma brioche préférée entre ses doigts.

— Tu sais au moins si tu as assez de chaises ? demandé-je.

Elle prend le temps d'avaler, puis s'assied et fait la grimace.

— Dis, Lucile, tu es sûre que tu veux l'organiser, cette fête ?

— C'est trop dur, toute seule. J'ai tout le temps peur d'oublier un détail.

— Et je suis là pour quoi ? dis-je en la rejoignant sur le canapé.

— Tu n'habites pas avec moi.

— Effectivement, et c'est bien quelque chose que je ne regrette pas ! Donne-moi ça.

Je lui vole son morceau de brioche et l'enfourne dans ma bouche.

— Qu'est-ce que tu as noté, sur ta liste ? dis-je en saisissant le bout de papier. Seulement le nom des gens ? m'exclamé-je. Tu parles d'une liste… Bon, on va dire que c'est un début. Tu as noté tous les couples ?

— Oui, il ne manque que les nôtres, dit-elle, aigre.

Je ne relève pas sa remarque et j'attrape un stylo. Elle n'a fait qu'énoncer une vérité, et c'est ce que je veux ce soir.

— Qui t'a répondu, pour ce qu'ils apportaient ?

— Juste Caro et Bastien.

— Et les autres ? Ils n'ont rien dit ?

— Pas encore, non.

— Ils exagèrent.

— Tu sais que tu n'as pas répondu non plus.

— J'apporterai le dessert, dis-je pour couper court. Attrape ton téléphone, on va les secouer.

Il est 21 heures lorsque nous achevons la répartition des tâches et la liste de courses. Lucile est en sous-vêtements, je n'ai quitté que mon pull. Deux verres et une bouteille sont apparus sur la table, pas mal de miettes aussi. La brioche entière y est passée.

— Ben voilà, c'était pas si compliqué, soupiré-je en m'enfonçant dans les coussins.

— Tu veux encore du vin ?

— Pourquoi pas.

Elle me sert un verre. Si je ne me lance pas, elle ne le fera jamais. Lucile et mes propositions… C'est insupportable, à force.

— Qu'est-ce que tu veux me demander ? dis-je en buvant une gorgée.

— On peut le faire ici ?

— Quoi ?

Je dois avoir l'air de mon client à qui j'ai conseillé de brûler sa pochette. Lucile a écarquillé les yeux, et ses joues s'empourprent un peu plus chaque seconde. Je cherche les méprises possibles, mais j'ai l'esprit trop engourdi. Ellc balbutie :

— Le repas…

Voilà donc pourquoi elle m'a fait boire les trois quarts de la bouteille. Et le pire, dans tout ça, c'est qu'elle avait raison. J'ouvre les bras, incline la tête pour lui laisser le choix. Elle s'y réfugie.

— Merci ! s'écrie-t-elle.

— Je n'ai pas encore accepté.

— C'est pareil, je te connais.

— J'aimerais que tu te trompes, parfois.

— Non, t'es trop bien comme ça. Ne change pas.

Mon petit radiateur de meilleure amie se love contre moi. Ses « merci » se succèdent à une vitesse folle. Il faudrait l'embrasser pour qu'elle se taise.

— Ne change pas, répète-t-elle.

— Tu es bien la seule fille sur cette planète à demander ça à un homme, commenté-je. En général, tout ce qui vous intéresse, c'est qu'on devienne quelqu'un d'autre.

— Vous voulez la même chose, non ? proteste-t-elle dans mon épaule.

— Oui, mais, au moins, on ne le dit pas.

— On n'est pas ensemble. Qu'est-ce que ça peut bien te faire ?

Son souffle transperce mes vêtements et ma chair. Ça aussi, c'est une vérité. Lucile et moi, ça n'a jamais été possible, ça n'a même jamais été envisagé. C'est peut-être pour ça que cela fonctionne aussi bien, même si cela nous a souvent été reproché. D'ailleurs, c'est ce qui risque encore d'être mentionné, au prochain repas, et j'ai soudain très envie de brûler cette liste qu'on a mis deux heures à établir.

— Tu as raison, dis-je en contrepartie. Laissons les « deux » se débrouiller avec leurs envies. J'ai laissé les draps sous le canapé, si tu veux dormir, ajouté-je en lui faisant comprendre que je veux me lever.

— Dis-moi surtout ce que je pourrais faire pour te remercier pour le repas.

— Dormir, marmonné-je en gagnant l'entrée pour y prendre mon sac.

J'avais quand même quelques dossiers tassés au fond. De quoi m'occuper une petite heure, mais sûrement pas assez pour me tenir éveillé toute une nuit. J'ai autre chose pour ça – posé par-dessus.

— Il y a un problème ?

Je fais un tel bond que je percute le mur. Lucile est juste derrière moi.

— Oh, une mission que m'a confiée ta mère, balbutié-je.

Lucile écarquille les yeux. En général, Éloïse nous en confiait à tous les deux. Ne pas être complice attise sa curiosité, et elle extirpe les vêtements du sac sans que j'aie le temps de m'y opposer.

— Depuis quand tu as ça ? C'est à Arthur, non ?

— Je dois les lui rendre, dis-je, hébété qu'elle ait si facilement reconnu la tenue.

— Et tu sais où il habite ? s'étonne-t-elle.

— Non, mais ta mère m'a donné l'adresse d'un centre.

— Celui où travaille Caroline, oui. Je peux y aller pour toi, si tu veux.

— Elle m'a confié la mission, à *moi*, insisté-je.

— Ça va t'ennuyer, tu vas être obligé de sortir de ta petite routine. Je m'en chargerai.

Décidément, c'est la soirée des vérités qui font mal, et celle-ci est plus douloureuse que la précédente. Quand j'accepte enfin de bouger, Lucile s'est rassise sur le canapé, les vêtements rouges et jaunes pliés à côté d'elle, comme s'ils lui avaient toujours appartenu.

— Non, je ferai le détour, dis-je en revenant vers elle.

— Arrête, je cherchais comment te remercier. Tu n'auras pas à aller voir Caro juste pour ça. Tu serais obligé de passer par elle, c'est la directrice de l'institut. Tu ne le savais pas ? ajoute-t-elle devant ma mine ahurie. Quoique… Vu qu'on esquive toujours tout ce qui la concerne…

Elle se mordille les lèvres, davantage pour cacher un rictus que parce qu'elle s'en veut. Je sens mon visage virer au rouge, comprenant pourquoi Éloïse me garantissait une entrée facile à l'institut.

— Qu'est-ce que c'est que cette histoire ?

Lucile a dû croire que le vin me ferait prendre le détail à la légère, mais il ne m'a pas échappé.

— Je… Ne me dis pas que tu n'as jamais remarqué.

— Jamais remarqué quoi ?

Lucile se dandine sur le canapé.

— Qu'on est toujours tous en train d'éviter le sujet.

— De Caroline ?

Elle opine du chef, et j'ai soudain la sensation d'avoir perdu le fil de ma vie il y a quatre ans.

À en croire Lucile, mes amis me font vivre dans une sorte de mirage depuis cette date. L'espace d'un instant, je suis tenté de prendre ma revanche en lui balançant la vérité sur sa mère qu'elle n'a toujours pas voulu entendre. Mais, quoi que je lui dise, elle n'écoutera pas. Peut-être ce que j'ai fait face à Caroline, il y a quatre ans, mais certainement pas aujourd'hui.

— Écoute, reprend Lucile, on avait tous l'impression que tu en avais besoin.

Je ris jaune, hésitant à la mettre dehors pour cette nuit.

— Et Caroline aussi, elle en avait besoin ? riposté-je. Ne me dis pas que l'idée venait d'elle !

— Elle était de nous tous. Caroline a compris plus tôt que toi, mais elle n'a pas souhaité changer la situation.

— On était adultes ! On aurait pu faire la part des choses ! Il est possible de nos jours d'être encore amis après avoir été amants ! Qui est le sombre crétin qui a pensé que je préférerais vivre dans un monde factice ?

Lucile s'enfonce dans le canapé. À présent, il faudrait qu'elle perce une trouée pour s'en échapper. Je déteste l'idée de lui faire peur, mais ce soir ça m'est bien égal. Je suis même heureux de la voir ainsi retranchée.

— Qui ? répété-je, sachant parfaitement qu'aucun prénom ne me soulagera.

— Toi !

Le mot résonne dans mon appartement et dans mon cœur, brûlé vif par une bande d'amis qui n'ont apparemment rien compris à ce qui était important pour moi.

— Toi, répète-t-elle, au bord des larmes. C'est toi qui nous l'as demandé.

— Je n'ai jamais demandé ça.

— Si, dit-elle doucement.

Je recule, exaspéré par son opiniâtreté. Il y a quatre ans, lorsque Caroline et moi avons rompu, la douleur était bel et bien là. Elle a persisté un moment, mais pas assez pour vivre dans un mensonge que j'aurais fabriqué moi-même.

— Je n'aurais jamais pu demander ça.

Entendre ma voix me dérange soudain. Pas parce qu'elle est désagréable, mais parce qu'il me semble y déceler une once d'acceptation. Le pouvoir de Lucile, sûrement, de m'emmener là où je ne serais jamais allé.

— Je n'aurais jamais pu demander ça, répété-je, comme pour m'en convaincre.

— Tu l'as pourtant fait, lorsque tu as su qu'elle avait rencontré Bastien.

— C'était huit mois plus tard !

— Tu te souviens encore des dates ? relève-t-elle.

— On s'en fout ! Je dis juste que j'étais passé à autre chose ! Et puis… j'ai dû le dire sans que personne entende !

— J'étais juste à côté de toi…

Bouche bée, je dévisage celle qui vient de passer de fidèle à traîtresse. Mes excuses s'envolent, mon pardon aussi.

— Tu devrais rentrer chez toi, ce soir.

— Mais… Aurélien…

— Tiens, prends ta liste.

Mon calme finit par la convaincre. Lorsqu'elle tend le bras vers les cirés d'Arthur, je l'intercepte.

— J'ai dit que je m'en occuperais.

Pendant un court moment, tout se fige. Mon corps, celui de Lucile, le sang qui coule dans nos veines. Même l'horloge ne bat plus la mesure, nous égarant dans un monde sans tempo. Puis la vie reprend ses droits, laissant l'amas de glace autour de nous fondre par l'unique chaleur de nos souffles.

Je la lâche, son bras retombe. Elle le fixe comme si je l'avais brisé, mais je sais que je l'ai à peine serré. Encore trop meurtri, je ne cille pas. Mes propositions de réconfort sont loin derrière moi et elle en est pleinement consciente quand elle se penche pour rassembler ses vêtements, son sac et la liste.

Quelques minutes plus tard, elle enfile son manteau devant la porte d'entrée, laissant ses cheveux courts en caresser le col avec une élégance qui ne sied pas du tout à la situation. Lucile est belle, elle l'a toujours été, mais ce soir je n'ai aucune envie de m'en apercevoir. J'ouvre la porte en observant tout sauf elle. La peinture blanche qui s'écaille sur les angles saillants, le chrome défraîchi du loquet sous mes doigts.

— On a fait ça pour ton bien, murmure-t-elle en passant le seuil.

La poignée est froide, mais pas autant que le frisson qui me parcourt. Je ferme les yeux, puis les rouvre sur le mensonge que Lucile incarne.

— Il n'y a ni bien ni mal, dis-je. Il n'y a que ce qu'on en fait.

Et je referme la porte, gelé jusqu'au plus profond de mon être.

10

Camille

Qu'est-ce qu'il fait là ? Aurélien n'a aucune raison de… Non. Ça ne peut être lui.

Je secoue la tête pour sortir de mon rêve éveillé et me tourne vers Paul, reparti à son activité solitaire. Depuis qu'il est arrivé à l'institut, ce petit garçon n'a pas montré le moindre intérêt pour la sociabilité. Du coup, s'il accepte de jouer avec quelqu'un, c'est uniquement avec moi, à condition que je ne le lâche pas d'une semelle. Là, j'ai décroché deux secondes pour essayer d'identifier la silhouette à travers la porte fumée, et, comme j'hésitais, son naturel a repris le dessus, l'isolant dans sa bulle.

L'avantage, avec lui, c'est qu'il ne m'en voudra pas. Il n'en veut d'ailleurs à personne, puisqu'il est indifférent aux autres et à ce qu'ils peuvent représenter. C'est ce qui a été le plus douloureux pour ses parents, apprendre qu'il fallait fabriquer le lien affectif entre eux et leur enfant.

Du haut de ses trois ans, Paul sait que Géraldine et Yves sont ses parents, mais cela n'a pas encore de signification pour lui. Il prend les choses telles qu'elles sont, sans les relier entre elles. Comme les gens. Pour lui, il n'y a ni parents, ni fils, ni copains, ni éducatrice. Il n'y a que des personnes qui vont et viennent dans son univers qu'il est le seul à maîtriser. Mon rôle est d'agrandir cet univers pour que certains y restent, comme je l'ai fait avec Arthur pour y avoir ma place.

Je jette un regard dans le coin de la salle. Arthur est appuyé contre un des murs jaunes, ses jambes posées sur le coussin rouge qu'il a traîné jusque-là. Ses gestes ont été inconscients, mais, assis, il se fond parfaitement dans le décor, le visage dissimulé derrière un livre.

Le titre, *L'Arche de Noé*, me fait grelotter. Pluie, déluge et survie, tout ce que j'aurais voulu qu'il évite malgré la belle version illustrée qu'il est en train de feuilleter. Mais je n'ai pas le choix. La moindre tentative de le lui ôter se soldera par une crise similaire à ce que la petite Juliette est en train de faire, plus loin, auprès de Caroline. Du coup, je décide de l'ignorer. S'il a peur, il reposera le livre. S'il n'ose pas, il attendra que quelque chose se passe pour en avoir le courage.

— Ca-mi ?

Je me retourne vers Paul qui me tend un livre. Je contiens ma satisfaction, ne dis rien. Le moindre compliment, le moindre geste affectueux dans ce monde où il m'autorise une incursion briserait tous ses efforts.

J'attrape le livre, l'ouvre devant lui, ne laissant d'abord traîner qu'un doigt sur la première page, puis deux sur la suivante et trois sur celle d'après. À la moitié, je m'autoriserai la main complète. Lier le livre, à lui et à moi. Dix minutes pour lui faire comprendre que tout appartient au même monde et que l'objet nous sert d'intermédiaire. Ça ne rentrera pas forcément cette fois-ci, mais le trajet sera amorcé. De quoi soulager un peu ses parents qui viennent, chaque jour, comme s'il fallait tout recommencer.

— Caroline ? Un visiteur.

Mon collègue des adultes a passé la tête par la porte. Il n'entre pas dans notre salle, territoire réservé aux plus jeunes. Caroline se lève et quitte la pièce. La petite Juliette la suit du regard, décontenancée. Cette femme, qu'elle avait autorisée dans son monde, en est sortie sans la moindre explication. Mais Juliette n'a pas besoin d'explication, elle découvre simplement ce que le mot « sortir » signifie.

De mon côté, Paul s'est mis en tête de tourner trop de pages à la fois. Revenir à la précédente déclenche une « sortie » qui se passe un peu moins bien que celle de Juliette, mais je m'accroche. Malheureusement, les signes s'installent vite, et Paul finit par se balancer, sa voix oscillant de concert.

J'attends patiemment les cris sans intention de les étouffer. J'ai toujours trouvé qu'il n'y a rien de pire que de dire « Chut ! » à un enfant qui pleure son malheur. Aucun adulte ne supporterait un traitement similaire. Alors je recule un peu, dépose le livre entre Paul et moi. Quand il voudra le reprendre, le lien sera rétabli et la crise peut-être passée.

Derrière, Juliette a changé d'activité et un troisième enfant s'est endormi sur les matelas. J'imagine qu'Arthur est toujours dans mon dos, dissimulé dans ses couleurs qu'il refuse de quitter. Je laisse Paul pleurer.

Sa voix monte en intensité. Son trouble fait écho en moi. Ces secousses, je les ai déjà vécues avec Arthur.

Ces journées ont été les pires, mais aussi les plus fructueuses. Le « pour de vrai » a émergé au cours d'une de ces crises, étoffant mon lexique ainsi que notre relation. De deux âmes séparées, nous passions à ce que nous aurions dû être depuis sa naissance : une mère et un fils.

Et tandis que Paul découvre les limites de son monde, je vois surgir deux autres mains.

Arthur s'est avancé vers nous, délaissant son livre. Il a trouvé son « quelque chose » pour abandonner son épreuve. La déception pointe en moi, mais aussi une étrange curiosité, car, jusqu'à présent, il ne s'est jamais interposé durant mon travail.

— Que fais-tu ? murmuré-je doucement.

Il ne répond pas, rarement loquace lorsque nous sommes ici, et attrape le livre de Paul. Un instant, je le soupçonne de vouloir le prendre, mais il le rapproche du garçonnet.

Malgré ses pleurs, Paul perçoit la nouveauté qui a déboulé dans sa bulle sans le prévenir. Il bascule plus loin, refusant cet intrus, mais Arthur lui touche l'épaule. Pendant quelques secondes, Paul cesse tout : de battre des paupières comme de respirer. Je guette l'issue de cette interaction quand ma propre bulle est elle aussi perturbée.

— Camille, viens.

Caroline me fait signe depuis le couloir. Nous échangeons nos places pour ne pas laisser les enfants seuls. Je retiens un soupir en rabattant la porte teintée et, lorsque je relève les yeux, je me transforme en Paul, figée par celui qui vient d'entrer dans mon univers.

— Bonjour.

Sa voix est telle que je m'en souviens, gravée dans ma mémoire.

— Je suis venu vous rendre ça.

Il soulève quelque chose que je ne regarde pas. Mon souffle se répand jusqu'au bout de mes doigts.

— Vous les avez oubliés chez Éloïse.

Par politesse, je devrais répondre, mais aucun mot ne sort de ma bouche. Je baisse les yeux sur ce qu'il tient devant ma poitrine : un pardessus jaune et un surpantalon rouge, sans conteste la panoplie cirée qu'Arthur avait retirée là-bas.

— Ce sont les vêtements de pluie d'Arthur.

Ma main se lève vers les vêtements, inquiète et pressée en même temps, quand ses doigts s'ajustent pour éviter le contact.

Il sait.

Dans ma tête, l'interrupteur de politesse, déjà chancelant, s'abat définitivement. Autant partir et refermer ma bulle, souder mon univers à celui de mon fils et ignorer les autres. Expulser cet homme qui, par le seul savoir dont il dispose désormais, vient lui-même de s'expatrier. Ce n'est pas moi qui lui ai dit de décaler ses doigts. Ce n'est pas moi qui l'ai repoussé. Qu'il garde ses précautions pour quelqu'un d'autre. Ça ne marchera pas.

— J'appellerai Éloïse, dis-je froidement. Arthur va être content.

Je fais un pas en arrière en attrapant le ciré. Le surpantalon tombe par terre. Je m'en empare, plus rapide que lui, l'autre main déjà sur la poignée. Je dois m'enfuir. M'enfuir au plus vite de ce qui me menace et qui ne saurait avoir d'avenir.

— Arthur, viens par là, lancé-je par l'entrebâillement.

Il est toujours avec Paul, sous la surveillance de Caroline. Sans s'inquiéter de ceux qu'il laisse derrière lui, Arthur lâche le livre et avance vers nous. Quand je lui tends les vêtements, il me fixe, surpris.

— Éloïse nous les envoie.

Son froncement de sourcils n'a rien pour me rassurer, mais je n'avais aucun espoir qu'il s'imagine Éloïse venue à l'institut. Toutefois, j'aurais espéré une autre réaction.

— Pour de vrai, dit-il en observant notre visiteur.

Les mots sont lancés, bruts, mettant cet homme au défi de répondre. Visiblement, chez Éloïse, un échange dont je n'ai pas été témoin a eu lieu. Je me retiens de dire que, à présent, une chose essentielle a changé : Aurélien ne sera plus jamais le même face à nous.

Irritée par ce revirement de situation, je tente de renvoyer Arthur dans la salle, vainement. Ne pouvant le saisir par les épaules, je le laisse respirer lourdement jusqu'à ce que, à ma grande surprise, il rouvre la bouche.

— Pourquoi Éloïse part ?

Je retiens un grondement, car la même question me démange. En arrivant chez Éloïse, la dernière fois, une chose était claire : Aurélien était le seul au courant des détails. De plus, au cours de notre discussion, Éloïse n'a pas daigné me donner le moindre indice. Mais Aurélien ne semble pas là aujourd'hui pour m'en fournir. Arthur attend malgré tout sa réponse, inconscient de ce qui a changé chez son insolite partenaire. Je l'envie soudain. Parfois il vaut mieux ne pas savoir.

J'aurais préféré ne pas savoir qu'Aurélien avait découvert mon secret. Peut-être qu'il aurait préféré ne pas le découvrir non plus, d'ailleurs… Accrochée à ce dernier fil d'espoir, je me résous à le regarder. Si Éloïse ne lui avait pas dit… aurait-il rajusté ses doigts ? Mais son visage ne trahit rien.

Ravalant ma déception, je m'imprègne de lui. Il est tel que dans mon souvenir. Celui par qui je voulais être vue, celui par qui j'aurais accepté d'être touchée. Mais le refus de ce rôle, il y a quelques instants, est encore trop frais.

Une boule se forme dans ma gorge. C'est peine perdue. Ma première histoire a été trop compliquée, parsemée de condescendance et d'une attention dont je ne veux plus. Même si elle a amené Arthur, je me suis juré de ne plus recommencer. L'espoir fait mal, plus que mon autisme. J'ai dû me faire au second, je ne veux plus du premier.

— Éloïse veut simplement être tranquille, dit alors Aurélien.

— Elle n'est pas tranquille quand je suis là ?

Aurélien aurait pu être déstabilisé, mais il réfléchit réellement. Pour finir, il détourne son regard d'Arthur pour chercher mon assentiment. Clouée sur place par l'insensé de cette situation, mon fils parlant à cet homme et cet homme me parlant silencieusement, je ne respire plus.

Il a refusé. Il a refusé il y a une minute à peine, et pourtant, là, à l'instant, il le fait. Il me voit, il me touche. Du bout des yeux.

— Tout est éphémère, murmure-t-il, puis il fait un pas en arrière et nous tourne le dos.

Arthur est le premier à s'agiter. Il tortille ses vêtements dans l'espoir de les mettre par-dessus ceux qu'il porte déjà. Je glisse un « non » en désignant la salle.

Après un soupir, il obéit. Mes pieds, en revanche, refusent de bouger, même si je suis désormais la seule âme vivante dans ce couloir.

— Éphémère, répété-je en trouvant la force de rentrer dans la salle.

Il pouvait parler d'Arthur, d'Éloïse, de nous, si j'ose utiliser ce mot. Je reste sur ma faim, la trouille au ventre, encore plus perdue qu'avant. Plus loin, la voix de Caroline flotte. Elle n'a pas semblé surprise par cette apparition. J'ai la sensation d'avoir été manipulée, bien plus que le petit Paul avec son livre.

— C'est bon ? Tu as pu récupérer tes affaires ? demande-t-elle lorsque je m'agenouille.

— Comment est-il entré ?

Ma bulle a déjà été suffisamment malmenée, Caroline me pardonnera mes écarts. Elle s'assied sur ses talons, laissant plus d'espace à Paul, retourné à son livre.

— C'est un ami. Je savais qu'il viendrait, je lui ai donné le code.

— Tu ne pouvais pas me le dire ?

— Ça m'est sorti de l'esprit.

Paul a tourné une page tandis que Caroline détournait la vérité. Dans son regard, il y a la même lueur que dans celui d'Arthur lorsqu'il a été blessé, comme avec ces enfants, au parc. Je ne pense pas avoir abîmé quoi que ce soit chez Caroline, pourtant son tourment est palpable, grignotant chaque cellule de ma peau jusqu'à atteindre mon cœur.

— J'ai fait quelque chose qu'il ne fallait pas ?

Elle se met en tailleur sans lâcher Paul des yeux. Je lance un regard à Juliette qui s'est mis en tête d'imiter l'enfant assoupi. Un sourire se dessine sur mes lèvres : sa bulle s'est agrandie. Puis il s'envole dès que je comprends que la mienne a été crevée avant même d'avoir pu s'élargir.

— Je ne m'attendais pas à ce qu'il ait le courage de venir, chuchote-t-elle.

— Il avait peur ? dis-je en posant un doigt sur la page de Paul.

— Il aurait pu. J'aurais aimé que ce soit le cas, à vrai dire. Désormais, il sait…

Mon cœur s'emballe puis s'apaise. Il est impossible que Caroline parle de la même chose. La situation ne se démêle pas pour autant. Caroline semble d'ailleurs si troublée qu'elle se redresse en tremblant un peu.

— Je te laisse avec eux, dit-elle en se dirigeant vers la porte. J'ai des commandes à passer et des parents à appeler.

Elle sort, noyée dans ses excuses inutiles. Lui n'a pas cherché à se justifier. Mais les gestes étaient là, et, avec moi, les gestes comptent plus que les mots.

— Maman, on peut rentrer à la maison ?

Le toucher d'Arthur sur mon épaule est le plus doux des contacts de la journée. Je glisse mes bras dans son dos. Au début, il ne comprend pas et commence à me repousser.

— Pour de vrai, chuchoté-je à son oreille.

— Alors on peut rentrer ? redemande-t-il, plus détendu.

— Pas encore. Il n'est que midi, mon ange. On vient juste de manger.

— Alors est-ce qu'on peut sortir ? insiste-t-il, déçu.

— Sortir ? répété-je en m'écartant.

— Il pleut.

Son bras est tendu vers les baies vitrées en guise d'argument. Non loin, Juliette et son voisin respirent profondément, bien au chaud sous leurs couvertures. Seul Paul reste alerte, ses mains à présent occupées par une balle multicolore.

— Où as-tu mis tes vêtements ? demandé-je aussitôt.

— Ceux qu'il a rapportés ?

Le « il » sonne si naturel que la tête m'en tourne. Je marmonne un « oui », ivre de cette rencontre dont il va pourtant falloir dégriser.

— Ils sont là-bas.

— Apporte-les, s'il te plaît, et va enfiler les tiens. Paul va venir avec nous. Paul ? lancé-je pendant qu'Arthur détale. Nous allons sortir, toi, moi et Arthur, dis-je en nous désignant chacun notre tour avant de pointer les fenêtres.

Le garçon lâche la balle et observe la baie vitrée. L'inquiétude se plaque immédiatement sur son visage et il me fixe, l'air terrorisé.

— Tu vas mettre les vêtements d'Arthur.

Paul ne daigne regarder Arthur que lorsque celui-ci lui tend les vêtements. Son esprit anticipe sa transformation en rouge et jaune, seules couleurs que mon fils a jamais voulu porter. J'ai beau régulièrement tenter d'en introduire d'autres, ces deux-là semblent inévitables.

— Je t'aide, Paul.

Ma main est tendue, paume offerte. Paul la regarde avec attention. C'est la première fois que je mets ce signe en action avec lui, mais il m'a vue le faire suffisamment de fois avec Juliette ou avec les autres enfants pour comprendre. Même si son univers ne s'étendait pas jusqu'à nous à ce moment-là, il connaît les issues.

Lentement, sa main se rapproche de la mienne. Mais elle s'arrête bien trois centimètres au-dessus, et je sais que la tâche ne sera pas facile.

— Je vais faire de mon mieux, Paul. Il faut que tu te mettes debout.

Presque sans appui, il se redresse. À côté, depuis qu'il a compris que Paul était d'accord, Arthur trépigne vers la porte vitrée donnant sur l'extérieur. S'il ne la savait pas aussi difficile à ouvrir, il l'aurait déjà tirée.

Je place les jambes du surpantalon juste devant les pieds de Paul. Les deux bras tendus sur les côtés, il tente d'y insérer les jambes sans avoir à toucher quoi que ce soit. Ses trois centimètres étaient clairs : il n'a pas envie de ressentir. Je me place cependant de façon à servir de soutien si nécessaire, mais je suis encore témoin de l'obstination des hypersensoriels. Tout et n'importe quoi plutôt qu'un contact indésirable.

Et tandis que Paul me laisse glisser le surpantalon trop grand pour lui jusqu'à sa taille, je songe au dernier contact qui aurait dû l'être à mes yeux. Un frisson parcourt mon corps en souvenir du bus, puis je chasse l'image. Ce n'est pas le moment.

J'attrape une pince à linge pour serrer le pantalon. Paul gémit, et je la décale pour l'apaiser. Vient ensuite le ciré, plus facile. Les deux bras trouvent leur chemin. Je monte la fermeture Éclair jusqu'à son nez que ni mes phalanges ni ma paume n'effleurent. Les boutons sont ajustés de la même façon. Les manches, bien trop longues, protègent parfaitement ses mains. J'en retrousse une.

— Je vais chercher tes chaussures, je reviens.

Mais Paul m'a déjà oubliée, perdu dans la contemplation de son nouveau corps. Le temps que je revienne, prête et vêtue de gris, il a relevé lui-même sa capuche. Après l'avoir chaussé, je lui tends de nouveau la main. Cette fois, il y pose la sienne, la confiance est établie. Sa paume de porcelaine à l'abri dans la mienne, je l'entraîne vers l'extérieur, poussant la porte.

En un bond, Arthur se poste à un mètre de nous, en lisière du toit. Un pas de plus et il sera totalement exposé. Son intrépidité flotte jusqu'à moi. Il la veut, son expérience de la pluie. Il la veut sûrement autant que je souhaite être de nouveau rattrapée dans le bus. Mais cela n'arrivera plus.

— Arthur, tu veux bien soutenir Paul ?

Mon fils se tourne vers moi, déçu. Il sait qu'il n'aura pas autant de latitude s'il est accroché à un enfant de trois ans. Pour moi, c'est à la fois une façon de rassurer Paul et de me rassurer. Personne ne fera de prouesses aujourd'hui.

La guirlande de nos corps enfin constituée, nous faisons les pas nécessaires pour nous retrouver sous la pluie. Je guette les réactions de Paul qui sera le seul à décider de la durée d'exposition. À cause de la capuche, je ne vois rien, mais je peux sentir chaque sursaut de sa main, chaque étreinte de ses doigts. Notre autisme a du bon, parfois, même si personne ne veut le croire.

Par-dessus la tête encapuchonnée de Paul, Arthur me lorgne avec envie. J'hésite, et cette hésitation est suffisante pour qu'il abandonne son camarade et se livre aux éléments.

L'angoisse au bord du cœur, je contemple mon fils sous la pluie. Ses mains couvertes s'élèvent de chaque côté de sa tête. C'est tôt, bien trop tôt. Il aurait mieux valu commencer par autre chose. L'expérience de la neige ou n'importe quoi de moins agressif. Mais alors que je m'apprête à lui dire de revenir, le contact avec Paul se défait. Le garçonnet a fait un pas en arrière, sa capuche gigotant de gauche à droite. Son petit cœur doit battre plus vite que la pluie.

Et le cri d'Arthur réveille les nuages.

J'abandonne Paul, qui se réfugie près de la porte, et me précipite sur Arthur. Sa capuche est baissée, son crâne offert à la pluie cinglante. Son cri déchire mon âme, l'écho retentissant dans mon dos. Si Paul accepte parfois d'ouvrir son univers aux autres, c'est bien lorsqu'il s'agit des drames. J'aurais préféré que celui-ci n'ait pas lieu.

Sans préoccupation pour les contacts de gré ou de force, je soulève Arthur par la taille et le prends dans mes bras. Paul s'est abrité sous le toit près de la porte. J'ouvre celle-ci d'un coup de pied sur la poignée, et Paul se rue à l'intérieur. Le montant vitré se referme avec un claquement à en faire vibrer nos vertèbres.

Un tout petit instant, je vérifie que Juliette et son camarade dorment toujours. L'escapade n'a pas duré plus d'une minute, et le bruit ne les a visiblement pas réveillés. Je pose mon chargement par terre. Les cris ont cessé grâce à la porte.

— Paul, je t'enlève les vêtements.

Ce n'était pas une question, mais il hoche la tête. Cette fois, la vitesse l'emporte sur la délicatesse, sa conciliation aussi. Trois minutes plus tard, nous sommes tous dévêtus. La seule humidité persistante n'est due qu'à la sueur de nos peurs.

Quand je reviens du couloir où j'ai accroché tous les cirés, Paul est immergé dans son livre. Le meilleur moyen pour un autiste d'oublier un événement : faire comme s'il n'avait jamais eu lieu. Si c'était une caractéristique de notre genre, il y aurait une incroyable quantité d'autistes sur la planète. Ma définition refait alors surface.

« Autistes : ceux que les autres ne comprennent pas, alors que nous comprenons les autres. »

J'ai toujours rêvé de la renverser.

Arthur n'a pas bougé. Ses yeux hagards et son visage pâle témoignent de la précocité de l'expérience. Il n'était pas prêt, je ne l'étais pas non plus. Finalement, celui qui s'en est le mieux sorti, c'est Paul.

— Un problème ?

Caroline est revenue. Je la fusille du regard, comme si elle était responsable. Elle ne s'en offusque pas et me fait signe de faire une pause.

J'examine Arthur. Actuellement, il n'y a plus personne dans son monde, il est tout à la pluie qu'il vient d'affronter. Il pourrait faire comme Paul et oublier, mais ses oreilles se souviennent encore de la percussion de chaque goutte et ses yeux voient les perles transparentes qui pendent au bout de ses boucles. M'accorder cinq minutes, c'est lui accorder les mêmes. Quand tout le monde reviendra ici, en chair comme en esprit, la réalité aura repris son cours. C'est ce que j'ai de mieux à faire.

— Très bien, murmuré-je.

Sans attendre la confirmation de Caroline, je retourne dans le couloir. Manteau, chaussures – je venais tout juste de les déposer. Deux minutes plus tard, je suis devant l'entrée de l'institut, la pluie tambourinant sur mon corps.

Les trombes d'eau m'aimantent au loin, mais rien ne sert d'y aller. Il y aura autant d'eau ici que là-bas, et la quantité n'est pas ce qui compte. Si je veux pouvoir rassurer mon fils, je dois me souvenir de tout. Alors je lève les mains et l'imite, abaissant la capuche que j'aurais voulu qu'il ne touche jamais.

L'eau clapote instantanément sur ma tête, ruisselle sur mon visage. Je n'essuie même pas celle qui passe sur mes yeux. Le trop-plein d'informations me fait tituber, mais je m'agrippe à ma résolution. Si j'ai été capable de me laisser toucher par un inconnu sans le moindre mal, je peux endurer cinq minutes de pluie pour mon fils.

Je tiens à peine le quart.

Trop. C'est beaucoup trop. Et je ne l'avais même pas dit à Arthur…

Je dois rentrer. Je dois lui expliquer, lui raconter, lui prouver qu'il pourra recommencer. Lui montrer qu'il pourra de nouveau croire en la pluie, puisque c'est de ça qu'il s'agit.

Je tente de faire demi-tour, mais mon corps échoue. Aveuglée et figée de stupeur, je sens ma capuche remonter sur ma tête. Mon souffle rapide résonne dans mes oreilles déjà assourdies par les gouttes sur le ciré. Celui d'Aurélien persiste à quelques centimètres du mien.

Il n'était pas encore parti et je ne l'ai pas vu en sortant.

Cette fois, il ne parle pas. Ses doigts sont toujours accrochés à ma capuche. Je voudrais qu'il les laisse là à tout jamais, qu'il me prouve, lui aussi, que je pourrai recommencer. Que j'aurai le droit de croire de nouveau en l'amour, puisque c'est de ça qu'il s'agit.

De ma vie, je n'ai accepté d'être touchée que par ceux que j'aimais. Il y en a eu peu, et je m'étais juré que le père d'Arthur serait le dernier. Et pourtant, je suis là, sous la pluie, à sentir mon cœur battre à en faire exploser ma poitrine.

Je voulais qu'il m'entende.

Je voulais qu'il me voie.

Et sous la pluie battante, aujourd'hui, je voudrais qu'il m'aime.

11

Aurélien

Je ne sais plus quoi faire à part la regarder. Si je bouge, je risque de la toucher. Si je parle, elle risque de sursauter.

Coincé dans une impasse sensorielle où le moindre mouvement peut être fatal, je reste immobile. C'était une erreur de venir ici. J'aurais dû écouter Lucile, même si ce n'était pas pour les mêmes raisons. Caroline est à des lieues de mon esprit. En revanche, Camille est au bout de mes doigts. Et même si je le souhaite ardemment, elle ne va pas pouvoir y rester éternellement.

Je la quitte du regard pour calculer la trajectoire de mes mains. Des efforts colossaux pour le plus infime des mouvements – j'espère en être capable. Fébrile, je commence à retirer mes doigts. On dirait un de ces jeux où il ne faut surtout pas déclencher la lampe. Ici, le fil à éviter est fait de chair, pourtant, j'aimerais la sentir contre ma peau.

Mes doigts glissent de part et d'autre du tissu. À l'extérieur, la matière cirée est raide. À l'intérieur, la doublure de coton est déjà chaude. Moi qui prête habituellement peu attention à ces détails, je m'imagine aussi sensible qu'elle. J'ai envie de fermer les yeux.

Brièvement, mon pouce effleure sa joue, chaude, douce, un peu humide aussi. Je serais bien tenté de laisser ma main parcourir son visage, mais ma raison reprend le dessus. Au-delà du fait que je n'ai aucune légitimité à agir ainsi, Camille est celle qui, au monde, doit le plus abhorrer ce genre de contact.

J'interromps mon mouvement trop rapidement à mon goût. Mes mains retombent, heurtant la toile froide et mouillée de mon propre manteau. Je devrais bredouiller une excuse, mais je n'ai pas l'impression qu'elle s'en apercevrait. Ses pupilles sont dilatées, certainement par la peur que j'ai dû déclencher. Je recule pour la laisser respirer.

À peine me suis-je éloigné qu'elle lève une main aux abords de sa capuche. Je m'attends à ce qu'elle la rabaisse, défiant mon insolence, mais elle la laisse simplement flotter près de son oreille, là où mon pouce s'est aventuré. Mon estomac se tord. La sensation a dû égaler celle d'une agression.

— Je vous ai dérangée, dis-je en me décalant. Je vais partir.

— Vous… Vous êtes trempé.

Comme si Camille seule avait existé ces deux dernières minutes et que je n'avais été qu'un fantôme dérivant autour, ma conscience réintègre mon corps. Effectivement, le temps de lui couvrir la tête, j'ai quitté l'avancée du toit. Les gouttes tenaces se faufilent partout, sur moi comme sur elle.

— Vous devriez rentrer, dis-je.

Sa tête se tourne vers l'institut, la capuche suivant son mouvement. Une mèche de cheveux s'évade, et elle la remet en place d'un geste délicat, sans le moindre effort. Il m'aurait fallu au moins trente secondes pour trouver comment agir sans déclencher de catastrophe.

— Il faudrait, oui, dit-elle en revenant sur moi.

Le silence, des mots et des corps, nous étreint tandis que la pluie s'assagit. À présent, je peux compter les filets d'eau qui coulent le long de son manteau. Elle devrait pouvoir estimer ceux ruisselant sur mes tempes. Un frisson me gagne lorsque l'un d'eux me glisse dans le cou. Je me demande ce que cela aurait provoqué chez elle. Un simple inconfort ? Ou l'équivalent d'un torrent ? Je cesse de présumer en prenant une nouvelle inspiration. Elle semble toujours retenir son souffle.

— Pourquoi restez-vous là ? demandé-je.

L'ombre de la capuche m'empêche d'en être certain, mais je crois déceler un sourire.

— L'expérience de la pluie.

J'attends la suite, tel un enfant découvrant un mot, mais reste sur ma faim devant son mutisme. Si elle espère une réaction de ma part, elle n'en aura aucune. J'ai l'impression de marcher sur des éclats de verre, celui de sa peau comme de ses phrases. Je ne veux pas en briser davantage.

— Imaginez la sensation d'une goutte sur votre tête.

L'air me manque. L'eau qui coule sur mon corps a dû se loger dans mes poumons.

Camille agrippe sa capuche telle une ligne de vie, parapluie imaginaire l'isolant de mon monde.

— Ce n'est pas trop compliqué, dis-je en posant une main sur mon crâne trempé.

— Multipliez-la par cent. Cela équivaut à peu près à ce que nous ressentons.

Je hoche la tête, sachant pertinemment qu'une telle projection m'est impossible.

— Maintenant, prenez conscience du nombre de gouttes tombées sur vous depuis le début de cette averse. À ce stade, il ne sert plus à rien de compter.

Je voulais parler de tout sauf de son autisme, et nous y voilà plongés. Malgré cela, j'essaie d'obtempérer, mais aussitôt tout s'emmêle. On a toujours dit que le cerveau humain était la plus puissante machine au monde. Le mien est enrayé par l'opération que lui demande cette femme. La seule chose qui a pu le paralyser par le passé est un sentiment que chaque être cultive ou aspire à cultiver.

— Comment faites-vous ? soufflé-je.

— Nous apprenons, comme vous. Il y a juste plus de choses à apprendre.

— Tant que ça ?

— La pluie, la neige. Les chutes, les caresses. Le sable et le vent.

— Rassurez-vous, j'ai aussi eu à apprendre ce genre de choses, dis-je dans un sourire.

— Et… les baisers.

L'averse redouble d'un coup. Mais si j'avais eu une capuche, je n'aurais pas eu le droit de la remonter. Sa réponse était un défi que je ne peux relever.

— Et donc… il vous faut… combien de temps ? Pour la pluie, ajouté-je rapidement.

— C'est plutôt « à quel moment », corrige-t-elle comme si aucun duel n'avait eu lieu. Arthur vient d'essuyer un échec.

— Dites-lui que les échecs aussi sont éphémères.

Ses doigts descendent le long de sa capuche, ses sourcils se froncent. À force d'utiliser ce mot, je me suis vendu. Son visage se transforme, la rendant plus humaine mais aussi moins précieuse.

— Vous étiez au parc, déclare-t-elle.

— Je n'étais pas loin…

— Éloïse vous envoyait déjà ? Non, c'est impossible, c'était avant, se reprend-elle.

— Ce soir-là, tout était par hasard. Comme le bus.

Les images de ces rencontres défilent entre nous. Tout ce que j'ignorais, aussi. La culpabilité me submerge. Si j'avais su, rien ne se serait passé ainsi, mais je ne regrette pas. Camille déglutit, comme si elle se préparait à une épreuve. Si elle avait été Lucile, j'aurais laissé une montagne de propositions ondoyer dans l'air.

— Vous recommenceriez ? demande-t-elle soudain. Comme la première fois, dans le bus.

Sa main se cramponne au col à demi fermé.

— J'ai fait assez de dégâts comme ça, vous ne croyez pas ? dis-je maladroitement, refusant d'être responsable d'un inconfort supplémentaire.

— Vous auriez pu en faire plus, répond-elle dans un souffle. Pourquoi vous a-t-elle dit… ?

— Je… Je ne suis pas sûr de bien vous suivre, bafouillé-je, incertain.

— Si Éloïse ne vous avait rien dit, auriez-vous recommencé ?

Ses phalanges sont devenues blanches. Ma bouche est aussi sèche que l'air est humide. Je ne peux pas répondre, c'est impossible. Pas ici. Pas sous la pluie.

Le silence devient lourd, aussi épais que le froid qui commence à ronger ma peau. Camille ne frissonne pas. J'ai hâte qu'elle rentre. Pour qu'elle cesse ses questions sur lesquelles mon cœur et ma tête ne sont pas en phase.

Au moment où je m'apprête à le lui dire, elle esquisse un mouvement. Je lutte contre mes réflexes pour ne pas tendre un bras et la rattraper. Je crois que j'ai la réponse à sa question…

— Finalement, c'est la troisième fois que vous nous voyez, Arthur et moi.

Contre toute attente, elle s'est rapprochée.

— La cinquième, corrigé-je en me raclant nerveusement la gorge. Deux fois au parc, dont le jour du bus. Chez Éloïse. Puis hier dans le bus, mais vous ne m'avez pas vu. Et aujourd'hui, donc.

Elle s'est encore rapprochée. Sa main serre à présent les deux côtés de son col, plaquant le tissu contre son cou pour se protéger. De la pluie, de moi… Je peine à savoir, mais les deux sembleraient mérités.

— Je suis désolé, mais… vous ne voudriez vraiment pas rentrer ? La pluie…

Je ne sais quel test elle me fait passer, mais, si c'en est un, je le redoute plus que n'importe lequel. Elle veut une réponse et je refuse de la lui donner.

À présent, son visage se situe à quelques centimètres du mien. Pour une personne cherchant habituellement l'éloignement, je la trouve audacieuse. Inconsidérée, même. Bientôt sa capuche abritera mon front. Elle ne peut quand même pas prévoir chacun de mes mouvements.

— Je…

— Auriez-vous recommencé ? souffle-t-elle.

Ses lèvres sont arrivées juste devant les miennes. Ses yeux me fixent sans focaliser, me permettant de découvrir leur vert sombre. L'air qui circule entre nous passe de ses poumons aux miens sans presque effleurer l'atmosphère détrempée.

Un demi-centimètre, et je peux la toucher. Un demi-centimètre, et je peux l'embrasser.

Si j'avance, tout peut exploser. Tout *va* exploser, même, j'en suis certain.

Une goutte glisse sur mon menton, je pourrais presque la faire s'échouer sur le sien. Mais mon attention est centrée sur mes lèvres au point de m'en faire perdre la raison. Étourdi, je laisse mon cerveau imaginer le contact qui n'a pas lieu. La caresse du vent, l'effleurement de l'eau, tout pourrait s'y apparenter.

Perdu dans cette illusion, je ferme les yeux. Quelques instants plus tard, je suis persuadé d'être en train de l'embrasser tout en sachant que ce n'est pas le cas. La saveur s'invente, la douceur se rêve, et la chaleur me ment.

Je rouvre les paupières. J'avais raison. Camille a même un peu reculé. Elle fait un pas vers l'institut, puis deux. Bientôt elle atteindra la porte, n'aura plus qu'à composer le code sur le boîtier latéral et s'appuyer sur le montant. Son bras commence déjà à se lever.

À l'inverse, je reste immobile. Un baiser en suspens, telle était mon épreuve. Je l'ai accepté et mes lèvres s'en souviennent encore.

— J'étais sortie pour l'expérience de la pluie, dit-elle alors. Pour Arthur. Je lui répéterai ce que vous m'avez dit, que même les échecs sont éphémères.

— En était-ce un ?

Elle sait que je parle de ce baiser et non de son fils, mais son silence s'éternise. Comme je l'avais prédit, ses doigts tapent le code. Elle effleure les numéros de la façon dont j'aurais voulu effleurer ses joues. Son dos presse la porte comme j'aurais voulu presser nos corps. Puis elle recule et le montant se ferme, la vitre teintée me volant sa silhouette.

Je n'ose pas encore me retourner. Il le faudra cependant. Je dépasse la barrière quelques instants plus tard. Les doutes m'assaillent aussitôt. Et si un baiser était moins menaçant qu'une main sur la taille ? Ou plus ? La pluie m'aurait-elle induit en erreur ? Les précautions me semblaient indispensables, pourtant j'ai la sensation qu'elles ont été fatales.

Je sors mes clefs de voiture. Je suis venu ici ce midi parce que je n'allais pas travailler ensuite. Je suis censé rentrer chez moi et boucler mes dossiers en retard, mais je commence à me dire que les clients attendront. La hutte… C'est le seul refuge que j'envisage à l'instant.

Je démarre le véhicule, fenêtre ouverte, laissant la pluie me marteler en guise de leçon.

Tout au long du trajet, les averses se succèdent. Le soleil finit par émerger, balayant ce trop-plein de gris qui me dégoûte. Elle voulait une expérience de la pluie. Je n'oublierai jamais la mienne.

Lorsque j'arrête le moteur, je suis trempé. En un instant, tous les souvenirs de cet endroit me reviennent. Le jour du déménagement, Arthur, Camille et les cartons m'avaient trop accaparé. Aujourd'hui, je revois Lucile courant devant la hutte et moi la poursuivant.

Ces parenthèses de quinze jours durant nos vacances d'été, nous les aimions, même si j'avais l'impression que je les aimais plus qu'elle. Peut-être qu'il y avait trop d'arbres autour et que cela lui rappelait notre mauvaise expérience dans le chêne du lotissement. Je n'ai jamais vraiment cherché à savoir, c'était toujours Lucile qui choisissait de parler ou non.

La porte de la hutte s'ouvre avant que j'aie le temps de frapper. Quoi qu'elle ait eu l'intention de dire, Éloïse se ravise en me voyant grelotter. Elle me fait entrer et part vers le fond de la pièce, déjà réaménagée, d'où elle revient avec une couverture. Au passage, elle tire une chaise près de la cheminée et m'y assied de force. Le geste est à la fois vexant et rassurant, elle n'a pas encore oublié son attachement à ses fauteuils. Sa maniaquerie aurait pourtant été un trait de caractère dont je me serais passé.

Une tasse apparaît devant moi pendant que je m'ébouriffe les cheveux. Les feuilles de tisane sont verdâtres, et je me surprends à les espérer jaunes. Éloïse ne s'assied pas. Sa posture révèle son désaccord. Rien ni personne ne justifie à ses yeux de se mettre dans un tel état. Alors j'ajuste la couverture sur mes épaules comme je l'ai vue faire si souvent, dans l'espoir de l'amadouer. En temps normal, cette attitude l'aurait fait rire. Nous ne sommes pas un jour normal.

— Qui est-elle ? demandé-je piteusement.

Éloïse fronce les sourcils, ses suppositions apparemment vérifiées.

— Je t'ai envoyé lui rendre ses vêtements de pluie, dit-elle. Rien de plus !

— Qui est-elle ? répété-je, plus résolu.

— Une femme dont il faut prendre soin, même si elle sait très bien le faire seule. Qu'avez-vous fait pour que tu sois dans cet état ? Sans compter que tu as eu trois heures de route, ensuite ! Comment t'y es-tu pris ?

— Ce n'est pas moi qui suis allé sous la pluie le premier !

— Parce que Arthur était là lui aussi ? s'exclame-t-elle.

— Non, il était avec les autres, du moins je suppose. Elle a dit qu'il venait de tenter l'expérience de la pluie.

Dans les yeux d'Éloïse, je lis l'envie de connaître la suite. Mais je ne révélerai rien tant que je n'aurai pas eu mes réponses. Il est trop rare que je sois le maître du jeu en sa présence.

— Qui est-elle ? insisté-je.

— Pourquoi ?

— J'ai besoin de comprendre.

Comprendre ses choix, ses réactions, ses défis. Que mon immobilité et mon silence de tout à l'heure aient été une erreur n'est pas ce qui compte. C'est ce qu'elle m'a offert qui importe : ce faux baiser était le plus vrai que j'aie jamais connu.

Éloïse me regarde longuement, pesant le bien-fondé de ma requête. Si je veux me justifier, je dois aussi me livrer, mais cet instant de vérité qui a eu lieu sous la pluie, j'aimerais le conserver pour moi seul. Comme l'interlude avec Arthur, le jour du déménagement.

Le tic-tac du petit réveil sur la cheminée devient obsédant. Il pourrait même m'envoûter, mais, aujourd'hui, je reste enraciné dans le réel. Je me suis évadé sous la pluie avec Camille. Près du feu, l'eau me quitte, enlisant mes pieds dans des sables mouvants.

— Camille est arrivée dans la région il y a quatre ans, entame alors Éloïse, lorsque le père du petit est parti. Arthur avait deux ans. Elle savait déjà qu'il était comme elle.

Éloïse reprend son souffle. Son émoi a envahi la pièce, écrasant le réveil, le crépitement du bois et même ma respiration. Je me sens serré, oppressé. Ce n'est pas sa vie, qu'elle me raconte, mais c'est tout comme.

— Lorsqu'elle s'est retrouvée seule, elle a cherché du travail, et aussi un moyen de faire garder Arthur. Quelqu'un lui a parlé de moi et j'ai accepté. Quand Lucile m'a appris que Caroline venait d'être nommée à la direction d'un institut spécialisé dans le syndrome d'Asperger, les liens et les mots ont fait leur travail. Tu peux assez facilement imaginer la suite.

— Je t'ai demandé qui elle était, pas ce qu'elle faisait.

Éloïse soupire et s'assied enfin. Elle sait que j'ai visé juste.

— Je ne peux pas tout te dire. Déjà parce que je ne suis sûrement pas au courant de tout, ensuite parce qu'il vaudrait peut-être mieux que cela arrive naturellement.

— J'ai un peu de mal à cerner le naturel, avec Camille, réponds-je sèchement.

— Pourtant, c'est ce qu'elle est, Aurélien. Elle a compris les liens, elle a compris la base de notre monde et elle s'efforce de rendre *naturel* ce qui, aux yeux des autres, ressemble à une vaste farce. L'autisme est délicat à appréhender, oui, mais Camille est la seule personne que je connaisse qui en parle aussi bien, aussi véritablement. Je ne t'apprends rien quand je te dis qu'on manque cruellement de…

— … vérité.

J'ai levé une main pour l'interrompre. De l'autre, j'ai posé ma tasse. Mon sang pulse dans mes veines, mais le temps aurait pu s'arrêter. J'avais déjà la réponse. Je l'avais depuis ce jour où elle m'a regardé dans le bus, celui où elle m'a offert sa réalité.

Camille est *ma* vérité. Celle que je voudrais, en tout cas.

— Est-ce que tu penses que j'ai le droit de m'imprégner un peu de ce naturel ?

— Je suis venue dans cette hutte pour retourner au plus près du naturel que j'affectionne, et ce contre l'avis de tous, sourit-elle avec malice. Pourquoi n'aurais-tu pas la possibilité de faire pareil, même si tout le monde s'y oppose ?

— Qu'en sais-tu ?

— Le naturel fait peur, Aurélien. Lucile n'a pas peur de moi mais du naturel que je prône. Imagine ce qu'un lien entre Camille et toi pourrait créer.

— Tu veux parler d'Arthur ?

— Non, tu te trompes. D'ailleurs, Arthur serait peut-être le seul à l'accepter.

— Je ne comprends plus…

Ma tête tombe entre mes mains. S'il faut penser à soi, aux autres, à ceux qu'on aime et à ceux qu'on voudrait aimer, on ne s'en sort plus.

— Cesse un peu de vouloir comprendre et vis, dit-elle en me caressant les cheveux. Cela te fera le plus grand bien.

— Je croyais qu'il n'y avait ni bien ni mal ? ricané-je.

— Il n'y a que la vie qui compte, Aurélien.

— Alors pourquoi as-tu choisi d'oublier la tienne ? me lamenté-je.

Sur ma tête, ses mains restent délicates. Quasiment toute l'eau s'en est évaporée. Éloïse pourrait continuer comme lorsque j'étais enfant, mais alors je ne posais pas de questions aussi étouffantes. Malgré tout, nos respirations ponctuent de nouveau les pulsations du réveil. Je les pressens interminables.

— Elle s'oubliera d'elle-même, ici, murmure Éloïse. Il n'y aura pas de lutte et ce sera mieux ainsi. Maintenant, rentre chez toi, tu as de la route.

Et elle se penche pour m'embrasser chaque joue. Une pour moi, une pour Lucile.

Je ne sais de quoi sont faits les souvenirs qui s'effacent, mais s'ils emportent les habitudes, je ne survivrai jamais à cet oubli. Ce geste sera celui qui me manquera le plus, bien plus qu'un prénom ou deux disparus dans les limbes.

12

Camille

Je ferme le robinet, la salle de bains à peine embuée. Certainement moins de dix litres d'eau pour une douche qui aura été aussi rapide que toutes les autres. Une dose minimale de savon pour éviter un rinçage trop long, une performance sans pareille de friction légère. Des années de recherche pour savoir quel geste adopter.

Je me suis toujours refusée à donner la solution à Arthur. J'aimerais qu'il la découvre de lui-même. Je jette un œil vers la porte pour vérifier que je n'ai pas été épiée quand celle-ci s'ouvre en grand. De lui-même, Arthur attrape son marchepied, monte devant la baignoire dans un élan qui, pendant une seconde, me fait espérer qu'il finira à l'intérieur. Mais il se fige sur son piédestal, brandissant un petit objet.

— C'est quoi ?

Mes yeux passent du répertoire à mon fils, qui a dû faire preuve d'une sacrée dose de courage pour aller le dénicher. Le carnet était perdu entre mon sac et l'enveloppe des services sociaux, encore fermée, que je me suis résignée à sortir de la boîte aux lettres hier soir. Furtivement, la hantise m'envahit à l'idée qu'il ait pu voir le pli et l'ouvrir lui-même.

— Un dictionnaire de mon invention, dis-je en sortant de la baignoire. Il date de mon adolescence.

— C'est quoi, « adolescence » ?

— Une période de ta vie qui va te sembler encore plus difficile que toutes les autres…

Son air perplexe me donne envie de rire, mais je ne lui fournis pas plus de détails. Comme pour la manière de se laver, il le découvrira par lui-même.

— Tu peux le lire ? reprend-il en remettant le carnet sous mes yeux.

— Tu peux le faire tout seul, non ?

Arthur se met à bougonner. La lecture et l'écriture étaient des activités qu'il réservait à Éloïse, faisant toujours en sorte de ne pas en parler à la maison. J'avais appris à respecter cet espace qu'il s'était créé avec elle, mais cette bulle s'est aujourd'hui envolée et ses dons précoces devront s'étendre à notre maison. Certes, je n'ai pas le talent d'Éloïse, mais que ce soit chez elle ou ici, la lecture restera ce qu'elle était : une activité où il n'y avait absolument rien besoin de toucher en dehors d'une page à tourner toutes les cinq minutes.

— C'est mal écrit, ronchonne-t-il.

— C'est vrai. Je n'aimais pas écrire. Mes professeurs disaient que je tenais mal mon stylo.

— Éloïse me dit pareil.

— Et qu'est-ce qu'elle faisait ?

— On allait tailler les rosiers.

L'image me revient. Du rose, du jaune et de l'orange, Arthur accroupi sous les rosiers avec son petit sécateur déniché dans une brocante, Éloïse debout pour s'occuper des fleurs trop hautes pour lui. Dès qu'il me voyait arriver, Arthur bondissait hors des buissons, mais, parfois, j'avais quelques secondes pour l'admirer. Sa façon d'éviter les épines, de contourner chaque ronce puis d'actionner vivement le sécateur. Ces instants volés me donnaient l'impression d'avoir un enfant comme les autres, un enfant qui se contorsionnait pour éviter la griffure d'une rose effarouchée.

— Tu voudrais qu'on achète un rosier ?

Ma question le prend tellement au dépourvu qu'il en trébuche sur son marchepied. Il retrouve l'équilibre et descend pour me laisser attraper une serviette. Je ne peux manquer sa grimace alors qu'il projette mes mouvements sur son propre corps. J'ai beau avoir cherché les serviettes les plus douces du marché, les bouclettes n'en restent pas moins insupportables.

— Oui ! s'exclame-t-il avant de brandir de nouveau le répertoire. Tu le lis ?

Bonne perdante, j'attrape le carnet en lui disant que je le rejoindrai au salon. Arthur détale, comme à son habitude. Quand j'arrive, il est assis sur sa petite chaise, les mains sur les genoux, se balançant d'avant en arrière avec excitation. Je reste un court instant sur la défensive. C'est l'attitude qu'il prend lorsque quelque chose ne va pas. Heureusement, son large sourire me rassure et je m'installe au bord du canapé.

— Tu sais ce qu'est un dictionnaire, n'est-ce pas ? En fait, celui-là ne concerne que les gens comme nous. Je l'ai inventé pour moi, au début. Ensuite, ça m'a été utile avec beaucoup de personnes. Toi, les enfants de l'institut, même Caroline.

— Tu peux le lire ?

— Oh, tu connais déjà beaucoup de choses, en fait, dis-je en le feuilletant. Par exemple, ce mot-ci. Tiens, lis-le.

Arthur garde les mains sur les genoux tandis que je lui présente la page crayonnée.

— « Sentir, déchiffre-t-il. Mot que les… au… autres… u… ti… lisent pour le toucher et l'o… l'o… » Maman, c'est trop long. Je ne comprends pas.

— D'accord, dis-je, impressionnée qu'il déchiffre si bien. « Sentir, reprends-je. Mot que les autres utilisent pour le toucher et l'odeur. Pour des choses invisibles. Mot trop faible pour moi. Je ne sens pas, je SENS comme si ça explosait. Pour les autres, donner l'exemple du piment. »

J'ai presque crié le deuxième « sens ». Arthur a sursauté, mais, à présent, il rit, ayant compris ma phrase. Son air intrigué refait cependant surface.

— C'est quoi, « l'exemple » ?

— Eh bien, j'utilise d'autres situations, sans rapport avec le toucher, pour faire comprendre ce que les personnes comme toi et moi vivons.

— Comme avec les parents de Théaume ?

— Exactement. Avec eux, j'ai comparé une crêpe et un oignon.

Le rire d'Arthur redouble, ses joyeux balancements s'accentuant.

— Je leur ai dit qu'une crêpe sentait bon et que l'odeur était douce. Qu'ils pouvaient mettre leur nez et leurs yeux juste au-dessus pour en profiter. Ensuite, ils ont imaginé faire pareil avec un oignon. La maman de Théaume s'est presque mise à pleurer !

— Elle était triste ? s'affole soudain Arthur.

— Non, réponds-je en retenant un fou rire. C'est juste qu'un oignon pique les yeux et donne souvent envie de pleurer.

La mine d'Arthur reste circonspecte, à tel point que je me demande si j'ai été maladroite dans mes propos.

— Je n'éplucherai pas d'oignon, gronde-t-il alors.

Un soubresaut accompagne mon gloussement que je masque. Je tourne les pages du lexique, choisissant un mot qui ne devrait pas dévier.

— Tiens, tu veux lire celui-ci ?

Il vérifie d'abord dans mes yeux que je n'ai pas glissé une farce quelconque. Je garde mon sérieux. Qu'Arthur s'intéresse au lexique est tout ce dont je rêvais lorsque j'étais adolescente, sans le savoir, bien évidemment. Ma dernière idée était celle d'avoir un enfant. En revanche, en faire profiter quelqu'un que j'aimais était un vœu cher. Mon père avait raison, ils auraient dû l'avoir plus tôt, mais j'étais trop « adolescente en crise » pour le comprendre.

— « Voiture », lit-il d'une traite.

— Bravo ! Je termine, maintenant. « Moyen de transport pratique mais pas aussi confortable qu'ils le disent. La ceinture de sécurité est un instrument de torture. Les ralentisseurs aussi. Et si la route est cabossée, c'est encore pire. »

Un sourire réapparaît sur le visage d'Arthur. Je peux presque entendre les rouages de son esprit s'enclencher les uns dans les autres, comme s'il voulait compléter ma définition. Mais il reste muet, ses mots bien au chaud dans sa tête.

J'ai mis du temps à écrire ce lexique, et il aura fallu l'épisode de l'armoire pour que je m'y mette. Je ne tiens pas à ce qu'Arthur ait besoin d'un tel déclencheur. Le jour où il voudra inventer son vocabulaire ou s'inspirer du mien, je lui laisserai tout le loisir de le faire. Aujourd'hui, je me contente de tourner les pages.

À la suivante, un morceau de papier s'évade. Arthur se précipite, ses doigts le saisissant tel un fragile papillon. Sans que j'aie besoin de l'encourager, il le déchiffre. Les numéros résonnent dans ma tête sans suite logique. Les lettres font de même. Puis je me souviens.

— Le conférencier…, murmuré-je.

— C'est qui, Laurent, maman ?

— Un monsieur que je ne connais pas.

— Alors pourquoi il y a son nom marqué, là ?

— Parce que ton grand-père me l'a donné.

— Grand-père…, répète-t-il. Je sais que c'est ton… papa, mais… c'est une expérience ?

Mon rire éclate malgré moi.

— Avec lui, on pourrait le voir de cette façon, réponds-je, cynique.

— Il faudra qu'il revienne, si on veut faire l'expérience.

Je hausse les épaules, indifférente. La vie décidera pour moi, en ce qui concerne mon père. Je n'ai aucune envie de forcer quoi que ce soit. D'ailleurs, mon père s'en charge déjà très bien lui-même. Il n'était pas dans ce bus par hasard. Le seul hasard, heureux pour ma part, c'est qu'on s'y soit croisés plutôt que sur le seuil de mon appartement. Je n'aurais jamais su si je devais le laisser entrer. Entre mon père et l'agent des services sociaux, finalement, il y aurait eu peu de différences.

Arthur me tend le papier puis s'en va, certainement assembler un énième puzzle emprunté au centre. Cette activité-là fait également partie des plus pratiques. On cherche avec les yeux avant de toucher quoi que ce soit. Pas de dé à lancer, pas de carte à tirer. Juste une pièce à poser au bon endroit au bon moment quand on a enfin trouvé où la mettre.

Je n'ose pas regarder la note. Arthur m'a tout lu. Le nom, le prénom, le numéro de téléphone. Regarder équivaudrait à être d'accord et, pour l'instant, je redoute même d'y penser. Dans la chambre d'Arthur, une avalanche de pièces cartonnées me ramène quelques jours en arrière, sous ma capuche relevée par Aurélien. À ce moment-là, tout était possible. Ma bulle jonglait entre déploiement et intimité. Aurélien n'avait plus qu'à pousser la dernière barrière. Il n'y avait plus que nous et nos limites. Lui et moi.

Et la pluie.

Je baisse les yeux sur la note. L'épreuve que me propose Laurent Malugani n'est finalement rien à côté de ce que j'ai vécu. Je lance un regard à Arthur, agenouillé devant les pièces qu'il met sur l'endroit. Ce geste, il l'a trouvé sans larmes ni cris parce que je lui ai laissé l'opportunité de le faire seul. Ma propre découverte des puzzles avait été moins paisible.

Si je veux avoir une infime chance que d'autres en profitent, il va falloir que j'appelle M. Malugani. Alors je me lève pour attraper le téléphone et composer le numéro, fébrile. Quand je raccroche trois minutes plus tard, tout mon être tremble.

La conférence sera le 14, c'est-à-dire dans trois semaines. Pour la préparer, Laurent souhaite que l'on se rencontre. Au-delà du fait que je devrai emmener Arthur, car il ne supportera aucune baby-sitter, ma bulle va devoir considérablement s'adapter d'ici là : Laurent m'invite au restaurant, chose banale pour n'importe qui, sauf pour moi. Si je devais trouver une comparaison, ce serait le cœur d'un réacteur nucléaire. On n'y meurt pas forcément en y mettant les pieds, à moins d'oublier sa combinaison étanche aux radiations. Et je n'aurai malheureusement droit à aucune combinaison.

Se laisser imprégner… Aurélien m'a déjà irradiée et j'en pâtis toujours. Accepter les radiations du serveur, de Laurent, des gens aux tables voisines sera une expérience sans possibilité de retour ni douche de décontamination. Elle sera inscrite à jamais dans ma mémoire, gravée dans ma chair et peut-être même dans mon lexique à la lettre R.

« Restaurant : lieu qui… » On verra bien. Je dois leur laisser une chance. À Laurent et à cette rencontre. Toutes ne sont pas obligées de finir comme celles de cette semaine. Il y a juste à espérer qu'il ne pleuvra pas.

Je suis vêtue d'hésitations et envieuse de mon fils qui a eu le droit de porter les habits de son choix. Jalouse aussi de son détachement. Quelques rosiers bordent la vitrine du restaurant ; il ne remarque qu'eux, sans voir la salle remplie juste derrière.

Dans cette nuit froide qui s'installe, Arthur et moi attendons Laurent. La voiture de location est garée dans la rue voisine, juste à côté des cuisines. Je suis tellement nerveuse que l'idée d'avaler quelque chose me donne déjà la nausée, mais je me contiens en prenant une profonde inspiration. Entrer, s'asseoir, parler, manger, se lever, partir. Les objectifs de la soirée sont simples. Je ne chercherai pas à faire mieux. De toute façon, je n'y arriverai pas, et Laurent le sait sûrement. D'ailleurs, il doit se planter juste devant moi pour que je remarque enfin sa présence. Son air enchanté et ses cheveux grisonnants me détendent un peu.

— Bonsoir. Vous êtes Camille, n'est-ce pas ? Et c'est donc Arthur ?

Je hoche la tête avec un léger sourire, Arthur n'entend rien. Je l'appelle doucement et il se met debout, respectant les règles que nous avons énoncées. Dire bonjour, s'asseoir sans faire de crise, manger, s'occuper de ce qu'il a glissé dans mon sac, puis dire au revoir. J'aimerais échanger nos rôles…

— Je vous dirais bien qu'il ne fallait pas m'attendre à l'extérieur, reprend Laurent, mais je pense que c'est inutile. Vous étiez mieux dehors malgré le froid ?

J'opine de nouveau du chef. Il va quand même falloir que j'accepte d'ouvrir la bouche. Heureusement, Laurent ne semble pas se formaliser de mon mutisme, et on nous guide jusqu'à notre table. Celle-ci a été parfaitement choisie pour qu'Arthur et moi soyons incommodés au minimum. Cet homme, de peut-être vingt ans mon aîné, aurait dû aller faire un tour chez mes parents plus souvent.

— Je vous laisse vous asseoir, mais ce n'est pas un manque de politesse de ma part, dit-il avec un sourire chaleureux.

— Merci.

Ma voix résonne dans mes oreilles. Le seul mot que je refuse encore à Aurélien est le premier à se dévoiler ici. Ce soir, je commence par la fin avec un homme qui semble déjà détenir toutes les clefs.

— Je vous laisse choisir ? poursuit-il en désignant le livret bleu marine posé sur mon assiette.

— Oui, merci.

Deuxième fois. J'ai envie de soupirer. Au lieu de ça, j'attrape la carte et analyse les menus. Arthur valide le choix que j'ai fait pour lui. Laurent étudie encore la sienne.

— Je ne vous cache pas qu'il va m'être difficile de savoir par où commencer, attaque-t-il, dissimulé derrière son menu. Peut-être par la façon dont j'ai entendu parler de vous ?

Je murmure un vague assentiment. Son visage émerge de derrière la couverture, les yeux brillants. Le mouvement est posé, mesuré. Il ne s'est pas caché de moi, il m'a cachée de lui, prenant soin de me laisser m'habituer à sa présence. J'en reste bouche bée.

— Je prendrai cela pour un oui, s'exclame-t-il joyeusement. Mais avant cela, Arthur veut-il un peu plus d'espace ?

Je jette un coup d'œil à mon fils qui vient d'extirper un puzzle de mon sac. Mes paupières se ferment, lasses. J'aurais dû faire attention à ce qu'il emportait avant de partir. Arthur descend de sa chaise. Derrière la table, près d'un bac de plantes d'intérieur, il renverse les trois cents pièces cartonnées. Laurent approuve l'emplacement et l'activité. Je laisse faire.

— C'est ma sœur qui connaît vraiment vos parents, reprend Laurent. Je n'ai été mis en relation avec eux que par son intermédiaire. Je ne sais exactement quelle conversation les a menés à parler de nous, toujours est-il qu'ils ont soudain vu un intérêt à notre rencontre.

Les mots sonnent comme ceux d'un mariage arrangé, et je me sens rougir. Par chance, le serveur nous interrompt, distraction bienvenue. Il se penche vers moi en premier, et Laurent me sauve en passant sa commande. Le serveur hausse les sourcils, étonné, puis note avant de se tourner dans ma direction. J'énonce mécaniquement mon choix et je reprends ma respiration lorsqu'il est à trois mètres de nous.

— Vous semblez vraiment nerveuse…, s'excuse Laurent. Je n'aurais pas dû insister.

— Non, c'est bon. Rassurez-vous. C'est juste que…, hésité-je en observant la salle derrière moi. Il y a plus d'espace que dans un bus, mais j'ai l'impression d'étouffer.

Les pièces d'Arthur claquent sur le sol tandis qu'il les assemble. Laurent grimace une nouvelle excuse puis désigne le serveur du menton.

— C'est parce qu'ils sont à votre service. Dans le bus, tout le monde s'évite déjà. Vous n'avez qu'à les éviter davantage. Ici, vous êtes forcée d'accepter leur présence. J'imagine que vous le vivez comme une intrusion ?

— C'est… C'est exactement ça ! m'exclamé-je avant de me modérer. Mais pardonnez-moi si je vais trop loin : pour quelqu'un qui veut faire intervenir une autiste dans sa conférence, vous semblez n'avoir pas vraiment besoin d'aide.

Je mets quelques secondes à remarquer le choix de mes mots. « Pardonnez-moi », « autiste »… Je ne suis même plus à la fin d'une histoire, mais en plein épilogue. Laurent me met à l'aise, or, rien que le fait d'y songer me dérange. Il y a quelque chose d'étrange dans cette rencontre. Peut-être parce que c'est la première à être aussi facile. Même Arthur ne s'est pas plaint. Laurent et lui s'ignorent mutuellement, sans aucune animosité.

— J'ai beaucoup étudié le sujet, reprend-il. Les gens à votre image, la façon dont vous vivez, dont vous percevez. Votre univers est à la fois merveilleux et rocambolesque. Y évoluer requiert un comportement adapté. En appliquant ce que je connais déjà, je m'efforce de rendre votre soirée plus paisible. Et c'est là que j'ai besoin de vous.

— Je... Je ne saisis pas, avoué-je, embarrassée.

Laurent prend une profonde inspiration et se redresse sur sa chaise. J'ai enfin la sensation d'avoir un professeur d'université devant moi. Jusqu'à présent, il n'était qu'un homme de cinquante ans, certainement vu par d'autres comme un charmeur, mais à aucun moment son attitude ne m'a laissé de doute. Laurent est là pour mon cas, pas pour moi. Et c'est peut-être ce qui me rassure et me dérange le plus, finalement.

— Tout ce que je connais sur les personnes atteintes du syndrome d'Asperger, je l'ai appris dans des études, des livres et *via* des observations plates et distanciées de leurs vies. Je connais leurs réactions, leur façon d'observer le monde, mais je ne les sens pas. Je ne suis pas vous. Ce qui fait clairement de moi la personne la moins bien placée pour en parler.

— Vous utilisez néanmoins un bon vocabulaire, fais-je remarquer, ébahie.

— Je suis un universitaire qui s'adresse toute l'année à des centaines d'étudiants. Ne pas employer les mots adéquats serait problématique.

Il relève le menton juste à la fin de sa phrase, projetant son regard par-dessus mon épaule. Le signal est éloquent. Le serveur surgit quelques instants après, nos premières assiettes à la main, remplissant nos verres avec dextérité. Je fronce les sourcils. Nous sommes servis bien avant d'autres personnes pourtant arrivées avant nous.

— J'ai demandé un service rapide pour ne pas vous imposer deux heures au milieu de cette foule, avoue Laurent. Le cuisinier était déjà au courant de nos choix.

— Mais… vous saviez ce que j'allais prendre ?

— Même vos habitudes alimentaires sont cernées par les scientifiques…, soupire Laurent, presque triste. Il n'y a qu'Arthur qui ait encore le libre choix de penser, et son menu ne nécessitait pas une grande préparation. J'avais ciblé deux plats pour vous, ceux qui n'auraient pas besoin d'être décortiqués. Vous avez opté pour l'un d'eux. Je suis navré de ce piège. Vous avez le droit de vous mettre en colère.

Effectivement, une émotion vive me saisit, moi qui commençais enfin à me sentir en confiance, mais je la ravale. Depuis le début, Laurent fait tout pour simplifier cette entrevue. C'en est presque à se demander s'il n'a pas lui-même fait en sorte qu'il ne pleuve pas.

— Non, je ne le ferai pas. Arthur, viens manger.

Abandonnant son puzzle, Arthur réintègre la table, escaladant le rehausseur placé sur sa chaise.

— Je vous en prie, Camille, dit Laurent en désignant mon assiette.

Les légumes, si bien cuits qu'il est à peine nécessaire d'appuyer sur le couteau pour les trancher, fondent dans ma bouche. Certes, les muqueuses n'ont pas le même degré de perception que notre épiderme, mais j'ai toujours agi avec précaution. En regardant mon assiette, la triste vérité s'y dessine. Laurent a raison. Nous sommes si prévisibles que cela en devient ridicule. Je déteste ça.

— J'aimerais que vous parliez de votre lexique, lance Laurent. Votre père m'en a donné un aperçu. Je l'ai trouvé fabuleux.

Je pose mes couverts pour extirper le carnet rose de mon sac. Laurent le saisit avec délicatesse, feuilletant quelques pages.

— C'est vraiment..., commence-t-il avant de me le rendre. C'est avec ça que l'on pourrait débuter. Je pensais projeter un extrait à l'écran. Pas une reproduction, mais une image réelle. L'auditoire plongerait aussitôt dans votre monde.

— Juste avec la page d'un carnet rédigé par une adolescente de quatorze ans ?

— Vous avez écrit à la main. Rien que votre écriture nous immerge dans votre corps. C'est ce que je veux dire lorsque je parle de la différence entre connaître et sentir. Votre carnet, il se sent. Votre voix, elle se sent aussi, plus qu'on ne l'entend. Nous avons besoin d'un humain là où nous n'avons que des observations, Camille. Je ne veux pas que vous leur parliez d'autisme. Je ne veux pas que vous leur parliez de crise ni de tests psychomoteurs. Je veux que vous leur parliez de vie, de rires, de larmes. Je veux qu'ils sachent, dans *leurs* corps, ce qu'être autiste signifie. Pas dans leur tête. Leur tête, ils la remplissent toute l'année. Avec ces deux heures de conférence, j'aimerais tout renverser.

— Les rosiers ? coupe soudain Arthur.

Arthur a quasiment fini son assiette. Le visage de Laurent exprime une vive curiosité. Seule la politesse semble l'empêcher de nous bombarder de questions. Il se racle la gorge, puis reprend ses couverts, les doigts quasi tremblants.

— De quoi s'agit-il ? demande-t-il lentement, se contrôlant de façon évidente.

— De quelque chose qui vous plairait, réponds-je en approuvant la demande d'Arthur de retourner à son puzzle.

— Vous pouvez m'en dire plus ? demande-t-il après une bouchée avalée dans l'unique but de temporiser.

Je contemple Arthur, reparti à son activité. L'image d'une haie de rosiers se dessine progressivement sous ses doigts. Son choix ne me surprend pas, finalement. Ces fleurs le lient à Éloïse, et elle lui manque sans qu'il le sache encore. Elle me manque de la même façon, quoique plus consciente, mais je n'ai aucune rose pour me lier à elle.

— C'est une expérience.

13

Aurélien

Le hall d'entrée se précise sous mes yeux, la lumière du jour s'y frayant un passage, dessinant mon ombre sur le sol carrelé. Je ne pensais pas revenir aussi tôt dans la maison d'Éloïse, mais elle m'a appelé ce matin pour me demander un service : récupérer deux trieurs qu'elle a oublié de mettre dans les cartons et les lui apporter à ma prochaine visite.

Je n'ai pas prévu de me rendre à la hutte ce week-end, mais je tenais tout de même à m'acquitter de la première partie de ma mission au plus vite. Et puis, revenir ici, c'était m'imprégner de cette maison qui vit encore pour quelques jours, comme une fleur coupée dans un vase. Sans eau, sans air, la maison d'Éloïse va dépérir, comme sa voisine. Je jette à celle-ci un bref regard avant d'entrer dans le hall puis j'actionne l'interrupteur. La lampe ne s'allume pas.

— Ah… l'électricité !

Je n'ai aucune envie de me rendre à la cave pour remettre le compteur en marche. Alors, dans le sillon lumineux de ce jour plutôt gris, je me faufile jusqu'au salon. J'ouvre fenêtre et volets sans trop de mal. La clarté reprend ses droits sur les draps immaculés. La poussière n'a pas encore élu domicile ici.

Le buffet couvert est la première étape de ma quête. Éloïse n'a pas été claire sur l'emplacement exact des documents. Heureusement, ses hésitations semblaient davantage liées aux effets naturels du temps qu'à une perte de mémoire symptomatique.

Je m'agenouille devant les vieilles portes, reconnaissant aussitôt une rayure laissée par ma petite voiture rouge en métal. Mes doigts frôlent le bois, agrippant l'entaille entourée de bien d'autres. Je n'étais pas le seul à laisser des traces. Seule Lucile évitait scrupuleusement les meubles, faisant la grimace chaque fois qu'elle les voyait, radotant un « Je les aime pas, ils sont moches », quel que soit son âge.

Délicatement, j'ouvre la première porte. Plats, terrines, compotiers, rien qui ressemble de près ou de loin aux trieurs qu'Éloïse a mentionnés. Je passe à la deuxième, trouvant le reste des raviers et quelques livres de cuisine. Dans la troisième partie, il n'y a que des torchons, mais je souris au souvenir des fantômes que j'improvisais pour Lucile.

Je tends la main, touche le haut de la pile. La surface rugueuse me donne des frissons. Éloïse ne m'en voudra pas de la priver d'un torchon, alors je m'empare du premier et le pose par terre, refermant la porte, laissant retomber le drap.

Le second meuble à inspecter serait logiquement la commode de la pièce qui me servait de chambre. Je gravis l'escalier dans l'obscurité croissante, me dirigeant jusqu'aux murs orange. J'atteins la porte, je contourne le lit et j'ouvre les volets. Comme toujours, les arbres masquent tout. La ville au fond, les immeubles un peu plus près, et les voisins.

La commode aussi est protégée, mais Éloïse devait manquer de blanc. Le drap est brodé d'une myriade de petites fleurs à l'image du trousseau de mariage d'une aïeule. Je le relève avec respect.

Le premier tiroir se révèle plus prometteur que le buffet du salon. Ce sera cependant le troisième qui révélera les trieurs, curieusement serrés entre divers vêtements. D'après Éloïse, il ne s'agit que de dossiers médicaux, au cas où. Je ne les ouvre pas. En revanche, je reviens sur le deuxième tiroir.

Tous les albums de photos de famille y sont classés par ordre chronologique, les années répertoriées à partir de la naissance de Lucile, à une exception près. J'attrape l'intrus, laissant mes yeux errer sur les images sépia ou colorisées mais si vieilles qu'on peine à discerner les formes. On distingue quand même un mariage, l'installation dans cette maison et, dans un angle, une maison voisine. Mon regard s'arrête.

— Ce n'est pas possible, murmuré-je. Ce n'est pas… Ce n'est pas la même.

Je me lève avec l'album, me rapproche de la fenêtre pour avoir plus de lumière. Mes yeux ne se sont pas trompés. La maison voisine, celle de mes parents – leur première en tout cas –, avait des murs colorés. Je secoue la tête, je dois me tromper, confondre avec une autre. Après tout, dans ce lotissement, tous les virages se ressemblent, je dois faire erreur.

Rassuré par mon explication, je tourne la page. Un hoquet de surprise me coupe la respiration. Il n'y a plus de doute. Le premier domicile de mes parents, car il s'agit bien de lui, vu les silhouettes faisant signe depuis l'autre côté de la haie, était bleu clair.

— Impossible…, dis-je de nouveau.

Troublé, mais résolu à en avoir le cœur net, je décide d'aller vérifier par moi-même. En coup de vent, je ferme volets, fenêtre et album, récupère les deux trieurs et rabaisse le drap. Je reproduis mes gestes au salon, ferme définitivement la maison d'Éloïse. Quelques secondes plus tard, je foule le gravier vers la bâtisse voisine quand le crissement des cailloux enraie soudain mon élan. Cela fait plus de vingt ans que personne n'a mis les pieds dans cette maison. Ni moi, parti en ville, ni mes parents, partis ailleurs, ni ma sœur, partie encore plus loin.

Je marque une pause près de la haie de rosiers, me cachant à moitié de la demeure prétendument chamarrée. Je m'incline le plus possible, trouvant un petit point de vue. Le soulagement envahit chaque recoin de mon esprit. Tout est gris, la photo de l'album a dû virer. Mais tandis que je me retourne, apercevant la treille de roses d'Éloïse, je songe au lierre qui grimpait sur le mur ouest de chez moi. Ce lierre qui cachait des éclats… Des éclats qui auraient tout à fait pu être…

L'incertitude prend le dessus, j'avance, contournant la haie. Arrivé sur le trottoir, je n'ai plus qu'un tout petit pas à faire pour pénétrer dans cette zone que je me suis interdite. Je la franchis tel un fantôme, ne pensant plus qu'au lierre, au mur ouest et à ce que j'espère ne pas trouver en dessous. Puis je me fige devant la façade délabrée.

C'est ce mur qui est tombé en premier.

— Comment est-ce que j'ai pu oublier ? murmuré-je au vent.

Comme tout le reste, sûrement, me répond mon esprit, saturé des images du corps de ma sœur aînée disparu sous les décombres, alors que je n'avais que sept ans.

C'était la dernière année où elle vivait chez eux avant de prendre son envol. Le dernier mois où elle dormait dans sa chambre de petite fille, sa vieille collection de peluches alignée sur l'étagère. Sous sa chambre, il y avait la buanderie. Dans la buanderie, une tuyauterie mal conçue dans un mur trop fragile. L'accident domestique le plus pitoyable au monde, mais le plus ravageur. Je n'ai jamais pu le prononcer, mais les mots résonnent encore dans ma tête. Une lessive a tué ma sœur.

Il y a d'abord eu les pompiers, beaucoup de pompiers. Ils m'ont libéré de ma chambre, confortant l'image que j'avais d'eux à cet âge-là, puis j'ai perdu foi en eux quelques instants après. Le flanc mutilé de notre maison ne laissait présager aucun espoir pour ma sœur. Ils n'en ont émis aucun, se contentant de me confier à mes parents dans le silence le plus total. Ensuite, le bruit m'a assourdi. Les sirènes, les appels. La gendarmerie qui surgit pour sécuriser les alentours, les experts pour trouver un responsable. Aucune ambulance n'est jamais venue.

Pourtant, j'en aurais voulu une rien que pour elle. Je l'aurais voulue pleine d'étagères remplies de vieilles peluches. Je l'aurais voulue avec des roues violettes comme ce camion avec lequel elle me faisait jouer et que je trouvais immonde. J'aurais voulu tout et n'importe quoi plutôt que le sac gris dans lequel ils l'ont emportée. Tout et n'importe quoi plutôt que les cendres grises en lesquelles ils l'ont transformée.

Les larmes coulent sur mes joues comme ce jour où la fumée me piquait les yeux. Parce que, en plus de la pression fulgurante qui avait atomisé une partie de la façade ouest, une étincelle électrique, causée par l'arrachement des pans de murs, avait enflammé l'autre cloison de la buanderie. Prise entre feu, pierre et eau, les pompiers nous ont assuré que Laurine, dix-huit ans, blonde comme ma mère et bornée comme mon père, était morte sur le coup.

À ce moment-là, j'aurais aussi voulu une ambulance pour moi, mais je n'ai rien eu. Rien qu'un vieux lierre sur lequel tirer pour aller chercher ma sœur moi-même, rien que des bras pour me retenir. Rien que des gravats en tous sens pour m'empêcher d'en voir plus.

Des gravats bleus.

Ma mémoire se fige, ma respiration aussi. Comme en apesanteur, je soulève un pied, une main, pour me rapprocher des quelques morceaux encore debout. Le lierre a depuis longtemps disparu, son cadavre lui-même coincé sous les ruines, à la recherche d'un rai de lumière pour jaillir de nouveau.

J'attrape un filament, la pierre y reste accrochée. Mon autre main gratte un semblant de plâtre. La poussière bleue s'étale sur mes doigts. Une fois la couleur gravée dans mon esprit, je n'ai besoin que d'un seul coup d'œil pour comprendre que la quasi-totalité de la façade, effondrée ou non, porte la même teinte. Je ferme les paupières, me coupant du monde.

À une époque, les rubans jaunes bariolés de noir délimitaient les contours de notre terrain. Puis rapidement, ils n'ont plus entouré que la maison. Désormais, les reliquats de plastique jonchent le sol, dans l'attente d'un assureur motivé.

Mes parents ont abandonné toute démarche après seulement quelques mois. Ils se moquaient de trouver qui, quoi ou comment. Tout ce qu'ils savaient, c'était la conséquence. Alors ils ont tout laissé. La maison bleue, les souvenirs et moi. Ou alors est-ce moi qui les ai laissés ?

Nous sommes partis dans un de ces immeubles, à quelques centaines de mètres, où tout était blanc. De quoi nous assurer un nouveau départ, mais je n'en ai jamais voulu. Je revoyais les cendres, le béton en poussière. Pour m'en libérer, je n'avais qu'une solution : me rendre chez Éloïse et baigner dans le rose, l'orange et le jaune de ses fleurs et de ses tapisseries. Me noyer dans des couleurs tout en étant près de Laurine. La présence de Lucile aidait aussi et, finalement, j'ai passé plus de temps chez Éloïse qu'avec mes propres parents.

Ils ne m'en ont jamais voulu et, lorsque j'ai pu vivre par mes propres moyens, ils sont partis ailleurs, dans une nouvelle maison, jaune, je crois. Je n'y suis jamais allé. Tout ce qui relevait d'eux relevait du gris et donc de Laurine. J'étais bête et gamin. Aujourd'hui, je m'aperçois que je le suis encore, avec ces détours pour ne pas passer devant la maison et sa façade explosée. Tout ce gris imprimé dans mon esprit pour ignorer et cacher. Tout ça pour ne pas avoir à pleurer comme ce jour où les voisins m'ont regardé avec pitié. Même mes parents ont moins pleuré que moi, et pourtant ma mère a été longue à tarir.

À présent, planté devant les décombres, je rattrape le temps perdu, redevenant le garçonnet de sept ans qui voulait avancer dans l'eau et les flammes. Sauf qu'il n'y a plus personne pour me retenir. Larmoyant, je progresse au milieu du champ de bataille et, malgré la poussière qui a pris le dessus, je repère les couleurs. Le vert de la cuisine, le rose pâle d'une ou deux chambres. Un beau bleu dont je ne vois qu'un tout petit morceau. Peut-être celui de la buanderie, je ne sais pas. Il y a comme un voile devant mes yeux, les couleurs disparaissant sans mal. Dans un sens, il n'était pas compliqué de croire que tout était gris.

L'autre partie de la maison semble plutôt intacte. J'erre parmi les cloisons tapissées où le temps a été l'occupant principal. Une fenêtre, celle de la cuisine, semble encore d'utilité. Je l'ouvre sans problème et sans but. Ce n'est pas comme s'il y avait besoin d'aérer quoi que ce soit. Quoique mes pensées semblent apprécier le courant d'air.

Je me retourne sur les vestiges de mon enfance, gravant cette nouvelle image, la vraie, dans mon esprit. Mais le gris des cendres a infusé la moindre parcelle de mes souvenirs, transformant chaque mètre carré en un ramassis mortifère. Il me faudrait un détecteur au milieu des mensonges que j'ai façonnés.

Soudain, je manque d'air, ma gorge prise en étau par l'impossibilité d'une telle tâche. Peut-être mes parents auront-ils le courage d'épousseter ma mémoire ?

Non, je dois m'en sortir seul, comme je m'y suis mis. Attraper le premier chiffon qui passe, peut-être celui que je serre entre mes doigts, et effacer le mirage que mes propres yeux ont fabriqué.

Armé du torchon blanc, je balaie un pan de mur, révélant un jaune un peu plus prononcé. Je rouvre l'album photo là où je m'étais arrêté, laissant mes doigts glisser sur la vérité que je m'étais cachée. Elle était si belle, mais le malheur sait s'imposer lorsqu'on lui laisse une porte ouverte. Je ferme celle-ci en même temps que l'album. C'est décidé, je ne veux plus que du vrai, le mien et celui des autres. Celui d'Éloïse, d'Arthur et de Camille. Celui de mes amis comme celui de Lucile. Un vrai qui envoûte chaque mouvement de ma vie. Un vrai aussi intense que ce baiser sous la pluie.

Parcouru de frissons, je referme la fenêtre. Le crépuscule s'installe, m'ordonnant de quitter les lieux. Revenant sur mes pas, j'aperçois une note punaisée sur un mur, petit miracle ayant survécu aux ravages de la nature. L'encre ne s'y voit plus, mais je me demande si ce morceau de papier vierge émouvrait mes parents.

Je me suis souvent demandé pourquoi ils n'avaient pas fait détruire la maison. Peut-être parce qu'ils n'en avaient pas le droit, avec l'enquête de responsabilité. Mais les délais légaux doivent aujourd'hui être dépassés.

Mes codes et mes livres de droit s'imposent soudain à moi, comme si j'avais fait toutes ces études juste pour cet instant. La motivation qui m'échappait récemment au bureau ressuscite brusquement.

Je peux faire quelque chose, et, cette fois, je n'effacerai pas la vérité. J'en construirai même une nouvelle, un enclos où des roses pousseront peut-être un jour, un terrain où des murs, tout sauf gris, émergeront du sol.

Excité par les possibilités, je saute par-dessus les derniers gravats. Tenant maladroitement trieurs, album et torchon, je sors mon trousseau pour vérifier que les clefs du bureau y sont bien. Le temps de tout poser à l'intérieur de la voiture, je lance un dernier regard en arrière. Tout n'est déjà plus aussi gris.

Objets, corps, pensées, les trois cahotent sur la route en direction de mon travail. Il faudra désactiver l'alarme si personne ne fait d'heures supplémentaires.

Les recueils que je cherche sont dans l'armoire verte, du côté des spécialistes en droit de l'urbanisme. Je pourrais leur demander conseil demain, mais je suis trop pressé… Et si je sens que je m'endors sur ma table, j'emporterai l'exemplaire à la maison… Et puis je rentrerai à pied, pas le courage de tourner un quart d'heure pour trouver une place à côté de la maison… On ne dirait pas qu'il va pleuvoir, malgré l'humidité qui grignote ma peau. Au pire, ce ne sera qu'une petite escapade sous la pluie, une de plus, un peu trop solitaire.

Tremblant d'envie de rendre justice à la réalité que j'ai brisée dans mon enfance, je prends soudain conscience que j'aimerais revoir Camille. L'embrasser, pour de vrai, quel que soit le sens qu'elle voudrait donner à ce « vrai ».

— Pour de vrai…, murmuré-je.

L'échange avec le petit Arthur me revient tel un boomerang, me mettant au défi d'appliquer ces trois mots avec Camille. Mais leur définition m'échappe encore trop sans qu'aucun code puisse m'aiguiller. Alors je me concentre sur la route, oubliant la pluie, le rouge et le jaune, et rêvant à ce bleu effacé durant si longtemps.

14

Camille

Je reste à distance du comptoir rugueux. Le commercial me regarde d'un œil las tout en cherchant l'heure à laquelle j'ai emprunté la voiture. Arthur se tient à mon manteau, lorgnant tristement les baies vitrées dénuées de toute buée. L'horloge frôle les 22 heures.

Je n'aurais jamais cru revenir si tard. Nous nous sommes simplement rendus dans la maison d'Éloïse pour récupérer des documents dont elle m'avait parlé dans un message lorsque j'étais au travail. Puis nous avons croisé Aurélien en voiture, sans qu'il nous voie. Puis nous avons cherché les documents, en vain. Puis nous avons eu faim, nous imposant un second restaurant dans le mois. Des trois situations, je ne sais laquelle m'a le plus perturbée.

— Ah, je vous ai trouvée. Vous êtes venue louer le véhicule vers 18 heures. J'imprime la facture.

Quelques signatures plus tard, tout est résolu, et seuls les réverbères au bout de l'allée nous indiquent le chemin à suivre. Cette agence de location est la plus proche de la maison, mais c'est aussi la plus lugubre. Arthur ne proteste jamais quand je lui serre la main dans cet endroit.

Il nous reste deux cents mètres à faire dans l'ombre quand des voix retentissent au fond de l'allée. Sûrement d'autres clients. Je me décale, entraînant Arthur, laissant la voie libre à deux hommes qui nous dépassent rapidement. De toute façon, il n'y a qu'une seule issue.

En quelques secondes, nous sommes enfin dans la lumière artificielle, prêts à traverser une route quasi déserte. Depuis que nous sommes sortis, une seule voiture y a circulé. Les deux hommes attendent au bord du trottoir. Ils n'ont toujours pas bougé lorsque Arthur et moi approchons. Mon indifférence s'efface derrière mon inquiétude, mais je réagis trop tard.

Le premier homme tire sur mon sac, passé à l'épaule du bras tenant Arthur. L'autre tire sur ma main libre. Dans l'élan, je lâche Arthur et songe, au milieu de ma tourmente, que c'est peut-être mieux ainsi. Mais je n'ai pas le temps de penser davantage à lui.

Déjà, mon cerveau est saturé. Les brides de mon sac me font l'effet d'une ligature. La paume rêche creusant la mienne me dégoûte. Pour se protéger, mon corps se recroqueville, mon esprit aussi. J'entends à peine les cris des deux hommes qui m'ordonnent de lâcher mon sac, j'aperçois tout juste leurs pieds qui frappent mon ventre. Je ne suis plus qu'une superposition anarchique de sensations aliénantes. Je ne sais même plus où est Arthur.

À genoux, la tête enfoncée dans mon col, je les supplie d'arrêter. Je crois qu'ils rigolent, puis qu'ils s'impatientent. Les coups continuent de pleuvoir, minablement, là où ils peuvent. Trop habituée à me préserver du monde extérieur, j'encaisse les meurtrissures finalement légères de ces deux acharnés qui auraient déjà pu abandonner. Mon sac est accroché à mon épaule, coincé par un bras qui protège mon cœur. Seule ma bulle est exposée, finalement, brisée en mille morceaux par des pieds rageurs. Le reste est encore intact.

Il me semble entendre un appel d'Arthur, mais je n'esquisse pas le moindre geste. Je ne suis plus qu'une âme écorchée attendant que ses membres puissent de nouveau se dilater. Mon cerveau n'a plus la place de traiter quoi que ce soit.

Soudain, l'univers cesse de m'en vouloir. Ma bulle se resserre. Je reprends conscience de mes bras, croisés sur mon ventre, de ma tête, miraculeusement épargnée, et de mes poings, serrés à m'en griffer les paumes. Je relève les yeux. Arthur est transi sur le trottoir, indemne mais bouleversé. Je tends les bras vers lui. Ses yeux s'arrondissent comme s'il avait peur de moi.

— C'est bon, mon ange, articulé-je d'une voix rauque. On rentre à la maison.

Il approche lentement. Pas une goutte n'a coulé sur ses joues. Pas un coup n'a glissé jusqu'à lui. Les deux hommes l'ont ignoré, ou alors il s'est suffisamment bien coupé du monde pour passer inaperçu. Son corps s'immobilise à quelques centimètres du mien. Il m'examine comme s'il ne savait par où commencer. Lever une main ou avancer plus près. Poser la tête sur mon épaule ou tirer sur mon manteau.

— Tu as crié.

Ces trois mots font plus mal que toutes les meurtrissures résonnant dans ma chair. J'aurais préféré qu'il rate cent fois son expérience de la pluie plutôt que d'être témoin de celle-ci. La tempête et l'orage n'égaleront jamais ce que je viens de vivre.

— Tu avais mal ?

— Non, je ne crois pas, dis-je, surprise par ma propre réponse.

— Tu avais quoi, alors ?

— J'avais… J'avais trop.

Le souvenir de mon petit lexique scintille dans mon esprit. « Trop : mauvaise définition de “mal”, même si c'est ce qu'il y a de plus proche. » C'était le premier mot que j'y avais inscrit.

— Viens, on rentre, ajouté-je en m'appuyant sur une main pour me relever.

Il me regarde me redresser comme s'il craignait que je ne retombe. Je tends la main pour lui signifier mon intention. Il secoue la tête et me tourne le dos.

— Si c'est trop, c'est trop.

Le maximum que j'aurai sera qu'il tienne mon manteau.

Vingt minutes plus tard, nous arrivons à la maison. Nous n'avons pas marché très vite, les coups dans le ventre risquent de me gêner quelques jours. Je n'ai même pas été tentée d'aller porter plainte. Je n'ai vu aucun visage, ils n'ont rien volé, et les coups portés ne laisseront aucune trace physique. Il faudrait aller chez le médecin, voire aux urgences, mais je ne pourrai pas supporter un contact physique de plus.

La chaleur de notre appartement est salvatrice. Je lâche Arthur que j'avais quand même agrippé par la capuche. Il commence à se déshabiller, seul, prenant autant soin de lui que je le fais habituellement. Les lacets des chaussures sont défaits minutieusement. Un par un, il tire sur chaque rangée pour dégager la languette et glisser son pied hors du carcan que j'avais été moins délicate à lui enfiler, pressée d'aller louer cette voiture.

Une fois déchaussé, son manteau accroché, il fixe la salle de bains. Il sait que je n'aurai pas le courage de lui imposer cette épreuve ce soir, mais il inspire quand même.

— Demain, maman. Toi aussi, demain.

Je le remercie d'une caresse sur la tête, la plus légère de toutes, puis il part vers sa chambre. Plantée dans l'entrée, je le vois tout de même se dévêtir. Il hésite quelques secondes avant de passer ses mains dans la ceinture du pantalon de toile, rouge comme toujours, mais pas aussi ample que sa tenue de pluie. Le gilet est retiré tout aussi lentement. Une fois certaine qu'il se met en pyjama, je me retourne.

J'ôte mon ciré quand je m'aperçois que mon sac à main est toujours là, sur mon épaule. La traction sur les deux brides a laissé une marque dans le tissu. Une boule envahit ma gorge. J'y tiens, à ce ciré. Même s'il est remplaçable, c'est celui-ci qu'Aurélien a touché, et ce simple détail semble s'y être inscrit. Le sac tombe à terre, les manches glissent. À l'inverse d'Arthur, je laisse tout traîner au sol. Dans un frisson, je retire mon chemisier. Le pantalon connaît le même sort. Mes sous-vêtements aussi.

Nue, je me dirige vers ma chambre. Arthur en est au passage délicat du col. Ses râles m'atteignent au moment où je décroche mon déshabillé. J'ai plus de chance que lui, les adultes ont droit au minimum vestimentaire, même si la vendeuse n'avait pas en tête la même utilité que moi lorsque je l'ai acheté. La couleur m'importait peu, la dentelle m'irritait. Il me fallait du simple, et elle s'obstinait à me sortir du plus joli. Finalement, nous avons trouvé un terrain d'entente. Du bleu marine, du satin, de la soie. Je trouvais ça doux et elle trouvait ça chic. Il paraît même que ça va bien avec mon teint. Je me suis retenue de lui dire que mon teint, personne n'était là pour le voir.

Je m'enveloppe dans l'habit vaporeux. C'est à peine si je le sens. Arthur a fini d'enfiler son pyjama. Il regarde les fenêtres avec insistance.

— Ce n'est pas vraiment le moment d'aller dehors, commenté-je.

— C'est… Est-ce que c'est encore trop ? demande-t-il en venant vers moi.

Je souris faiblement pour le rassurer. Même le « trop » sait être éphémère. Celui-ci le sera lorsque j'aurai dormi. Heureusement, ma douleur n'est que physique. Pas d'exacerbation, juste un mal qui mettra plus de temps à disparaître. En fait, pour mon corps, c'est la même quantité, un peu plus diluée, comme lorsque Arthur est né.

— Je vais m'allonger un peu. Toutes ces émotions m'ont fatiguée.

— Celles des monsieurs ?

Je ne réponds pas. Ma tête tourne pour de bon. Il faut que j'aille m'allonger, tout de suite.

— Ou alors celles de pour-de-vrai ?

Mon esprit s'éclaircit et cela n'a rien à voir avec les quelques pas esquissés vers le canapé.

— Comment peux-tu savoir ça ?

— Tu étais bizarre, quand on l'a vu. Tu as attendu qu'il soit parti pour descendre de la voiture. C'est pour-de-vrai, alors ?

— Pour… Pourquoi est-ce que tu l'appelles comme ça ? balbutié-je.

— C'est le seul que tu laisses…

Il détourne les yeux, se mord la joue. Cette mimique est l'une des rares qu'il s'autorise puisque, à mon image, ses sensations internes sont moins vives que celles de sa peau. Je fronce les sourcils. Toutes ces conclusions ne peuvent signifier qu'une chose.

— Qu'est-ce que tu as vu, Arthur ?

— Le jour de la pluie avec Paul…, avoue-t-il. Je te cherchais.

— Le jour de…

— Et dans le bus, aussi ! ajoute-t-il rapidement, mais mon esprit est rivé sur le défi que j'ai lancé à Aurélien cette fois-là.

— Tu aurais dû rester dans la salle, dis-je fermement.

— Caroline ne m'a pas vu ! Et puis… toi et pour-de-vrai non plus.

Il baisse la tête, son menton touchant presque son col. Les secondes s'écoulent, peut-être longues, peut-être rapides. Mon estomac se noue, je commence à avoir froid. Accroupie à côté de lui, je place un doigt sous son menton. Une larme coule sur sa joue. Il ne l'essuie pas, la laissant descendre jusqu'au bas de sa mâchoire. Encore quelques instants, et elle tombera, comme la pluie, sur sa main. Une toute petite expérience qui aurait dû être la première. Une toute petite expérience qu'il subit, sous mes yeux, sans broncher.

— Tu parles souvent de lui, murmuré-je.

— C'est mieux que les monsieurs de tout à l'heure.

— Là-dessus, on est d'accord. Je vais rester un peu ici avant d'aller me coucher. Si tu veux, tu peux venir avec moi. Prends juste une couverture.

Je m'allonge sur le canapé. La pression prend le dessus sur tout ce qui pouvait m'incommoder jusqu'à présent, telle une drogue alternative masquant la douleur. Je me suis presque assoupie lorsque Arthur reparaît avec sa couverture. Il la pose en douceur puis se recroqueville devant mon ventre. Un petit centimètre nous sépare.

— Pour de vrai, murmuré-je.

Son corps se love contre le mien. La chaleur de son dos apaise mon ventre. Je profite de cet échange quand la sonnette rompt notre équilibre. Il est près de 23 heures et je n'attends personne. Je n'attends jamais personne, de toute façon.

Arthur s'est déjà décalé pour me laisser me lever. Je rajuste mon déshabillé. Lorsque j'ouvre la porte, la voisine du dessous me lorgne d'un œil écœuré.

— Il court encore !

— Bonsoir, madame Ganvin. Je suis désolée, il ne courra plus ce soir.

— Et demain ? renchérit-elle, mordante.

— Il n'a pas couru cet après-midi, c'est déjà bien, non ?

Habituellement, je ne suis pas aussi désobligeante, mais ma patience arrive à bout.

— Il pourrait venir s'excuser lui-même ! reprend-elle. Quelles règles de vie est-ce que vous lui apprenez, à ce petit ? Sans compter qu'il devrait être couché, à une heure pareille !

— Arthur, viens présenter tes excuses.

La voisine se raidit. Ma voix a résonné dans toute la cage d'escalier, impérieuse et intense. Le son ne correspond pas du tout à la tenue légère dans laquelle elle me reproche clairement de la recevoir. Mais quand Arthur arrive en pyjama, déjà au fait que cette voisine m'insupporte, la dernière chose qui m'intéresse est bien l'avis de Mme Ganvin sur la doublure de mon déshabillé.

— Pardon, madame Ganvin, articule proprement Arthur.

— S'il recommence, j'appelle le syndic de l'immeuble.

Et elle repart avec son hostilité.

Une simple poussée de doigt, et la porte se referme. Le mouvement est long, lent, mais rien ne claque. La vengeance n'est pas mon fort. Il n'y a qu'Arthur qui, au début, demandait comment on pouvait empêcher quelqu'un d'utiliser son téléphone, même si c'était plus de l'inquiétude qu'autre chose. Aujourd'hui, les menaces de Mme Ganvin lui font de moins en moins d'effet. Il prend même ces visites pour une courtoisie mal avisée.

Sans échanger une parole, nous retournons sur le canapé. Les gestes se répètent de façon si similaire qu'on pourrait nous croire revenus dans le temps, mais, intérieurement, il n'en est rien. Tout à l'heure, je me grisais de mon hypersensorialité, mais Mme Ganvin m'a ôté tout enivrement. Je soupire lourdement. J'aimerais pouvoir bouger sans réfléchir, être dans une capitulation du corps, sans calcul ni prévention. Je n'ai connu qu'une telle expérience : ce rattrapage dans le bus. De quoi considérer l'usage unique.

Alors que je pense qu'il s'est endormi, Arthur se lève. Je propose de lui lire une histoire, mais il répond qu'il préfère regarder l'eau qui tombe dehors. Je n'avais même pas remarqué qu'il s'était mis à pleuvoir. Nous sommes rentrés à temps.

Je lève mes paupières, lourdes. Arthur est assis sur le rebord d'une des fenêtres basses. Sa main flotte, doigts grands ouverts, juste devant la vitre. Je souris de cette expérience qu'il retente régulièrement, mais ses doigts se referment sur sa paume. Seul son index reste et, à défaut de buée, il trace les trajectoires suivies par les gouttes, de l'autre côté. Le bruissement me fait rire. Le nettoyage qu'il faudra faire un peu moins.

Rassurée par ces dessins virtuels, je me laisse glisser dans ma torpeur. Encore quelques minutes, et j'irai me coucher. Rien que quelques minutes pour tout oublier. Un temps vague à l'issue duquel je n'entends plus aucun son sur la vitre.

Je m'assieds lentement. Arthur n'est plus là. Peut-être est-il finalement parti dormir. Je me lève, un peu sonnée, j'évite la table basse et la couverture tombée à terre. La lumière de sa chambre est éteinte, mais il y a une clarté étrange dans l'appartement. Un bruit, aussi. Mon cœur s'arrête.

Mes yeux glissent vers la fenêtre où le monde est devenu blanc. Un blanc bruyant qui martèle autant les carreaux que l'intérieur de mon corps. Je fais volte-face en direction de l'entrée. Le ciré jaune a disparu, les bottes aussi. La porte laisse filtrer un rai de lumière.

Toute ivresse effacée, je me rue à la fenêtre. Les battants sont à peine ouverts que les grêlons cognent déjà sur mes bras et mon visage.

— Arthur ! Arthur ! Reviens, tu te trompes !

Le déluge est trop intense. Je ne vois rien. Ni route ni enfant en jaune et rouge. Ou jaune et bleu. Ou gris… Je ne sais plus. Le blanc a envahi mon esprit au point que je ne me souviens même plus de la couleur de son pyjama.

Soudain, au bas de l'immeuble, dans le faisceau lumineux de la porte laissée elle aussi ouverte, une silhouette apparaît, trop grande pour être celle d'Arthur. Le visage se lève vers moi, c'est celui d'Aurélien.

Dans mon esprit, les grêlons cessent momentanément de tomber. Seuls deux étages nous séparent. Je l'aurais reconnu même s'il y en avait eu dix. Puis le déluge de glace qui s'abat sur ma tête me fait revenir en arrière.

Quand je me penche de nouveau, Aurélien et la lumière ne sont plus là. J'ai dû rêver, inventer cette solution qui était trop belle pour être vraie. Mon espoir s'effondre pour rejaillir en entendant les pas précipités dans l'escalier. Les rêves tiennent de la réalité, aujourd'hui.

Je me précipite à sa rencontre. Un flottement d'une seconde nous évite la collision.

— Il est sorti, dis-je dans un souffle. Il doit croire que c'est de la neige. Il a même pris le parapluie pour faire durer l'expérience. Je… je…

Aurélien ne dit rien et fait demi-tour. Indifférente à ma tenue si peu appropriée, je le suis, pieds nus sur la pierre froide. À l'étage en dessous, Mme Ganvin a déjà ouvert sa porte, ses mots rageurs envahissant le hall. Aurélien la dépasse sans un mot. Je ne lui accorde pas même un regard, mon déshabillé flottant autour de moi.

Il arrive en bas le premier mais ne m'attend pas. Je mesure son avance à l'angle d'ouverture de la porte. Déjà trois bonnes secondes. Ce sera toujours trois secondes de moins pour Arthur. Dehors, le déferlement continue. J'avais quatorze ans lors de ma première expérience de la grêle. Je l'ai tellement peu apprivoisée que ce sera ma seconde.

Sur la droite, j'aperçois le manteau d'Aurélien qui s'éloigne dans la nuit. Arthur n'a pas pu aller bien loin, mais il y a un parc, beaucoup plus petit que celui où nous avons nos habitudes, au prochain carrefour. C'est d'ailleurs dans cette direction que court Aurélien, comme s'il savait déjà.

Le froid recouvrant chaque partie de mon corps, je me lance dans ses traces. Les boules blanches sous mes pieds sont aussi désagréables que celles percutant ma peau. Le déshabillé n'est plus qu'un tissu humide et collant, mais je continue, tout mon être hurlant son désaccord.

Je franchis le portillon du parc en y donnant un coup de genou. Au milieu du reste, la sensation passe presque inaperçue. Puis j'entends un cri, le choc valant tous les grêlons de l'averse percutante.

Mon fils est là. Aurélien aussi. Et il tient Arthur dans ses bras.

15

Aurélien

Je n'aurais jamais cru pouvoir regretter un acte et m'en satisfaire en même temps. Ce soir, c'est chose faite. Je serre un enfant hypersensible contre moi pour le protéger de la grêle. À ses yeux, les deux situations doivent être abominables. Il faudrait que je sois dans sa tête pour savoir laquelle est la pire.

Heureusement, depuis qu'il est dans mes bras, son cri faiblit. Ses yeux s'arrondissent de concert. Je crois qu'il commence à comprendre ce qui lui arrive. Cette latence angoissante transforme les secondes en heures, pourtant, cela fait à peine quelques instants que je l'ai décollé du sol pour le prendre contre moi. Dans un spasme silencieux, il se met de profil, comme s'il voulait de nouveau voir l'horreur qu'il vient de s'infliger. Quelques grêlons l'atteignent encore, mais j'ai l'impression qu'il ne s'en rend même plus compte, sa conscience perdue dans l'univers percussif.

À un mètre de nos pieds gît le parapluie renversé. Les morceaux de glace ricochent sur le plastique et le métal, improvisant une musique. Je fixe l'objet, partagé entre l'envie de l'attraper et celle de ne surtout pas bouger. Je manque de courage.

— Arthur !

J'aurais pu ne pas la reconnaître. Un souffle éraillé, un grincement désespéré. Je pivote lentement et découvre Camille, à moitié nue, qui mériterait aussi d'être protégée. Mais je manque de bras. Je manque d'abri.

D'un coup de pied, je lui lance le parapluie. Elle se penche pour l'attraper, ses cheveux humides tombant autour de son visage. Sur son vêtement noir, une myriade de petits grêlons s'est fixée, comme une constellation. Muette, elle place le parapluie au-dessus de nous. Il y aurait tant à dire, et en même temps trop peu. Mes lèvres restent scellées jusqu'à ce que je remarque ses pieds gelés.

— Dépêchons-nous.

Elle peut le prendre pour elle ou pour son fils. Je l'ai offert aux deux et les deux me répondent. Elle en hochant la tête, Arthur en se serrant davantage.

Agglutinés sous le parapluie en un assemblage bringuebalant, nous regagnons l'immeuble. D'une main, elle tient le manche, de l'autre, elle ouvre la porte. Son corps est rouge lorsque nous pénétrons dans le hall. Elle ne ferme pas le parapluie.

Le premier étage se profile et, avec, son occupante. La voisine que j'ai entendue tout à l'heure nous attend de pied ferme, ses orteils à la limite de l'embrasure.

— Qu'est-ce que c'est que ce bazar ? s'écrie-t-elle. Vous n'avez aucun savoir-vivre ! Courir à une heure pareille ! Et dans l'escalier ! Crier par…

Elle continue à répandre sa bile tandis que nous émergeons sur le palier. Ses yeux accusateurs nous méprisent. Les remarques acerbes nous percutent autant que la grêle. Alors je me dirige droit vers elle.

À chacun de mes pas, la voisine en fait un en arrière, sans pour autant arrêter son discours. J'avance jusqu'à son paillasson, rajustant maladroitement Arthur, gêné par le poids de mon sac à dos. Mon autre main se tend vers la poignée de la porte. La femme, qui a reculé à présent d'un bon mètre, n'a pas le temps de réagir lorsque sa propre porte se referme sur son venin. L'acoustique fait son travail, l'effet de surprise aussi. Dans tous les cas, sa voix disparaît, et le battant ne se rouvre pas.

Je reprends Arthur dans mes bras. Son corps se détend. Camille est toujours dans l'escalier, spectatrice d'une scène qu'elle semble à peine avoir vécue. Le parapluie est resté au-dessus de sa tête, les gouttes perlant à chaque pointe, parsemant le sol de taches sombres. D'après la fenêtre à laquelle je l'ai aperçue tout à l'heure, il y a encore un étage à monter.

Dans son sillage, je vois ses pieds et ses mollets s'éclaircir, reprenant leur couleur chair. Le tissu noir flotte derrière elle telle une cape écorchée, les deux côtés d'un ruban traînant au sol, éplorés. Ils s'arrêtent le temps qu'une porte s'ouvre et reprennent leur avancée dans un salon encore plus sombre que le bureau que j'ai quitté il y a une demi-heure sans savoir que je finirais ici.

Tel un intrus, j'entre dans cet appartement que je ne connais pas, avec un enfant qui n'est pas le mien et une femme qui ne pourra jamais être mienne. Tout se referme derrière moi. Porte, verrous. Dans l'obscurité, je ne bouge plus. Mes bras tremblent et crient le poids qui les occupe. Mon dos ploie sous le sac qui semble s'alourdir à chaque seconde.

Camille repasse devant moi, le parapluie toujours ouvert, oublié de son esprit mais pas de son âme. Il définit cette bulle où je me sens privilégié, autorisé par le plastique transparent qui continue à goutter par terre. Les impacts sur le parquet rappellent la fin d'une averse de printemps. Dehors, la grêle a cessé de tomber.

— Je vais te poser, chuchoté-je, à bout de forces.

Arthur sait que je lui parle. Seule son oreille est exposée, et il a frémi en m'entendant. Mais je ne sens aucune réponse, aucun aval de sa part. Je relève les yeux vers sa mère, dont un mouvement du menton me signifie que je peux y aller.

Camille et le parapluie s'abaissent en même temps que nous. Une fois agenouillé, je garde Arthur contre moi, ou plutôt *il* se garde contre moi.

— Tu as mal ?

Un frisson le secoue, et la peur m'étreint. Je suis allé trop loin. J'aurais dû remettre le parapluie au-dessus de lui et rien d'autre. Le rendre à sa mère et rentrer chez moi. Au lieu de ça, je suis agenouillé sur un parquet inconnu à attendre que quelque chose change sous un parapluie inutile.

— C'était trop.

La tête de Camille s'effondre, le parapluie passant par-dessus moi, le manche d'acier échouant sur mon épaule. J'attrape le métal pour l'ôter de ses mains.

— C'était trop, répète Arthur en cachant son visage.

— C'était trop tôt, surtout, mon ange, murmure Camille sans le regarder.

— J'ai cru…

— La neige, oui… C'est ma faute.

— Tu dormais, et…

Camille approche une main, toujours sans relever les yeux, et la laisse en suspens au-dessus du bras de son fils. Quelques secondes plus tard, Arthur le soulève assez pour la toucher. Sans un mot, sans un regard, le pardon est accordé. À l'un, à l'autre. Je n'ai plus rien à faire ici.

— Je vais vous laisser, murmuré-je doucement.

Brisant la lenteur qui avait articulé nos gestes, Camille se redresse d'un coup. La pénombre rend son visage bleu, dissimulant ce que je voudrais y lire.

— Arthur s'est endormi. Vous voulez bien aller le coucher ?

— Endormi ?

Elle hoche la tête et je baisse les yeux sur le petit corps lové contre le mien. Une respiration paisible s'en échappe. Si paisible qu'on pourrait douter qu'il ait respiré jusque-là.

— Tout habillé ? demandé-je bêtement, ébahi qu'il ait pu s'endormir si vite.

— J'aimerais votre aide.

Un soupir nous interrompt. Camille laisse flotter un petit rire.

— Il en a assez qu'on parle. Vous venez ? dit-elle en se relevant. Si vous le tenez encore un peu, je pourrai lui retirer son pantalon, poursuit-elle lorsque nous arrivons dans la chambre.

Suivant ses ordres, j'écarte le garçon. Ses gestes sont ceux d'un fleuriste vérifiant chaque pétale d'une rose, ôtant les fanés pour ne laisser que les frais. Les jambes d'Arthur reviennent contre moi le temps de renouveler l'opération avec le haut, puis je l'installe sur le lit dont elle a tiré les couvertures.

— C'est bon, vous pouvez le recouvrir, dit-elle en contemplant son fils.

— Pardon, mais je crois que vous me surestimez, dis-je maladroitement. Vous faites tout si… si…

— Vous pouvez apprendre. Et puis… vous ne vous êtes pas posé de question, tout à l'heure, sous la grêle.

Elle me fixe, lèvres entrouvertes. Celles-ci m'attirent comme un aimant. À l'inverse, ce que je sais de son corps me repousse au pôle opposé. Je ne suis pas sûr qu'on veuille apprendre la même chose. J'attrape cependant les couvertures.

Mes mains les déplacent gauchement jusqu'à ce qu'une étrange fraîcheur les enveloppe. Camille m'assiste, ses doigts gelés alors que je les perçois à peine. Chacun de mes gestes envers elle et son fils a dû être l'équivalent d'une torture. Je me laisse faire, effrayé par le séisme que je pourrais déclencher.

— Cette fois, il est temps d'y aller, dis-je lorsque nous lâchons le tissu.

Mon cœur battant trop vite, je quitte la chambre, la laissant refermer la porte derrière nous. Une fois à l'écart, je retire mon sac pour me dégourdir les épaules, faisant mine de contempler le salon, mais la tenue de Camille est toujours trop légère, attisant ma faim, révoltant ma peau. Il faudrait attraper les pans et les refermer sur son ventre, mais le ruban est trop bas, trop loin, et je n'ose me pencher.

Comme si elle avait lu dans mes pensées, ses doigts saisissent la ceinture, sans toutefois la nouer. Les secondes s'écoulent sur son hésitation, ruisselant jusqu'à moi. Porté par ce flot, j'accepte finalement la tâche, nos mains reliées par le tissu. Mes pouces ne sont plus qu'à quelques centimètres des siens, chacun étudiant l'autre pour voir ce qu'il adviendrait d'une union temporaire. Cette pensée intruse nous secoue soudain, et nous lâchons le tissu.

Le mouvement fait tomber le peu de vêtement qui habillait encore ses épaules, les manches échouant au creux de ses coudes. Une seule décision, un tout petit geste, et il glissera sur le parquet, mais elle ne bouge pas.

Captivé par son indifférente indécence, mes yeux observent son cou, la ligne de ses épaules. La façon dont ses bras dessinent les courbes de son abdomen. Celles qui jaillissent au niveau des cuisses et de sa poitrine. La chute gracile de ses jambes jusqu'aux pieds caressant le sol.

Stupéfait de ne ressentir aucune honte, je cherche les yeux de Camille. Son absence de pudeur me sidère : elle ne semble absolument pas incommodée. Un instant, nos regards se croisent avant de repartir à leur exploration, et je comprends son attitude. Camille me détaille de la même façon alors que je porte tous mes vêtements.

Dans cette pièce quasi bleue où la pénombre est reine, nous parcourons le corps de l'autre. Statues de marbre dans un musée délaissé, nous touchons de nos yeux ce que je voudrais percevoir autrement. Tandis qu'elle est nue, Camille me transperce de son regard. Tandis qu'eau et vêtements me recouvrent, je bois chaque parcelle de son corps. Aucune perversité, aucune dépravation. L'effleurement de nos corps par celui de nos iris. Je m'enivre de cette vertueuse simplicité pour la simple raison que je ne peux la briser. Que je ne veux la briser. Et la réponse me vient. Celle qu'elle désirait tant, que je lui ai volée sous la pluie, rongé par l'éducation, le bon sens et les bienséances.

— Non, je ne l'aurais pas fait.

Ses sourcils s'arquent en vagues, son front se plisse élégamment. Les ombres dessinent sa perplexité avec la même grâce que son corps exhale. Je ne l'aurais pas fait…

— … même si je n'avais pas su que vous étiez autiste.

Le mot arrive dans notre bulle comme une bombe à retardement. Mon souffle se bloque dans ma gorge avant l'impact, prévoyant la détonation. Son regard explose après ce terme qu'elle connaît trop bien. Une fraction de seconde plus tard, nos deux êtres se fragmentent, puis s'éparpillent, reculant devant la terrible réalité.

Débris de chair, nous récupérons nos mains pour les porter à nos bouches ou nos visages. Les deux miennes sont plaquées sur mes lèvres, les siennes posées dans son cou. Derrière mon rempart, je vomis mon remords.

— Camille, pardonne-moi. Je…

La familiarité s'est installée d'elle-même, surgissant au plus infâme moment. Camille ne dit rien, les bras maintenant ballants, dépouillée de tout vêtement. La voyant parfaitement nue devant moi, je ne souhaite désormais qu'une seule chose, la rhabiller. Je suis sorti de sa bulle de la pire des façons : en lui rappelant qu'il en existait une. Camille s'accroupit pour attraper le tissu. Je me hâte à ses côtés, m'agenouillant pour la devancer.

— Laisse-moi t'aider.

— Je n'ai pas besoin d'aide.

Sa voix n'aurait pas pu être plus douce, ni plus désespérée. Là où j'aurais attendu de la colère, il n'y a rien de tel. Sa main courtise le vêtement comme si elle voulait l'y laisser. Les miennes voudraient l'agripper pour l'en recouvrir. Elle redresse la tête, envoyant voleter quelques cheveux en arrière.

— J'ai besoin que tu me touches. S'il te plaît.

Je la dévisage, éberlué. La dernière fois qu'elle a été aussi sérieuse, nous étions sous la pluie devant l'institut, la même question flottant entre nous.

— Je ne fais que ça, depuis tout à l'heure ! réponds-je, mystifié. Même si... même..., balbutié-je en reprenant mon souffle et mes esprits. Même si nous ne nous touchons pas ! Je sais, ça n'a aucun sens, mais c'est toi qui me l'as appris, là, en quelques minutes. Et puis, sous la pluie, la dernière fois, aussi. C'est pour ça que je te le dis aujourd'hui : je ne t'aurais pas embrassée, même si Éloïse ne m'avait rien dit ! Te sentir près et loin en même temps, c'était... c'était... C'était toi et moi. C'était tout ce dont j'avais besoin.

Vainqueur honteux, je remporte la bataille du tissu et le pose sur ses épaules, prenant même le temps de nouer la ceinture, délicatement, sans serrer. Sa taille est fine. Elle regarde mes mains agir, de plus en plus timides, achevant le nœud presque malgré elle.

— Reste.

Sa proposition résonne dans mon esprit. J'ai envie de la saisir et de me l'approprier, mais je n'ai aucun droit. Je suis encore novice, comme Arthur qui brûle les étapes. Ici, avec Camille, je ne suis même pas au courant du nombre d'étapes, et quelles sont-elles qui plus est ? Chaque seconde est un risque de trop. Je ne peux pas tout risquer.

Je ne peux pas *nous* risquer.

Risquer sa peau, la mienne. Risquer nos lèvres et nos âmes. Risquer une histoire qui n'a même pas encore commencé. Finalement, je me demande si je ne m'en sors pas mieux avec Arthur.

— N'est-ce pas… trop tôt ?

Ses paupières se ferment sur les arguments qui voudraient déferler, puis elle désigne mon sac, tranquillement, juste pour me dire de ne pas l'oublier. Sans émotion, sans sentiment, Camille fusionne avec cette carapace que je lui ai vue la première fois. Et, ainsi protégée de tout, surtout de moi et peut-être aussi d'elle-même, elle se dirige vers la porte.

Le sac sur une épaule, je franchis le seuil. Alors que je pense avoir déjà trop risqué, Camille lève une main. En suspens comme de l'autre côté d'une vitre, je présente la mienne, pressant l'air jusqu'à ce que seuls quelques millimètres séparent nos doigts. Mon sang pulse si fort dans mes veines que nous pourrions nous toucher. Mais nous tenons bon, ou plutôt je tiens bon, et recule plutôt que de fermer la main. Une main qui restera à mes côtés, intacte et intouchable, durant tout le trajet de retour jusque chez moi.

16

Camille

Le soleil baigne ma chambre. Arthur est assis sur mon lit, ses jambes flottant dans l'air. Un tee-shirt couvre son thorax, moulant chaque membre comme une seconde peau. Peut-être celle qu'il aurait voulu avoir.

Dans la pièce, rien n'a changé. Tout est au même endroit, vêtements, livres et draps. La constance de ces repères l'a toujours rassuré, comme sa tenue de pluie ou l'invariable assemblage jaune et rouge des trois quarts de sa garde-robe. Savoir que ma chambre est blanche, c'est lui rappeler chaque matin que tout peut arriver. Une tache de confiture, un coup de vent, toute expérience peut se faufiler jusqu'à lui.

Celle qui s'est faufilée jusqu'à moi cette nuit n'a laissé aucune trace, pour la simple raison qu'elle est restée immaculée et inviolée. Je frissonne, les paupières mi-closes sur mes rêves et mes sens. Arthur continue son ballet de jambes.

— Il est parti, pour-de-vrai ?

J'avais compté sur son profond sommeil pour qu'il oublie le début de l'épisode. J'avais compté sur nos chuchotements pour qu'il n'ait vent de la fin. Le second vœu a été exaucé, dans le silence, comme cette nuit où rien n'a eu lieu. Le premier n'a même pas été considéré, Arthur inspectant chaque recoin de la chambre à la recherche d'une tache de confiture inexistante.

— Oui, il est rentré chez lui.

— Dommage, marmonne-t-il, le mot sonnant étrangement dans sa bouche.

— Pourquoi ça ? demandé-je en attrapant un cintre.

— Je voulais retenter l'expérience.

Mon cœur tambourine malgré moi tandis que je songe à l'expérience que mon fils souhaiterait, à celle que mon âme désire. Moi qui ai toujours cru être liée à Arthur par mon autisme, mon amour et ma détermination, quelque chose… quelqu'un… a bouleversé ce lien.

— Laquelle ? articulé-je, tremblante.

Ma main est suspendue au cintre plutôt que l'inverse, cherchant à ranger mon déshabillé. Arthur murmure une réponse que je n'entends pas, trop accaparée par les endroits où Aurélien a posé ses mains. Ce déshabillé a eu plus de chance que moi.

— Essayer…, répète-t-il. Avec les autres.

Mes yeux s'arrêtent sur le ruban qu'Aurélien a noué. Je les détourne vers Arthur vêtu de bleu. Je n'avais même pas remarqué la couleur. Mon fils a changé sans que je m'en rende compte, sculpté sous les doigts d'une personne qui n'a pas le droit de le toucher.

— Ceux de l'institut ? m'étonné-je.

— Les autres, maman, répète-t-il.

— Les autres… Tu veux aller à l'école ?

Ma voix déraille de stupeur. Depuis le début de l'année scolaire, Arthur est inscrit dans une classe où il n'a jamais mis les pieds. Pendant un mois, j'ai tenté de l'y emmener, sans succès. Je n'ai jamais réussi à bifurquer à droite en sortant de l'immeuble : chaque fois nous avons tourné tristement à gauche pour nous rendre chez Éloïse. Après quatre semaines, je n'ai même plus pris la peine d'essayer. Virer à droite aujourd'hui n'est pas seulement une surprise. C'est tout mon corps qui ne sait plus comment réagir. Alors j'attrape un pull pour m'occuper les doigts.

— Je… Je ne sais pas, hésite Arthur.

J'interromps mon mouvement. C'est bien ce que je pensais. C'est un peu trop d'un coup, et du « trop », en ce moment, il y en a à chaque coin de rue, surtout si on prend à droite. Mais je ne peux pas laisser passer une telle occasion, alors je m'accroupis et lui offre une main.

— On peut déjà aller *voir* l'école. Caroline comprendra si j'arrive plus tard aujourd'hui.

Il opine du chef sans vraiment voir ma main. Je la baisse, impressionnée qu'il soit à ce point concentré sur une épreuve qui jusqu'à présent l'horripilait. La grêle a considérablement remanié son échelle de valeurs. Il ne manquerait plus que j'arrive à lui faire prendre une douche avant de partir.

— Je vais me laver, dit-il en se laissant glisser du lit.

Je reste sans voix et suis mon petit ange bleu jusqu'à la salle de bains. À ma place, n'importe quelle mère dirait qu'il a grandi. Moi, j'ai davantage la sensation qu'il m'échappe.

Arthur ouvre la porte du bout du pied, relativisant les changements, mais se dévêt sans peine et entre dans la baignoire. Quelques secondes passent avant qu'il m'interpelle.

— Tu restes, s'il te plaît ?

— Bien sûr.

Après une profonde inspiration, il attrape le pommeau et actionne les différents robinets. À faible débit, l'eau ruisselle dans le fond de la baignoire. Il observe d'abord le petit filet puis dirige la source vers lui. Je guette le point d'impact, frémissante, quand la sonnette retentit dans l'entrée.

Arthur sursaute, s'aspergeant malencontreusement les cuisses. Son cri, court et léger, se dessine sur son visage avant de se propager à ses cordes vocales. Je partage son énervement. Quel que soit celui qui se tient sur le palier, notre accueil risque d'être glacial. La seule personne que nous autoriserions dans notre univers à l'instant n'a aucune chance d'être revenue sur ses pas près de neuf heures après son départ.

— Je reviens, dis-je.

Arthur ne répond pas, victime du monde extérieur avec lequel il s'apprêtait justement à se confronter. Les poings serrés sur cette déconvenue, je me dirige à grands pas vers la porte, prête à laisser déferler toute la frustration de cette interruption. J'ouvre sans aucune envie d'être courtoise. J'avais raison : Aurélien n'est pas revenu.

— Bonjour, madame Ganvin.

— J'ai appelé la police, rétorque mon infâme voisine.

— Grand bien vous fasse. Vous vouliez autre chose ?

Elle piétine étrangement, ses yeux détalant de gauche et de droite, quand je comprends que ce n'est pas Arthur qu'elle cherche. Un rictus fend mes lèvres et je me décale sensiblement pour lui faire croire qu'Aurélien est encore là. Le bruit de l'eau qui coule dans la salle de bains lui arrive alors aux oreilles, et elle blêmit. Ce n'est pas dans mes habitudes de m'en remettre ainsi aux autres, surtout aux absents, mais Aurélien a été plus qu'efficace hier soir. Ses efforts ne doivent pas être vains.

— Non. J'ai appelé la police, répète-t-elle.

Ce ne serait pas la première fois que la police recevrait un appel de sa part, mais je doute fortement que les agents du commissariat accueillent ses plaintes avec autant de diligence qu'elle en montre.

— Parce que vous ne pouviez pas vous déplacer ?

J'ai craqué, et, honteusement, je déguise mon insolence sous mon autisme en prenant l'air le plus détaché du monde. Pour Mme Ganvin, ce n'est pas trop compliqué. Je me demande toutefois quel visage j'ai offert à Aurélien, hier soir. Sûrement quelque chose de bien plus souple, mais je chasse le souvenir. La voisine ne mérite aucune pitié. Je lui claque la porte au nez.

— Qui c'était ? questionne Arthur à mon retour dans la salle de bains.

— La sorcière du dessous, grogné-je à voix basse.

Il sourit seulement, le pommeau orienté vers ses orteils. Les soubresauts d'un rire pourraient lui faire perdre le contrôle, et sa vie n'est malheureusement faite que de ça : du contrôle. Nous n'avons lâché prise que peu de fois et, visiblement, tous les deux en présence d'une seule personne, mais je ne peux quand même pas demander à Aurélien de revenir juste pour aider Arthur à prendre une douche.

— Allez, c'est déjà bien, lui dis-je. Tu feras mieux demain.

— Toi aussi, maman… On avait dit…

La promesse de la veille me revient, mais tant de choses… ou si peu, finalement, ont eu lieu depuis que le « Toi aussi, demain » semble remonter à une éternité. J'hésite quelques secondes, puis secoue la tête. L'école est plus importante, si Arthur y tient toujours.

— Non, on sort. Il fait beau, en plus.

Arthur répète le ballet de tout à l'heure, mais à l'envers. En quelques instants, il est de nouveau vêtu de bleu, sans même s'être séché les jambes. Je désigne sa chambre.

— Finis de t'habiller. Je me prépare.

Le temps d'esquisser un brin de toilette et de me verser une tasse de café, Arthur revient en bleu et gris. J'examine sa tenue, enfin digne d'un enfant sans peau particulière, quand je m'aperçois qu'il a mis son pantalon à l'envers.

— Arthur, on voit les coutures !

— C'était trop bizarre sur la peau, avoue-t-il en baissant les yeux. C'est… C'est grave ?

— Disons que si tu voulais aller à l'école aujourd'hui, ça aurait été délicat. Mais comme on va juste regarder…

— Tu promets qu'on n'entre pas ?

— Si tu promets qu'on réessaie demain.

Il considère mon offre, l'accepte d'un hochement de tête. Le café coule dans ma gorge pendant qu'il boit son jus d'orange, puis mes yeux glissent vers l'entrée et le dilemme systématique qu'une sortie impose. Aujourd'hui cependant, au-delà du ciel dégagé, je n'ai aucune envie de porter mon ciré. S'il fallait même revêtir quelque chose, je voudrais mettre mon déshabillé, pour me protéger derrière lui, derrière l'empreinte qu'Aurélien y a laissée.

— On peut ne pas mettre de ciré, s'il te plaît, maman ?

J'enfouis mon nez dans ma tasse, abattue par les similitudes qu'Arthur et moi partageons constamment. Nous vivons trop ensemble, trop près l'un de l'autre. La moindre expérience de l'un influe sur l'autre. La moindre rencontre, aussi. Éloïse nous a bouleversés tous les deux. Aurélien fait chavirer nos vies d'une façon similaire, ce qui me prouve pour la cinquième fois depuis mon réveil que je dois faire fausse route.

Je ne peux pas être amoureuse d'Aurélien.

Aurélien me change comme il change mon fils, et mon fils n'est pas amoureux de lui. Aurélien nous porte au-delà de nous, mais aimer quelqu'un parce que nous dépassons nos limites grâce à lui, c'est faux. C'est erroné et mensonger. On aime quelqu'un parce qu'il existe, pas parce qu'il nous permet d'exister.

Et moi je m'accroche à Aurélien comme je voudrais coudre mon déshabillé à mon cou, cachée par une entité me prouvant que je peux temporairement appartenir au monde, au vrai, celui qui nous attend dehors. J'aurais dû prendre une douche. Ça aurait repoussé cette désillusion de quelques minutes.

— Non, on n'est pas obligés, dis-je en faisant presque claquer ma tasse sur la table. Mais il fait froid, donc on va trouver une alternative.

Arthur me suit dans l'entrée, au pied d'un placard qu'il n'a quasiment jamais vu ouvert. J'y déniche de quoi nous couvrir sans nous surcharger. Il découvre le poncho de laine que ma mère m'avait tricoté. Je le trouvais hideux. Il n'en pense pas moins.

— C'est ça ou le ciré, dis-je devant sa grimace.

Il accepte le poncho et j'enfile une veste identique écrue, à la différence du marron qui le recouvre. Un instant, je nous aperçois dans le miroir. Avec comme l'envie de prendre une photo de nos accoutrements… Mais elle attendra, à l'instar de la douche. Si je commence à immortaliser des moments fugaces, c'est que je n'y crois pas. Et en attrapant la poignée de la porte, je vois qu'il y a pire que le poncho sur les épaules de mon fils. Il y a, juste à côté, échouée parmi les chaussures qui l'entourent, cette enveloppe des services sociaux que je n'ai toujours pas ouverte.

Ce matin, sans savoir comment ni pourquoi, j'ai le courage de l'attraper. J'ai le courage de l'ouvrir pendant que je surveille Arthur qui descend l'escalier en examinant un peu trop consciencieusement son nouvel habit. J'ai le courage de la lire juste avant d'émerger sur le trottoir.

Arthur attend que j'ouvre la porte pour lui. Je le fais, les yeux rivés sur le papier. Il attend que je sorte dans sa trace. Je le fais, les yeux perdus dans un calendrier virtuel.

Aujourd'hui. Il faut y aller aujourd'hui – nous devrions déjà y être.

— Arthur, je vais rompre ma promesse.

— Quoi ?

— On ira à l'école plus tard.

Ni déçu ni réjoui, Arthur attend d'en savoir davantage. Les services sociaux m'informent d'une commission le mois prochain et d'un rendez-vous préalable pour remplir quelques formulaires. Surtout d'un rendez-vous avec le psychologue pour faire le point.

Je hais ces rendez-vous. Arthur hait ces rendez-vous. Mais c'est en partie grâce à eux que nous pouvons rester ensemble, alors nous nous y plions. Je m'y plie, plutôt, et Arthur subit, enfermé dans sa bulle qui ne se densifie jamais autant qu'en présence de ces personnes qui cherchent à la percer.

— Je suis désolée, Arthur. Notre destination sera moins sympathique, dis-je en montrant l'enveloppe. Mais nous sommes déjà en retard et il ne faut pas traîner.

— Je voulais aller voir l'école, dit-il simplement, sans protestation.

— Garde ces mots pour quand tu seras là-bas. Ça nous sauvera sûrement. En attendant, il va falloir prendre le bus. Nous n'avons pas le temps d'aller louer une voiture.

Cette fois, je l'ai, ma réaction. Et je n'ose même pas ajouter la durée du trajet. Un changement au bout de la première ligne, une heure de route au total, dans un créneau horaire ne signifiant qu'une seule chose : nous serons agglutinés les uns contre les autres, Arthur au pire de ses expériences, à choisir qui, de la grêle ou du bus, sera le plus catastrophique.

Si je veux que l'école reste dans sa tête jusqu'à notre arrivée au centre des affaires sociales, je vais devoir trouver des parades, car le poncho ne suffira jamais. Mais pour ma peau et celle d'Arthur, il ne semble exister qu'une seule solution, faite de chair et de sang.

— Je remonte un instant. Tu restes dans le hall.

— Je voulais aller à l'école.

— Demain. Ou… cet après-midi, balbutié-je. On verra, mais cette fois je tiendrai ma promesse. Là, j'ai deux appels importants à passer.

— L'agent ?

Je n'y avais même pas pensé. Je pourrais prendre le temps d'un troisième appel, mais je suis tellement centrée sur notre moyen de transport que l'idée ne m'a pas effleuré l'esprit. Je décide de suivre mon instinct. Nous y rendre, avec la tenue et les mots d'Arthur, sera plus fort que toute demande d'un nouveau rendez-vous. Il faudra juste s'excuser copieusement, faire ce que tout bon autiste sait qu'il doit faire pour qu'on lui fiche la paix. Mais s'il venait… S'il venait, tout serait tellement plus simple. Le bus, l'attente, le fait que les choses changent.

Je grimpe les marches trois par trois, mon rythme cardiaque résonnant dans mes oreilles pendant que je déverrouille la serrure. Le temps de composer le numéro de l'institut, je guette la voix d'Arthur en bas de l'immeuble, mais seul le silence fait écho à la tonalité.

— Insti…

— Bonjour, Caroline, c'est Camille, coupé-je.

— Camille ! Tout va bien ? Tu as l'air essoufflée.

— On ne peut pas venir, enfin, je ne peux pas venir aujourd'hui. Arthur a rendez-vous chez le psychologue.

— Ah… Oui, je comprends, bien sûr. Ne t'inquiète pas. Nous nous débrouillerons.

— J'ai besoin d'autre chose, lancé-je, les yeux fermés sur ma prière silencieuse.

— Qu'est-ce que je peux faire ?

— Il me faut le numéro de téléphone d'Aurélien.

Le même silence que dans l'escalier. Si seulement j'avais ouvert cette enveloppe plus tôt… Mais non, jamais je n'aurais osé lui demander s'il avait encore été à la maison. Finalement, le fait qu'il soit parti me facilite les choses. Ainsi, j'ouvre ma bulle à distance, avant de l'adapter progressivement. Chaque mètre qui le rapprochera de nous détendra ma carapace. Chaque pas que nous ferons l'un vers l'autre me donnera du courage. Et ma pensée matinale me revient : je m'accroche trop à lui pour avoir le droit d'en être amoureuse. Je ne suis qu'une consommatrice de son existence.

— Très bien. Tu as de quoi écrire ?

Je soupire loin du téléphone, effarée de m'être autant ouverte à Caroline. Timidité, honte, impatience, soulagement. Jamais je n'ai vécu autant en quelques secondes. Encore une fois grâce à lui. Ou à cause de lui. Je ne sais plus… Les limites se mélangent, mes sentiments aussi.

Le numéro est griffonné sur un bout de papier par une main qui tremble un peu plus à chaque chiffre. Je la regarde, quasi étrangère, immergée dans le monde réel tandis que mon corps reste calfeutré. Ma bouche elle aussi s'est évadée, remerciant Caroline par les mots réflexes. Je raccroche d'un coup sec, encore plus haletante qu'à mon arrivée.

— Allez, murmuré-je, ce n'est pas grand-chose. C'est peut-être même moins difficile qu'avec Caroline.

Mais, avec Caroline, j'avais l'adrénaline du départ. Là, le seul moyen d'éviter la déception est de préparer ma carapace alors qu'Aurélien est justement celui qui pourrait l'assouplir. Hors d'haleine, mon cœur ne sait plus s'il doit se contracter ou se dilater. J'ai envie de pleurer, je me penche en avant. Si jamais les gouttes arrivent, elles tomberont sur le téléphone plutôt que sur mes joues. Prise en tenaille entre mes émois, je compose le numéro. Ma bulle n'est plus qu'un chatoiement étrange et impalpable, plus instable qu'un réacteur nucléaire défaillant. Et sa voix s'élève, figeant tout pour quelques instants.

— Oui ?

— Aur… Aurélien ?

— Camille.

Pas de question, pas de surprise. Juste un état de fait qui malmène la totalité de mon univers. Je serre lèvres et poing comme je ne le fais jamais. La feuille se froisse sous mes doigts, ma bulle aussi.

— Pourrais-tu prendre le bus avec nous ?

— Où êtes-vous ?

Si les doutes m'accablaient, ce n'est pas son cas. Je me lance, profitant de son élan :

— Chez nous. Nous prendrons la ligne où nous nous sommes…

Des « nous » qui emmêlent tout le monde. Les larmes trouvent la sortie. Pas de n'avoir pas le droit d'être amoureuse, mais d'avoir déjà pris ce droit.

— J'arrive le plus vite possible. Euh…, hésite-t-il, sûrement en consultant sa montre. Vingt minutes ?

— D'accord.

Il raccroche sans plus tarder. Je garde le téléphone près de mon oreille. Dans la tonalité persistante, mon esprit glisse plusieurs lettres et mes yeux plusieurs gouttes, créant une averse à mes pieds. Créant une phrase dans ma bouche.

— Je crois que je t'aime, en fait.

J'attends que le calme me reprenne. Il me trouve lentement, m'entoure de son cocon invisible. Tout mon être y fond, s'y perd pour quelques secondes, puis, ainsi emballée, je refais le chemin en sens inverse. Arthur est sous les boîtes aux lettres à suivre le trajet angulaire d'une petite araignée.

— Aurélien nous rejoint, dis-je doucement.

Il se met debout, manque de se cogner la tête, esquive au dernier moment, puis part ouvrir la porte d'un air décidé. Lui qui voulait retenter son expérience, il va l'avoir. Moi qui ne sais plus quoi faire de mon âme, je désespère. D'attendre vingt minutes sans lui, d'en vivre soixante avec lui et certainement un peu plus dans le centre des affaires sociales.

Arthur se dirige déjà vers l'arrêt de bus. On pourrait le croire plus intelligent que les autres, mais notre monde est tellement limité, entravé dans ses interdits, qu'une incursion avec Aurélien respecte les mêmes règles. Pour Arthur, Aurélien, c'est le bus et la grêle. Pour moi, c'est le bus, la pluie, et maintenant la nuit. Aurai-je la force d'en faire autre chose ? D'en faire juste Aurélien ? Je n'ai pas encore trouvé la réponse lorsqu'il surgit à l'arrêt vingt minutes plus tard.

Le bus arrive en même temps. Le prolongement humain de ma bulle se déploie. Aurélien nous protège le temps d'y monter et de trouver un recoin. Deux murs et un humain. Je me retiens de me serrer davantage contre ce dernier, nos regards réduisant déjà considérablement l'espace. Nos iris ont fusionné dès qu'ils se sont rencontrés.

Il ne demande pas où nous allons ni combien de temps durera l'escapade. Il reste juste là à veiller, évitant de mentionner ce que nos corps désirent. Finalement, les soixante minutes pourraient durer des heures. Nous ne sommes jamais aussi proches que dans les situations extrêmes. Sous la pluie, dans le bus, c'est comme si j'avais besoin de violence pour accepter la douceur. Une agréable alternative, une contrepartie savoureuse. Je me demande ce qu'il faudrait pour être capable de l'embrasser réellement… Peut-être la fin de tout, mais nous en sommes loin. Alors, en attendant, je m'adosse à son bras, créant le pire, le rien et le tout en même temps.

17

Aurélien

— Votre sac, monsieur.

Je baisse les yeux sur l'agent de sécurité. Arthur et Camille ont déjà passé le portique digne de celui d'un aéroport. Même le gigantesque hall d'entrée pourrait nous y projeter. C'était ce que je regardais avant d'avoir à déballer mes affaires personnelles, ce plafond de verre sillonné d'armatures métalliques, si impressionnant qu'on se demande en quoi il peut être utile. En comparaison, le reste du bâtiment est d'une tristesse à faire peur. D'ici, je n'aperçois qu'une enfilade de portes marron, si vieilles qu'on pourrait entendre les conversations qui se déroulent derrière. Je ne sais pas encore si j'aimerais entendre celle de Camille. Je ne sais même pas quelle légitimité j'ai à être ici.

Impatient de passer, je défais les fermetures de mon sac, en retire les dossiers qui s'y trouvent depuis mon dernier passage au bureau. L'agent les éparpille le temps de vérifier le fond puis remet tout en place avec soin. Le logo juridique ne lui a pas échappé, pourtant je ne suis là pour défendre personne.

Je rejoins Camille et Arthur de l'autre côté. Je pourrais les planter dans le décor d'un supermarché ou d'une salle de concert, cela reviendrait au même. Pas d'expression, un calme effrayant, je n'ose même pas m'approcher tant ils se sont isolés de leur plein gré. Seuls les regards réguliers de Camille me convainquent de venir à eux, tel un fil fragile et précieux dont la première épreuve viendrait à bout. Et, avec Camille, chaque pas, chaque centimètre est une épreuve. Des milliards d'occasions de tout envoyer en l'air…

— C'est par ici, dit-elle.

Je ne risque pas même une parole. On s'en sort toujours mieux dans le silence, elle et moi.

Nos talons claquent sur le sol carrelé. Nous empruntons un ascenseur et deux couloirs. Ils ont l'air de connaître le chemin par cœur, ce qui me rassure encore moins quant à ma présence ici. Je me laisse cependant guider dans les méandres de cet établissement pour lequel j'ai déjà eu à conseiller mais où je n'avais jamais mis les pieds.

J'ai toujours trouvé que le conseiller juridique était le plus vrai et le plus tangible des engrenages de la justice. Pas d'implication, pas de jugement, pas d'argent, même, parfois. Un travail authentique et rationnel à partir de ce qu'on nous donne. Mais aujourd'hui, en arpentant le cœur d'un de ces cas, je m'aperçois à quel point la vérité échappe à tout le monde, même à ceux qui la composent.

Nous sommes trois à marcher dans le couloir. Trois versions de la vérité que nous voudrions bien défendre, même si, encore une fois, je ne suis pas là pour défendre.

— On va continuer seuls, annonce Camille en s'arrêtant.

— Je comprends.

— Je ne sais pas combien de temps cela va prendre, mais ce ne sera sûrement plus l'heure de pointe lorsque l'entretien sera terminé.

— J'appellerai mon bureau pour dire que je serai en retard.

— Tu n'es pas… Je ne sais même pas ce que tu…, dit-elle en regardant par terre. Je sais… Je sais si peu de choses.

Elle se mord la joue, ses yeux exprimant une excuse sincère. Je secoue la tête.

— Ça n'a pas d'importance.

Je les accompagne du regard. Arthur m'a à peine regardé depuis que nous sommes descendus du bus. Ils s'éloignent de moi, main dans la main, agrippés et repoussés en même temps. Je repère une zone d'attente à quelques mètres et m'assois, mon sac sur les genoux. Après quelques minutes, j'en sors un dossier, afin de m'occuper, mais mes yeux passent plus de temps à guetter le bout du couloir qu'à lire les lignes sur mes papiers.

Je me trouve une excuse en saluant chaque personne me passant devant. Au bout d'un moment, une employée s'arrête et me demande si elle peut m'aider. Je lui réponds que j'accompagne simplement quelqu'un. Elle hausse les sourcils, puis sourit et repart. Le même manège se reproduit un peu plus tard, cette fois avec un homme. Son air strict me met aussitôt sur la défensive. J'espère que Camille n'aura pas affaire à lui.

— Vous avez rendez-vous ?

— Non, je suis venu avec une… amie, dis-je en montrant le bout du couloir.

J'ai mâché le mot sans le digérer. Camille n'est pas une amie. Elle n'est pas une connaissance non plus. En réalité, je suis incapable de définir ce qu'elle est, mais je peux définir ce qu'elle fait : elle me fait perdre mes moyens.

— Vous pouvez l'attendre un peu plus près, si vous voulez.

Habitué à décortiquer les paroles des autres, je cherche où il veut en venir exactement. C'est peut-être pour cette raison que Camille parle peu. Avec elle, je suis perdu dans les méandres de sa peau, errant parmi les milliards de cellules qui me crient de décamper. Avec cet homme, il n'y a que deux solutions : il ne veut pas me voir dans ce couloir, ou alors il veut en savoir plus.

— Elle m'a dit qu'elle voulait continuer seule. Il serait préférable que je reste ici.

— Mme Julié est entrée en consultation. Vous ne dérangerez personne là-bas.

L'espace d'un instant, je me demande si cet homme est autiste lui aussi, à ne pas dire clairement les choses tout en lançant des vérités sans se préoccuper des émois qu'il pourrait causer. Deux phrases pour saisir de qui je parle et pour me lancer je ne sais quel test de courage…

J'hésite à rester à ma place pour lui prouver mon libre arbitre. Mais, comme moi, cet homme fait avec ce qu'on lui apporte, nourri de ses expériences, pour le restituer brut et sans saveur. Faire rentrer des gens dans des cases avec quelques alinéas à côté, tamponner un papier et retourner chez soi éreinté d'être resté assis toute la journée. Enfin un égal. Pas vraiment celui que j'aurais souhaité.

— Je vous remercie, dis-je en me levant.

L'homme me laisse quelques mètres d'avance, par politesse. Après une heure auprès de Camille et Arthur, ce genre de comportement paraît étrange, mais les règles de bienséance appartiennent au monde dans lequel j'ai grandi. J'ai l'impression qu'il faudrait me réhabituer à vivre alors que je n'ai jamais autant vécu de toute mon existence.

— Arthur ? m'exclamé-je soudain.

Le garçon tourne la tête vers moi. Derrière le vantail de séparation, caché entre une plante et un présentoir de prospectus, Arthur s'aperçoit de ma présence. Stupéfait que les affaires sociales laissent un enfant seul dans une salle d'attente, je modère ma désapprobation en me rappelant que cet enfant-là a sûrement demandé à l'être.

Je m'assois sur la chaise la plus proche et m'adosse au métal perforé, bras croisés, mine renfrognée, parfaite réplique du petit être assis par terre. Nous demeurons ainsi un moment, nos respirations se mettant à l'unisson, la sienne un peu étouffée par le vêtement contre lequel il a plaqué ses lèvres. Malgré la laine difforme, des coutures apparentes me sautent aux yeux, mais je tempère ma réaction.

— Tu vas aussi rentrer là-dedans, n'est-ce pas ?

Il hoche la tête.

— Pas seulement pour dire bonjour, j'imagine.

— Je voulais aller voir l'école, répond-il sans ciller.

— C'est ce que tu dois dire ?

— C'est ce que je voulais faire ce matin.

Au-delà du fait que les désirs de ce garçon semblent aussi changeants que l'heure de passage du camion poubelle en bas de chez moi, je ne suis pas certain de tout comprendre. Une seule chose est sûre, je ne vais pas rester à regarder Arthur se faire malmener par des gens auxquels tout le monde voudrait qu'il ressemble.

— Le plus cruel, dans tout ça, murmuré-je en décroisant les bras, c'est que je vais devoir endosser ce rôle moi-même… Viens, Arthur, il faut te changer. Ton pantalon est à l'envers.

Le garçon lève les yeux, dérouté, puis observe ma main qui attend la sienne. Si tout en lui n'est que calme et pondération, ma paume, elle, tressaille du risque que je prends. Mais, avec Arthur, je pense être passé au-delà des convenances. D'ailleurs, pour me le prouver, il pose sa main directement à l'intérieur. La grêle était apparemment moins effrayante que ce rendez-vous.

— Tu sais où sont les toilettes ?

Arthur remue la tête en un « non » insouciant. Près d'un distributeur de café, j'aperçois l'employée de tout à l'heure.

— Madame, puis-je savoir où… ?

Sans même attendre que j'aie fini ma question, elle me désigne un renfoncement. Son sourire est aussi bien ajusté que ses cheveux, mais, au moins, j'y sens une once de sincérité. Arthur, en revanche, s'en fiche éperdument et prend la direction indiquée.

— Arthur, dis-je une fois que nous sommes arrivés devant la porte, je ne sais pas encore très bien comment tu fonctionnes, mais je suis certain que tu peux t'en sortir tout seul.

Il hoche la tête, pénètre dans l'obscurité à la recherche d'un interrupteur, puis recule avec une grimace.

— Je n'aime pas inverser les pantalons. Ça fait trop…

— OK, je m'en occupe. Mais déshabille-toi et glisse le pantalon par la porte. Je le remets à l'endroit et tu l'enfiles. On est d'accord ?

— Pourquoi ? Je peux me changer ici.

— Ici, c'est le commun des mortels, soupiré-je, amusé par ce manque de pudeur. Dans ce commun-là, on ne se change pas devant n'importe qui.

— C'est bête.

— Alors tu deviens bête le temps de retirer ce pantalon.

Arthur hausse les épaules, résigné. Pour ma part, ma nervosité est à son comble. Évoluer autour de Camille, c'est du calcul permanent pour éviter de la brûler. Évoluer autour d'Arthur, c'est la même chose pour éviter de *se* brûler. Je ne sais à quel moment la transition a lieu, d'autant qu'aucun état n'est plus facile qu'un autre, mais découvrir les deux me terrasse.

— Leur as-tu déjà vraiment parlé, à ces gens ? chuchoté-je à Arthur par la porte.

Il l'ouvre soudain en grand et me tend le pantalon.

— Arthur ! sifflé-je entre mes dents en attrapant le vêtement pour le remettre à l'endroit. Referme un peu ! On peut aussi parler au travers des portes !

Il me fixe un instant puis secoue la tête.

— Ça ne marche pas, ici. C'est pour ça que je ne reste pas avec maman. Je ne veux pas entendre.

Il regarde en direction de la porte derrière laquelle Camille se trouve sûrement puis il rabat légèrement celle nous séparant.

— Il y a un souci ?

— D'habitude, je n'aime pas ce qu'elle dit.

— Je croyais que tu n'entendais rien ?

Je glisse le pantalon dans l'interstice. Une petite éternité s'écoule, puis Arthur surgit, rhabillé, une grimace sculptée sur son visage, mais sans complainte.

— La porte n'était pas encore fermée. Elle a dit ton nom.

Il faudrait rajuster son pantalon, mais je ne bouge plus, mon esprit cherchant les raisons pour lesquelles Camille pourrait m'avoir mentionné.

— Écoute, je ne sais pas ce que ta maman dit d'habitude, mais, si elle a fait l'effort de changer son discours, peut-être que toi aussi tu pourrais le faire.

— C'est quoi, un effort ?

— C'est quand on se force à faire quelque chose.

— Maman ne se force pas.

Mes mains se figent de nouveau. Je n'ai jamais lissé les épaules d'un enfant pour éliminer les plis d'un pull et je sais que je n'aurai pas à le faire aujourd'hui, Arthur détesterait ça. Alors je me contente de me redresser, un peu gauche.

— Je n'aurai pas besoin de me forcer, reprend Arthur.

— Tant mieux, lancé-je sans réfléchir.

— C'est plus facile quand tu es là, pour-de-vrai.

— Je m'appelle Aurélien.

Il faut que je le lui rappelle alors que l'idée que sa mère s'en serve me bouleverse… Comme une envie de soupirer.

De son côté, Arthur a déjà fermé les toilettes du petit doigt. Il retourne à présent à son poste entre la plante et le présentoir. À peine est-il installé que la porte s'ouvre. De dos, Camille ne me voit pas et interpelle Arthur qui se précipite vers elle. Juste avant qu'il entre, j'ai droit à un regard furtif, l'équivalent sans doute d'un clin d'œil. Camille remarquera inévitablement le pantalon, mais elle ne sera pas forcée de savoir que j'en suis la cause. Et si elle ne se force pas… je ne sais plus quoi penser. Plus quoi vivre, plus quoi toucher.

Je reviens à ma place, récupérer mon sac derrière une chaise. Finalement, Camille avait raison, je n'aurais pas dû rester. J'aurais dû l'écouter et partir, ne pas imaginer mon nom dans sa bouche, ne pas sentir mon cœur accélérer à l'idée d'un sentiment que je m'invente sûrement.

Mon visage s'empourpre et pâlit à la fois. On pourrait me croire malade et ce que je vis n'en est pas loin, car cette maladie est la plus contagieuse de toutes. Les amis sont parfois les premiers à la diagnostiquer, arrivant avec une ordonnance de conseils ou une bouteille au titre alcoolique d'un sirop pour la toux. En général, je me débrouille pour annuler ce genre de rendez-vous, les « deux » de mon entourage étant surdiplômés en la matière.

Moi, je cherche plutôt le patient zéro, celui qui découvre à la même allure que moi, qui pourrait échanger sur ses défaillances et relativiser les miennes.

En clair : Lucile. Mais, avec les découvertes récentes, ma confiance a été ébranlée. Il se passera encore quelque temps avant que je la mette au courant de ce que je vis. Quelques mois… Quelques semaines… Quelques jours… Pfff… je suis intraitable. Même pas capable d'en vouloir à une amie, le pire boudeur de la planète. Laissez-moi deux heures dans un coin, et tout ira mieux après.

Je passe la bride de mon sac à l'épaule, le contenu aussi lourd que la veille. Quand je suis rentré à la maison, cette nuit, il n'y avait personne. Lucile n'a pas osé y remettre les pieds depuis que je l'ai flanquée dehors. J'avais presque l'espoir qu'il en soit autrement…

Je m'étire le dos, observant le présentoir. Une multitude de dépliants se succèdent, leurs couleurs quasi identiques, seuls les titres variant. À mi-chemin, une rangée plus hétéroclite attire mon attention. Certaines accroches semblent plus professionnelles que d'autres, et je m'attarde sur celle de l'université où, parmi deux jours de colloque, quelques heures sont consacrées au syndrome d'Asperger. Curieux, je le saisis et découvre qu'« autisme » n'est que le nom générique et qu'il existe clairement une foule de choses dont je ne mesure pas l'ampleur. J'hésite quelques secondes puis fourre le dépliant dans ma poche. La troisième intervention, pas vraiment détaillée, me paraît la plus intéressante. Peut-être une bonne façon de se changer les idées avant d'affronter les six « deux » et leur diagnostic, s'ils remarquent quelque chose.

Je retourne dans le couloir. L'employée m'adresse un sourire et je la salue de la tête. Derrière elle, une horloge indique un 10 h 25 inquiétant. Je cours, comme si quelques secondes pouvaient changer quelque chose aux seules cinq minutes me restant avant l'ouverture du bureau. Une fois repassé le portique de sécurité, mon téléphone me rappelle à l'ordre.

— Je sais, je suis en retard, lancé-je en décrochant.

— Tu dis même plus bonjour ? me lance David d'un ton moqueur.

— Je dois prendre le bus et je n'aime pas trop y parler. Il y a urgence ?

— Les collègues de l'urbanisme voudraient savoir quel singe a pu prendre leur placard pour une jungle.

Vu le bazar sur ton bureau, je me suis dit que tu y étais peut-être pour quelque chose…

— Je leur présenterai mes excuses dans une demi-heure, dis-je en me mordant les lèvres. Ça leur va ?

— Ah, pour ça, tu verras avec eux.

— Je n'allais pas les appeler à 20 heures pour deux satanés livres ! Ils les ont en triple exemplaire !

Le petit rire de David s'interrompt.

— Tu es revenu au bureau ?

— J'y suis resté jusqu'à près de 23 heures, rétorqué-je en guettant le bus au bord du trottoir.

— Tu prends des jours de congé pour venir bosser les nuits suivantes ? Bon, si tu permets, je vais aller plaider ton cas.

— Laisse, soupiré-je en faisant signe au chauffeur.

— Ouais, tu as raison. Profite du bus pour trouver des excuses, pouffe-t-il.

À ce moment-là, les portes s'ouvrent mais mes pieds restent en place. Je dois les forcer à monter, forcer ma main à ranger le téléphone pour sortir un ticket. Le bus redémarre juste après, me projetant vers le fond. Huit sièges sont vides, mais je vais me caler dans un coin.

Une vitre, une paroi et une barrière. S'ils étaient avec moi, ils seraient juste là.

18

Camille

Laurent m'adresse un sourire, certainement le centième depuis que nous nous sommes retrouvés ce matin dans la petite salle adjacente à l'amphithéâtre. Il était 8 h 30 et j'avais déposé Arthur à l'institut, en voiture, pour gagner du temps et de l'énergie. Depuis plus de deux semaines, je lui explique cette journée particulière. Il n'a pas mis longtemps à accepter l'institut sans moi. Il était même prêt à accepter l'école pour de bon, tant que ce n'était pas trois cents auditeurs dans une seule et même pièce.

Je repousse mes pensées similaires, respirant profondément pour éloigner mon trac. Laurent a déjà précisé maintes fois que je n'étais pas obligée de regarder qui que ce soit. J'ai donc décidé de me focaliser sur mon carnet, jusqu'à être capable d'aller un mètre plus loin, puis un mètre plus loin, puis un mètre plus loin. Je ne sais pas si j'arriverai à parcourir les vingt-cinq mètres comme ça, mais si j'arrive déjà à dix…

— Et si tu ne le sens pas, dit Laurent, tu restes ici devant l'ordinateur. La caméra enverra ton image dans l'amphithéâtre.

Je secoue la tête. En trois semaines, Laurent est presque devenu un ami, ajoutant une troisième note masculine à mon univers qui peine à faire le tri. Dans toute sa bonne volonté, il a encore prévu une myriade de solutions, presque trop, et s'en est même excusé. Je refuse donc celle-ci comme les autres. Être devant un ordinateur et savoir que mon visage, grossi cinq fois, apparaît sur un mur blanc juste derrière la porte, c'est pire que d'y être moi-même.

— Nous avons encore dix minutes, tu veux qu'on récapitule ?

J'hésite, mes oreilles ne pouvant manquer le brouhaha animé dans l'amphithéâtre. Ces deux jours de colloque attirent les étudiants de l'université, mais aussi d'autres curieux. Laurent a parlé de confrères et de professionnels du secteur. Je crois même qu'un de nos stagiaires de l'institut doit venir.

— Cela m'aidera, dis-je sans savoir si ce sera réellement le cas.

— Donc, nous allons entrer tous les deux en même temps. Pas de suspense, pas de cérémonie. On avance vers l'estrade, on s'installe, tu ajustes ton micro si nécessaire, puis on place le lexique. Tu veux le faire ?

— Je… Je veux bien.

Laurent a déjà manipulé mon petit dictionnaire sans que cela m'incommode. Cependant, je l'aurais voulu dans les mains d'un autre. Aurélien est la seule personne qui le mériterait vraiment. Pourtant, j'ai évité le bus, le téléphone et Éloïse depuis quatorze jours, gardant Aurélien à distance alors que j'aurais tout donné pour qu'il soit avec moi aujourd'hui.

— Tu le placeras bien sous la caméra, poursuit Laurent. Tu verras, j'ai mis des élastiques pour maintenir les pages, mais tu n'es pas forcée de l'ouvrir illico. On peut laisser du suspense, rit-il doucement.

Le projecteur est entre nous deux, nous pouvons donc tourner les pages, l'un et l'autre. Je pense que tu n'auras pas besoin de me faire signe si quelque chose ne va pas, je devrais m'en rendre compte, enfin j'espère. Ah, tu vas tellement nous apprendre, aujourd'hui ! C'est absolument fantastìque !

Son enthousiasme me contamine un peu, m'arrachant mon premier sourire. Dans l'amphithéâtre, le chahut s'apaise, l'heure approche. Je réduis ma nervosité à mon espace vital. Si Arthur est prêt à aller voir l'école, je dois être prête à affronter ça, sans compter le poids de tels arguments auprès des services sociaux. Car leurs intentions étaient très claires au dernier rendez-vous : si je veux garder Arthur avec moi, je dois prouver notre immersion dans le monde « réel », pour ne pas dire « normal ».

— Je vais lancer le début du diaporama, puis je reviens, dit Laurent. Cette satanée télécommande ne fonctionne que dans un rayon de cinq mètres et nous sommes un peu loin.

Il s'éloigne, passe tête et bras par la porte nous séparant de l'amphithéâtre, tel un acteur débutant voulant épier le public. Je ne sais si cette courte apparition en est responsable, mais le bruit disparaît d'emblée. Seuls quelques sacs claquent encore par terre, peut-être un crayon qui tombe au premier rang.

Soulagée que mes sens me permettent jusque-là d'accepter le monde, je ne tremble pas quand Laurent m'invite à le suivre. Dans son sillage, je franchis la frontière nous faisant basculer dans ce fameux réel.

Le silence qui bourdonne dans mes oreilles me fait aussitôt penser à celui d'une cellule capitonnée. Ou plutôt de mon cerveau capitonné. Les yeux rivés sur nos chaises, le projecteur et la petite table, je vais droit au but. Si un nouveau crayon tombe au premier rang, je ne m'en rendrai pas compte. Le simple fait d'avoir mis un pied dans une pièce aussi grande a réduit mes sens à un seul mètre de portée.

Mon corps répète les ordres émis plus tôt. Avancer, s'installer, vérifier la hauteur du micro. Quand je relève les yeux, Laurent a déjà géré sa part. Il désigne le projecteur avec bienveillance.

— Par… Pardon, balbutié-je, prise de court.

Dans un geste brusque, je pose le carnet sous la caméra, découvrant les élastiques mentionnés plus tôt. Il en attrape un, l'ajuste délicatement. Je le remercie d'un soupir. Il sera là pour parer à tous mes défauts et je pourrai m'enfuir sous son couvert si besoin.

Dans mon petit mètre de champ de vision, j'aperçois l'ordinateur sur la table. Laurent a gardé la télécommande en main, mais moi, je fixe l'écran. Un message y est affiché, et je l'imagine retransmis dans mon dos, sur une portion de mur blanc. « La conférence va commencer. Merci d'éteindre vos téléphones portables et de ne pas applaudir. »

Peut-être que ma bulle va plus loin, en fait. Que mon impression de restriction n'est due qu'au silence de plomb déclenché par la consigne de Laurent. Il avait même prévu que les applaudissements pourraient être source de mal-être. Franchement, je me demande si c'est moi qui dois présenter un lexique, aujourd'hui. Laurent aurait de quoi remplir tout un manuel. Il attrape en tout cas son micro comme s'il allait le faire.

— Bonjour et bienvenue à tous, entonne-t-il joyeusement, à cette conférence intitulée…

Au fur et à mesure que ses mots se répandent dans l'atmosphère, je perds le contact avec eux. Finalement, mon univers était bel et bien restreint. Laurent parle, ses mots ne me gagnant que sur quelques centimètres, la distance les faisant s'évanouir comme un courant d'air dans le vent.

Un instant, je repère mon prénom et celui d'Arthur. Je l'avais autorisé, et nous trouvions l'un comme l'autre que cela donnait du sens à mon intervention. Puis ses mots s'arrêtent et je devine sa requête. Je l'accepte en ouvrant la couverture du carnet. Il coince les côtés dans les élastiques.

— Tu peux y aller, murmure-t-il. Et pas de fausses politesses, sourit-il.

— Je serai sûrement la seule intervenante de la journée à ne pas dire bonjour à ses auditeurs…

Laurent se lève et fait mine de rajuster le projecteur, masquant brièvement nos visages. Ses mouvements sont si parfaits qu'à force ils pourraient devenir insupportables. À trop me faciliter la vie, je suis sûre que j'y perdrais en expériences. Toutefois, à l'instant, je profite de ses attentions avec soulagement.

— Dans cet amphithéâtre, reprend-il à mi-voix, tu as le droit et même l'obligation d'être toi-même. Pas de préjugés auxquels se conformer ni de fausse identité à assumer. Tu n'es pas un cobaye, Camille. Tu es là pour nous parler de qui tu es. Tous ces gens réunis, là, ils ont l'habitude des tests. Trouver des problèmes, leurs solutions, c'est leur quotidien. Toi, tu n'amènes ni problème ni solution. Tu amènes ta personnalité. Ce dictionnaire, dit-il un peu plus fort en désignant le lexique, c'est tout un univers que tu leur offres. Tu dois le comprendre. Tu es le seul maître, ici.

Je déglutis péniblement. Laurent se rassied. Le regard fixé sur mon lexique, la main posée délicatement à côté, je rapproche le micro de ma bouche. Ma respiration résonne. Je fais tout mon possible pour ne pas penser au volume de la salle.

— J'ai commencé ce carnet parce que je trouvais que mon entourage et moi-même n'avions pas les bons mots, lancé-je sans préambule. Mais je n'en voulais à personne. Mes parents ne pouvaient pas savoir. Je ne pouvais pas savoir. On était comme des étrangers parlant deux langues différentes.

Je reprends une inspiration. J'ai parlé quasiment en apnée. Laurent m'encourage du regard. À un moment, il a dû actionner sa télécommande, car, sur son ordinateur, il y a l'image de mon répertoire, ouvert. Vu au travers d'autres objets, mon carnet me semble soudain bien loin et je passe un doigt dessus pour me rappeler qu'il est bien là.

— J'étais adolescente et je n'avais aucune limite à mes notes. Certaines ne sont pas très bien tournées, mais Laurent m'a demandé de ne pas les rectifier. S'il y a des nouveautés, je les ai simplement ajoutées.

Je tourne la page, accédant à la lettre A. Le premier mot écrit est sûrement l'un des premiers à avoir existé dans le répertoire. Je le lis à voix haute. Laurent a trouvé que c'était parfait pour commencer, que cela situait les détails physiques et comportementaux d'une autiste. Et puis ça m'évitait de creuser le sujet en rentrant dans le vif de ma chair.

— « Armoire », lis-je. La définition n'a rien à voir avec le genre de choses qui sont écrites par la suite, mais c'est bien une armoire qui m'a engagée dans la rédaction de ce lexique.

Je me lance dans le récit de l'accident avec l'armoire, omettant les passages inutiles, surtout ceux qui concernent mon père. Refusant toujours de regarder l'assemblée, je contemple l'« Armoire » comme si elle était ma seule spectatrice. Aucun rire, aucun jugement. S'il respire, le public sait faire preuve de politesse, contrairement à moi.

Laurent enchaîne sur du contenu plus concret, narrant mes pratiques à l'institut, tout en insistant sur le fait que cette forme de langage gagnerait à être plus connue. Une appétence se faufile alors jusqu'à moi. Je ne sais si je me suis ouverte à un moment ou si, par leur nombre, les auditeurs sont parvenus à m'atteindre, mais je lève enfin les yeux.

Au-devant, je découvre les trois premiers rangs. Des cheveux de toutes les couleurs, des hommes et des femmes de tous âges, étudiants et professionnels confondus. Certains croisent mon regard, et je reviens aussitôt en arrière. Pour passer aux rangs suivants, je n'aurai d'autre choix que d'ignorer ceux-là.

Sur les deux rangées suivantes, j'ai plus de chance. Les gens prennent des notes quasi furieusement, la tête oscillant de leurs feuilles à l'écran. Je suis leur regard, Laurent a changé d'image. On est revenus sur sa production, lâchant le lexique pour quelque temps.

Je capte ses mots plus longtemps que la fois précédente, y compris lorsqu'il mentionne le point essentiel de notre conférence. Les pages ont été tournées jusqu'à la lettre E sans que je m'en aperçoive. En haut trône le mot clef de mon intervention.

— « Expé… » Pardon, Camille, peut-être veux-tu le lire ?

J'abandonne l'audience où certains ont à peine remarqué mon incursion. D'autres ont détourné le regard pour ne pas me gêner, peut-être des gens comme Laurent, ne voulant pas perturber mon maigre équilibre. Je me racle la gorge, mes yeux devançant ma voix, mais celle-ci reste au fond de moi.

— Je peux m'en charger, si tu préfères, chuchote-t-il.

Je secoue la tête, encore, et inspire.

— Je suis venue ici pour ce mot, dis-je dans le micro, un peu tremblante, en montrant les dix lettres bien écrites. Ce mot est au cœur de ma vie et fait de chaque jour une épreuve. Ce pourrait être le cas pour vous tous si vous faisiez attention à votre vie comme je suis obligée de le faire avec la mienne. Mais, heureusement, vous faites parfois attention à celle des autres, et c'est pour ça que vous êtes là.

Quelques rires parcourent l'assemblée. Laurent avait raison. Cette petite tirade nous a un peu décontractés. Jusque-là, nous étions aussi tendus que les élastiques trop neufs cintrant les pages du carnet. À présent, les corps se sont assouplis. Je peux me permettre d'observer les rangs six et sept de l'amphithéâtre.

Un bouquet similaire à ce que j'ai vu précédemment se dessine, mais cette fois trop de personnes regardent dans ma direction. Gênée, je fais rétrécir ma bulle à mon seul petit cœur, m'isolant du monde. Devant moi, il y a Laurent sans que je le voie vraiment. Dans ma tête, il y a Arthur qui doit s'ennuyer. Et dans mon cœur, il y a Aurélien que je ne sens nulle part.

Un bruit me distrait cependant, faisant se retourner les rangs que j'avais incorporés. Si eux le font par curiosité, mon esprit le fait en imitation. La chute d'une bouteille d'eau n'a aucune importance. Et tandis que mes yeux cherchent le filet au travers des pieds et des jambes, je le vois.

Mon univers bondit d'un coup, dans ma poitrine et jusqu'à la sienne. J'appréhende en une demi-seconde les douze rangées qui nous séparent ainsi que la quinzaine de personnes les composant chaque fois. Sur la treizième, ils sont un peu plus serrés, dix-huit, peut-être, mais rien ne me le cacherait.

— Aurélien..., murmuré-je.

— Si vous pouviez corriger ce désagrément, lance Laurent à la personne responsable au quatorzième ou peut-être quinzième rang. Camille, ajoute-t-il à voix basse, tout va bien ? Il est des choses que je ne peux pas anticiper et j'ai comme l'impression que l'une d'entre elles m'échappe. Il faut que je fasse sortir quelqu'un ?

— Non, réponds-je, quasi sans souffle. Au contraire.

Je ne suis pas certaine que Laurent et moi parlions de la même personne, mais peu importe. La bouteille et son eau n'auront aucune conséquence sur mon discours. En revanche, quelqu'un ici pourrait le modeler, de la même façon qu'il pourrait modeler mon corps à sa convenance.

— « Expérience, cité-je soudain. Tout ce que je ressens de nouveau qui doit devenir habituel. »

Je ne regarde que lui, mes mots grimpant le long de mon souffle jusqu'à l'atteindre. Que chacun y comprenne ce qu'il souhaite, j'espère surtout qu'Aurélien y entendra battre mon cœur. Je l'ai tenu éloigné trop longtemps. Je n'aspire désormais qu'à une chose, le sentir là, tout proche.

— « Ce dont est fait chaque jour, chaque geste, chaque contact. »

Dans les rangées inférieures, les prises de notes s'intensifient. J'ai le sentiment d'avoir révélé la position de l'ennemi, déclenchant la mise en marche de tout un bataillon.

Laurent prend de nouveau le relais. Il sait ce qu'il faut faire. Peut-être qu'à la fin de la conférence il saura ce qu'il faut sentir. Je le lui souhaite, parce que, à l'instant, il n'y a qu'une seule personne vivant l'inverse dans cette pièce et elle se trouve au treizième rang.

Dès la première fois, j'ai mis Aurélien face à mes expériences. Aujourd'hui, je lui adresse ma requête au milieu de trois cents personnes : je voudrais qu'il soit l'expérience suivante. Je voudrais noter son nom dans mon lexique.

Alors que nous sommes reliés par cette définition, Aurélien lève doucement la main. Le geste me ramène deux semaines en arrière, au détour d'une nuit de grêle où j'avais agi de façon similaire. Le haut de mon corps se met à osciller au rythme de mes pulsations, puis ma propre main s'élève lentement, jusqu'à ce que tout s'interrompe.

— Oui, monsieur ? Vous voulez demander quelque chose ?

La voix de Laurent brise ma réponse, agissant comme la bouteille, détournant l'attention de chacun. L'audience entière se penche vers Aurélien, sa main toujours en place.

— Non…, répond-il assez fort pour se faire entendre. C'était juste… juste une expérience, termine-t-il plus bas.

Et tandis qu'il achève sa phrase, ses doigts se referment sur une entité imaginaire qui fait frémir jusqu'à la dernière de mes cellules.

Elle fait aussi frémir l'assemblée qui semble encouragée par ses mots. Certains se mettent à regarder leurs mains, cherchant à redécouvrir leur sens du toucher. Laurent saisit l'opportunité avec brio, lançant une petite partie d'expérimentation. Aurélien en profite aussi pour se lever, dégageant un semblant de victoire, comme si sa tâche était accomplie.

Dans le joyeux tumulte qui prend forme, me permettant de réintégrer la conférence en douceur, il descend les marches, virant au dernier moment pour emprunter la sortie. Personne ne le remarque, personne ne me remarque. D'une façon ou d'une autre, nous nous sommes isolés, comme sous la pluie.

Encore assise sur ma chaise, j'expire un air qui pourrait entrer directement dans ses poumons s'il était devant moi. Cramponné à la poignée, sa poitrine se soulève. Alors que tout le monde dans cet amphithéâtre cherche une nouvelle façon de percevoir la proximité, Aurélien et moi expérimentons la distance. Belle, suave et transpirante, je la laisse nous séparer. Et je la laisse nous lier même lorsque la porte se referme derrière lui.

19

Aurélien

Ça parle et ça rigole dans tous les coins. Autour de la table, Pénélope anime le repas avec ses incidents aux urgences et Bastien alimente les verres de tout le monde. Il y a des joues rouges, des yeux pétillants et des regards vifs. Mes amis. Ceux qui m'ont menti malgré eux. Ou malgré moi, il faut croire.

Tous les « deux » sont collés l'un à l'autre ou espacés juste d'une personne pour ne pas se perdre. En bons « uns » que nous sommes, Lucile trône à l'opposé de moi, heureuse spectatrice de notre collaboration. Je ne fais pas preuve d'autant de bonne humeur, encore un peu amer de la tromperie. Pour détendre mon visage, je n'ai que l'image de Camille, avant-hier, sur sa chaise, mais je ne veux pas l'associer à du faux, alors je la garde à distance. Quoique la distance nous ait quasiment fait fusionner, il y a deux jours…

J'aimerais leur expliquer cela, à tous, leur montrer que le modèle qu'ils prônent peut être détourné, voire renversé. Qu'on peut aimer en restant « un », parce que les corps l'ont décidé. Mais la sensation de trahison, même mal placée, m'habite encore trop pour leur faire ce cadeau, alors je me tais et les écoute.

Assis à mon bout de table, je fixe mon assiette à moitié terminée. Autour, la nappe est tachée, vestiges des verres que Bastien a trop remplis. À présent, les volutes de couleur n'ont plus de secret pour moi. Elles virevoltent vers l'assiette de Pénélope, s'étirent vers celle de sa voisine. Je n'ai pas encore réussi à déchiffrer celles qui dansaient dans les yeux de Caroline.

— Il n'y a plus d'eau, commente Pénélope en achevant sa cinquième anecdote.

— Je m'en occupe.

Comme depuis le début du repas, j'assure les services de base. Seul à savoir où se trouvent plats, serviettes et bouteilles, je n'ai toutefois pas la prétention d'être l'unique personne capable de dénicher un robinet, mais je me comporte comme si c'était le cas. Si une pénurie d'eau peut me sauver rien qu'une minute, alors je la résoudrai autant de fois que nécessaire.

Déjà debout, j'empoigne la carafe. Dans la cuisine, il n'y a plus un centimètre carré de surface libre. Je laisse l'eau couler, le clapotis me rappelant avec ivresse une certaine averse. Mes lèvres se pressent l'une contre l'autre à la recherche du goût défendu.

— Tu veux de l'aide ?

La carafe m'échappe des mains, mes paupières se ferment brièvement. Je ne sais ce qui a eu lieu en premier. Je sais simplement que, si j'avais voulu que quelqu'un entre dans la cuisine, ça aurait été n'importe qui sauf elle.

— Non, merci, Caroline. Je ne fais que prendre de l'eau.

— Tu es mouillé, attends.

Elle me tend un torchon, blanc aux rayures rouges. La présence déguisée d'Éloïse me rappelle les règles de courtoisie. Pendant l'échange, nos doigts se heurtent. Je ne rétracte rien, profère une excuse minable.

— Tu peux emporter le dessert, si tu veux, dis-je en désignant le plat du menton.

— Je ne suis pas venue pour ça, en fait.

Je rêve de lui balancer que n'importe quel imbécile l'aurait deviné. Au lieu de ça, je ferme le robinet et prends le temps d'essuyer inutilement la carafe. Quand je relève les yeux, Caroline est toujours là, avec ses cheveux clairs et ses quatre ans d'imposture. Et sûrement avec l'espoir que trois minutes dans une cuisine y changeront quelque chose.

— Tu devrais faire attention, avec Camille.

Au-delà de la surprise, je garde la bouche scellée pour ne pas laisser paraître mon indignation. La carafe, Caroline et moi-même n'y survivrions pas. Du coup, je tends la première à la seconde dans l'espoir qu'elles disparaissent au salon, mais Caroline reste plantée devant moi.

— Elle ne pourra pas t'offrir ce que tu cherches, poursuit-elle.

— Comment sais-tu ce que je cherche ? dis-je malgré moi en reprenant la carafe.

— Camille n'est pas comme les autres. Et elle n'est pas seulement instructrice.

— Je suis au courant.

— Alors fais attention, vraiment. On m'a dit que tu étais à la conférence, il y a deux jours. J'avais envoyé un stagiaire pour qu'il prenne des notes, ça évitait à Camille de tout lui apprendre, ajoute-t-elle comme si cela avait de l'importance. Finalement, tu étais là-bas pour les mêmes raisons que lui : apprendre, n'est-ce pas ?

Mes joues se réchauffent sans honte. Les « oui » et les « non » se bousculent dans ma tête. Aucun ne franchit mes lèvres, je ne veux faire de mal à personne, bien qu'ils m'en aient tous fait et que Caroline poursuive cette tâche insolente.

— Je cherche à te protéger, Aurélien. Rien de plus.

À côté, on dirait que le volume sonore a diminué, hérissant mes rares poils qui ne l'étaient pas déjà. Tout ce que je souhaite, c'est que Caroline, la carafe et ceux qui sont censés la vider reprennent ce qu'ils étaient en train de faire.

— Me protéger…, répété-je, sarcastique. Comme ce que tu… pardon, comme ce que *vous* avez fait il y a un peu plus de trois ans ? Franchement…, reprends-je, cette fois les larmes aux yeux, mes douze meilleurs amis sont réunis dans mon salon, et je préférerais remplir toutes les carafes d'eau de la planète plutôt que de manger le dessert avec eux.

Je lui jette presque la carafe. Trop inclinée, celle-ci laisse ruisseler des gouttes sur sa paroi, me renvoyant à mon baiser suspendu. À ce souvenir, ma bouche s'entrouvre. Caroline se lance, croyant devancer une averse cinglante alors que j'imagine la plus douce de toutes.

— Camille ne peut pas t'offrir de relation sentimentale. Elle peine déjà à me laisser l'embrasser pour lui dire bonjour, tu ne pourras jamais…

Le sang afflue dans mes joues comme s'il n'y avait jamais été, continuant jusqu'à ma tête, gagnant le bout de mes doigts. Je pourrais transpirer cette chaleur tant elle bouillonne sous ma peau. Les mots jaillissent finalement, incapables de rester à l'intérieur.

— Ce n'est pas parce que nous avons eu une vie intime que tu peux te permettre de commenter celle que je pourrais avoir.

— Je ne suis pas certaine que…, corrige-t-elle avec tristesse.

— Et comment tu crois qu'elle a eu Arthur ?

Les secondes défilent tandis que mon épiderme retrouve ses couleurs. La bouche s'ouvrant et se fermant tel un poisson hors de l'eau, Caroline repart en direction du salon. Je ne sais si mon cerveau a occulté le bruit adjacent, mais celui-ci me saute soudain aux oreilles. Peut-être ai-je inventé l'apaisement de tout à l'heure. Je pousse un profond soupir, expulsant tout ce que je viens d'entendre.

Il y avait de la vérité, là-dedans. Une vérité que Caroline croit inéluctable. Moi, je voudrais lui prouver que cet amour est possible, je voudrais lui montrer quelle vérité nous unirait, Camille et moi. Celle de la distance, des mains en suspens et de la pluie. Celle qui renverse le possible et l'impossible.

— Aurélien, ton téléphone sonne.

Maryline, en couple avec le grand héros Florian, est penchée par l'encadrement comme une enfant perdue dans la cour des grands. Enfin libéré de Caroline, je n'aurais pas cru que quelqu'un viendrait se jeter aussi tôt dans l'arène. Je la remercie d'une voix rauque et sors de la cuisine sans adresser un regard à quiconque. Jouer l'hôte occupé m'est largement accessible. J'ai fait ça toute la journée, et puis la carafe est déjà remplie. Mais toute rancœur me quitte d'un coup quand je consulte mon téléphone.

— Éloïse…, murmuré-je en faisant défiler son nom sur l'écran. Cinq… sept appels ?

Mon rythme cardiaque, qui venait à peine de ralentir, redémarre en trombe. Sans délibérer davantage, je compose le numéro. Les sonneries s'éternisent, n'améliorant rien à mon état, quand elle décroche enfin.

— Éloïse, soupiré-je, la main sur le front. Tout va bien ?

— Aurélien ? Bonjour, Aurélien ! Oui, j'ai essayé de t'appeler tout à l'heure.

— Tu veux dire il y a deux minutes.

Un court silence flotte sur la ligne, puis elle reprend :

— On est quel jour, s'il te plaît ?

— Dimanche 16, pourquoi ?

— Un ami doit passer et je n'ai pas emporté de calendrier !

Je fais une grimace. Éloïse m'a appris à faire les nœuds coulants, démarrer un feu de camp et recoudre un pantalon sans fil et sans aiguille. Cette histoire de jour est aussi mauvaise que les coutures que j'étais capable de réaliser à l'époque.

— J'ai l'impression qu'il y a du monde, derrière toi ! s'exclame-t-elle. J'espère que la sonnerie n'a pas dérangé.

— J'imagine que non, dis-je en jetant un vague regard sur mes invités. Ils ne sont venus me voir qu'à la septième.

— La septième…, murmure-t-elle. Et tu reçois qui ?

Mes lèvres se pincent. Avant même de partir pour la hutte, Éloïse a bien dû entendre parler quinze fois du repas de Lucile, et je me souviens de l'avoir mentionné pendant le déménagement. Ma gorge se serre à la pensée de l'unique conclusion possible à cette conversation.

— Tous nos amis. Et, en vérité, c'est plutôt Lucile qui reçoit.

— Qui est Lucile ?

Le néant, dans ma tête et mon corps. Dans le sien aussi visiblement.

C'est curieux, on dirait qu'il n'y a plus aucun bruit. Non, en fait, ce n'est pas une histoire de silence, plutôt d'un son retentissant dans les oreilles, comme à la suite d'une explosion. C'est ça, oui. Mon appartement a dû s'envoler en fumée. Il n'y a plus personne à table, pas de Maryline pour jouer les peureuses ni de Caroline pour se mêler du reste. Plus aucune assiette à remplir ni à laver. Il ne doit rester que de la poussière, comme ces petites choses insignifiantes qui tournoient dans ma tête. Les mêmes vestiges que la maison de mon enfance. Pitié, que je ne retrouve pas Éloïse sous les décombres, cette fois.

Je pivote sur mes talons, le téléphone collé à ma joue. Rien n'a explosé. Ils sont tous toujours là, humains et vaisselle associée. Ils s'agitent à m'en faire éclater le cerveau, mais je reste moi aussi entier.

Il n'y a qu'une seule personne qui se morcele, et elle est à l'autre bout du téléphone. Mais je refuse de la voir se décomposer comme le mur de la buanderie. Je veux la garder pleine des couleurs qu'elle était, ne pas la transformer en ce gris qui s'insinue sous mes paupières.

Incapable de répondre à la question d'Éloïse à seulement trois mètres de l'intéressée, je chuchote en me détournant, cherchant déjà comment rafraîchir les débris de mémoire qui se sont écroulés.

— Tu es toujours à la hutte ? demandé-je.

— Où veux-tu que je sois ?

— N'en bouge pas. J'arrive dans trois heures.

— J'ai quand même le temps d'aller me promener, tu ne crois pas ?

— Reste chez toi !

Je raccroche avant qu'elle ait l'idée de m'ordonner d'en faire autant.

Sur le meuble de l'entrée, mes clefs se perdent parmi tous les autres trousseaux déposés en vrac. Huit trousseaux, huit mousquetons identiques, offerts il y a deux ans par Florian pour montrer le lien indestructible entre nos demeures et nos cœurs. Le mien doit être sacrément plus rayé que les autres. J'en devine à peine la teinte, à vrai dire.

Je fouille dans ce mélange, décrochant ma victoire. Les cliquetis forcenés intriguent les plus proches qui se tournent dans ma direction.

— J'ai une urgence. Lucile, tu sais où sont les affaires.

— Mais tu vas où ? Tu ne peux pas partir comme ça, pas au milieu de notre fête !

— C'est *ta* fête, pas la mienne.

C'était déjà décidé au moment où Éloïse me posait sa question détonante : je ne mettrai pas Lucile au courant. Pas tant que je n'aurai pas tout tenté pour renverser la situation. Éloïse est partie pour que Lucile ne m'y oblige pas. Finalement, sans le savoir, sa fille m'y aura contraint, de mon plein gré.

À présent, ce sont douze paires d'yeux qui me fixent si intensément que j'ai envie de m'enfuir. Caroline est l'exception, ses lèvres articulant des syllabes qu'il n'est pas compliqué de traduire. Je n'ai même pas envie de lui dire qu'elle se trompe de personne.

— Tu fais fausse route, lui lancé-je sans explication.

— Ne fais pas ça, tu vas le regretter, poursuit-elle, plus fort.

— Laisse-moi me débrouiller avec mes regrets, tu as bien assez à faire avec les tiens.

— Je ne regrette rien !

Les yeux changent de cible au rythme de la joute. Seul Bastien se fait de plus en plus petit, son menton menaçant de disparaître sous la nappe. Je lui accorde encore quelques secondes avant que son crâne ne l'imite.

— Pas même les trois ans et demi de mensonge dans lesquels tu m'as fait vivre ? Dans lesquels vous m'avez tous fait vivre ?

Je mesure le taux de regret ou de remords au degré de rougeur de chacun. Je suis trop habitué à ces calculs. Le vrai, le faux, ce mélange sirupeux vomi sur mon bureau à chaque nouveau client, que ce soit de leur part ou de ce que leur partie adverse prétend.

— On a voulu…, commence Maryline.

— Laisse, coupé-je. Vous avez voulu me protéger, je sais. Peut-être parce que je passe mon temps à essayer de protéger les autres ? Mes clients, Lucile, vous tous…, dis-je en omettant volontairement Camille. Peu importe. Le tort ne revient à personne. En fait, il n'y a pas de tort. Je suis resté à côté du monde jusqu'à ce que quelqu'un me secoue assez pour m'y remettre. Ce que vous avez fait, ce n'était ni bien ni mal. Vous l'avez fait. Vous l'avez juste fait…

Les murmures se propagent dans mon dos tandis que j'enfile manteau et sac. Les dossiers du week-end y cognent douloureusement, mais ils ne sont pas aussi lourds que celui que j'abandonne derrière moi.

Dans l'escalier je ne songe qu'à la porte qui a dû claquer, dans la voiture au robinet de la cuisine que je ne me souviens pas d'avoir fermé. Quand le moteur s'arrête trois heures plus tard, il est évident que j'ai cherché n'importe quelle raison pour ne pas penser à la façon dont le repas doit se terminer. Lorsque je descends du véhicule, le repas est tout oublié.

— Éloïse ! m'écrié-je en courant vers la hutte dont la porte aurait déjà dû être ouverte sur le visage souriant que je connais tant.

La poignée cède sous ma main, et je tombe dans la hutte quasi glaciale. La demeure semble plus petite chaque fois que j'y viens, Éloïse déballant ses cartons au fur et à mesure. Il faudrait d'ailleurs ajouter les deux trieurs stockés dans mon coffre, mais je ne suis pas venu pour ça.

Dans la pièce regroupant salon, cuisine et lieu de vie, il n'y a pas de lumière, pas de flammes dans la cheminée, juste une silhouette claire dans un fauteuil rouge. Éloïse n'a parlé que de perdre la mémoire et rien d'autre, en tout cas pas encore, mais j'accours quand même et place ma main sur son cœur. Son bond se répercute jusque dans mon corps.

— Ça ne va pas, de me faire des frayeurs pareilles ? s'écrie-t-elle.

— Je me demande qui devrait dire ça !

— Qu'est-ce que tu fais là ?

Il n'y a plus aucun doute et je recule, frustré de n'avoir pas pu changer le cours des choses rien qu'en venant ici. Sur nos visages, la peine d'Éloïse égale la mienne. Je soupire en allumant la première lampe me passant sous les doigts. L'intérieur devient aussi chaleureux qu'à mes douze ans, mon cœur cependant est plus ébréché que les assiettes s'y trouvant.

— Je devrais savoir, soupire-t-elle en évitant mon regard.

— Tu devrais. Comme pas mal d'autres choses, ajouté-je sans donner de détails.

— Quelle heure est-il ?

— Bientôt 18 heures, c'est marqué juste derrière toi.

— La pendule ne fonctionne plus, répond-elle en secouant la tête.

Je lève les yeux. Effectivement, aucune aiguille ne bouge. L'espace d'un instant, mon cœur se noie dans le chagrin à l'idée qu'Éloïse se souvienne d'un objet cassé, mais pas de l'existence de sa fille.

— Pourquoi es-tu là ?

— Essaie de deviner.

— Parce que j'ai oublié quelque chose ? suggère-t-elle, dépitée. Aurélien, ne me dis pas que tu as fait trois heures de route juste pour ça.

— Ça en vaut la peine ! me défends-je.

— Je n'en suis pas sûre.

Ses mains lissent les plis de sa couverture comme pour me rappeler que leur propriétaire m'avait expressément demandé de ne pas venir. Mais je ne peux les laisser effacer le souvenir de Lucile. Pas si je n'ai pas été effacé le premier.

— Elle s'appelle Lucile.

— Qui ça ?

— Ta fille.

Le vide s'installe sur son visage, puis la douleur, profonde et étrange à la fois. Au milieu, une mimique saugrenue prend vie, disparaissant sous une désolation quasi artificielle.

— Il est compliqué d'imaginer avoir un enfant, tu ne crois pas ? pleure-t-elle presque.

Le peu que j'ai avalé ce midi menace de remonter. Les mots d'Éloïse me tordent l'estomac, et pas parce qu'ils pourraient sembler cruels. Le seul à être cruel, ici, c'est moi. Je pourrais m'effondrer sur moi-même.

— Je suis en train de te rappeler le pire, soufflé-je, terrassé par ma propre bêtise.

Éloïse expire longuement, un peu incertaine, puis une grimace de dégoût prend le relais. Sa bouche tordue semble tirée par un fil invisible, celui du destin et de l'oubli.

— Le pire tel que tu l'envisages ne m'est plus connu, Aurélien. C'est sûr, à l'heure actuelle, oublier ceux que j'aime semble « le pire ». Lucile…, dit-elle comme si elle apprivoisait le prénom, faisait partie du pire d'hier, apparemment.

Elle termine en vomissant presque ses mots. Moi-même, je suis révulsé, pourtant, Éloïse ne dit que la vérité – pour une fois celle à laquelle je refuse de faire face.

— Elle pourrait revenir, non ? Je veux dire… Tu pourrais de nouveau te souvenir, savoir qui elle est… Les pertes de mémoire ne sont pas forcément définitives, n'est-ce pas ?

— Je me le souhaite. Tu pourras appeler demain pour vérifier, si tu veux.

J'ai rarement vu Éloïse aussi défaitiste, et en même temps je ne l'ai jamais sentie aussi forte. Ne pas repousser ce lendemain vierge qui l'attend, s'adapter au nouveau monde qu'elle crée à chaque seconde. Finalement, il n'y a que nous qui payions le prix de son amnésie progressive.

— Maintenant que tu as fait tout ce chemin, tu veux peut-être en profiter avant que le reste ne disparaisse aussi ? demande-t-elle, cynique.

Dans ma tête, mes pensées se chevauchent. Les plus égoïstes comme les plus altruistes. Au milieu du chaos, je fais mon choix. Alors je plonge dans un autre univers.

— Tu te souviens de la maison de mes parents ?

— La maison bleue ? Oui, bien sûr, dit-elle avec un sourire. Elle m'a valu des heures de réflexion pour savoir quelles teintes de rosiers ne jureraient pas trop dans le paysage.

— Tu sais pourquoi ils l'ont choisie bleue ?

— Tu ne leur as jamais demandé ?

— J'avais… J'avais oublié qu'elle était bleue.

Éloïse hausse un sourcil, prête à émettre un commentaire sûrement cuisant.

— Ça a une importance, j'imagine…, dit-elle en se ravisant.

— Si je veux achever ce qui a commencé, j'ai besoin d'un maximum d'informations. L'urbanisme n'est pas le service le plus souple que je connaisse.

— Tu veux la détruire ?

— Je veux détruire la structure, pas le souvenir.

Un léger rictus se dessine sur ses lèvres.

— Je n'ai pas la chance de pouvoir en faire autant, dit-elle, amère. Et donc tu voudrais qu'elle soit bleue ?

— J'aimerais une autre couleur. C'est pour ça que je demande si mes parents avaient une raison particulière. Mais… je comprends qu'il va falloir que je m'adresse à eux. Ça ne… Pourquoi tu ne m'as jamais dit que leur maison n'était pas grise ?

— Tu n'as jamais dit qu'elle était grise jusqu'à l'accident, déclare Éloïse. Et, par la suite, elle était *vraiment* grise. Donc les rares fois où tu en as parlé, il n'y avait aucune raison de te contredire. Mais ce gris, Aurélien, au-delà de tes yeux, il s'est surtout installé dans ton cœur. Aujourd'hui, on dirait que ta mémoire veut se dépoussiérer. Pendant que la mienne fait l'inverse…

— Tu m'accordes une minute ?

Morose, Éloïse hoche la tête. Je pars chercher l'album, laissé en compagnie des trieurs. Après un rapide aller-retour, je dépose ces derniers sur la table avant de présenter l'album à Éloïse. Ses mains parcourent la couverture sans l'ouvrir.

— Mmm… Ce n'est peut-être pas une bonne idée. Qu'est-ce donc, sur la table ?

— Ce que tu m'as demandé de récupérer chez toi.

— Ah… Je ne m'en souviens pas, avoue-t-elle.

— Je crois que ce sont tes dossiers médicaux. Tu les veux ?

— Non, pas pour l'instant. S'il y a bien une chose que je n'ai pas oubliée, c'est le fait que j'oublie ! À se demander si ce ne sera pas la dernière chose qu'il restera ! Enfin, je préférerais ne pas effacer mes rosiers.

— Ils sont sûrement en photo à l'intérieur.

Ses deux mains sont toujours ancrées sur la couverture, et je devine maintenant leur volonté de passer au travers. Elle se retient cependant, comme si elle voulait garder une surprise pour plus tard. Ce simple geste me redonne l'espoir de ramener Lucile dans cette hutte, passé et présent confondus.

— Tu devrais cesser de me tenter, dit-elle. J'ai dit que je refusais.

— Désolé, Éloïse, mais il va m'en falloir plus que ça. Je réessaierai chaque jour, s'il le faut. Je sais encore où tu habites ! la nargué-je en agitant mon trousseau auquel pendent les clefs de la hutte.

Éloïse fronce les sourcils, circonspecte, sûrement parce qu'elle a oublié me les avoir données. Et moi je me décompose, auditeur de ma propre tirade. Si je suis à ce point capable de persévérer, pourquoi ne l'ai-je pas fait dans cet amphithéâtre où Camille révélait ses secrets ?

Ma bouche s'ouvre, scandalisée par ma stupidité. Je ne rêve que de grêle depuis des jours, pour ne pas avoir à toucher Camille. Je ne rêve que de motifs pour la garder loin, tout en la sachant à portée de main. Pourtant, elle m'a tout donné : la distance, la proximité et les excuses. Mais, trop empêtré dans mon propre présent, je n'en ai rien fait alors que j'aurais pu tout renverser. Sous la pluie ou ailleurs, nue ou habillée, chaque fois, elle était là, sous mes doigts, me donnant le pouvoir de renverser *son* sort. Et je l'ai abandonnée.

— Donc, si je fais ce que tu demandes, tu me laisseras en paix ? poursuit Éloïse en me ramenant brusquement dans sa hutte.

— J'amènerai Lucile, insisté-je.

— Tu ne me laisses pas le choix, soupire-t-elle, amusée.

— Exactement, mais je suis ainsi parce que *tu* m'as laissé le choix. Si tu ne voulais vraiment pas te souvenir de ta fille, tu aurais dû m'oublier le premier. Tu *m'aurais* oublié le premier…

Éloïse se raidit un peu. Pour la première fois de ma vie, je crois que je l'ai coincée à son propre jeu.

Son silence me prouve en tout cas son abdication, et elle pose un baiser sur sa main et me l'envoie par les airs. Un seul baiser.

— Fiche le camp, m'ordonne-t-elle, moqueuse.

Je saisis le baiser au vol, avec la sensation d'être condamné à embrasser ainsi celles à qui je tiens. Jusqu'à aujourd'hui, je m'étais toujours dit qu'on pouvait aimer qui l'on voulait, sans se préoccuper de l'avis de la personne. Je vois à quel point j'avais tort. Il ne s'agit pas d'avoir une autorisation. Il s'agit d'être vrai.

Je n'ai plus le choix. Il faut que je sois vrai. Avec Lucile, avec Camille. Avec les douze qui ne sont sûrement plus chez moi désormais.

— Je te laisse l'album, lancé-je en lui offrant deux bises. J'ai quelqu'un d'autre dont je dois renverser les refus.

Un sourire goguenard me fait comprendre qu'Éloïse a des présomptions déjà bien arrêtées sur l'identité de la personne. Ses derniers mots ne feront d'ailleurs que le confirmer.

— Il y a mille façons d'aimer. Trouve celle qui vous conviendra.

Le conseil satiné m'accompagne tout le long de ma route. Quand j'arrive au bas de l'immeuble de Camille, qu'il m'a été impossible d'oublier, mes certitudes se dispersent cependant. Sonner à l'Interphone, c'est la forcer à décrocher, appuyer. Je ne suis pas là pour la bousculer mais pour me laisser apprivoiser.

À mon grand soulagement, un voisin a dû organiser une fête car plusieurs personnes sortent d'un coup. Je me décale le temps de les laisser passer, songeant à ceux qui ont agi ainsi chez moi il y a quelques heures. Je n'ai même pas appelé Lucile pour savoir où ils en étaient. Je ne le ferai pas maintenant.

Mon embarras disparaît au moment où je pénètre dans le hall. La lumière me guide jusqu'au premier étage, puis s'éteint. À demi aveuglé, je sonne malencontreusement chez un habitant en cherchant l'interrupteur. La silhouette qui apparaît me dévisage depuis son seuil. Pas très longtemps…

— Vous ! s'exclame l'odieuse voisine du dessous.

— Je cherchais la lumière, lancé-je en poursuivant mon chemin.

— Cette manie de passer l'aspirateur à plus de 22 heures ! C'est inadmissible !

Et elle claque sa porte tandis que je reprends mon ascension.

Au-delà du fait que ses mots n'ont aucun sens pour moi, je ne vais pas me plaindre de la brièveté de cet échange. La façon dont je lui ai fermé sa porte au nez, la dernière fois, a dû la secouer. Ou peut-être la nuit la fatigue-t-elle trop pour qu'elle proteste très longtemps. Elle ne semble en tout cas pas fatiguer Camille dont l'appartement est envahi d'un bruit de soufflerie.

Surpris, j'attends que le ronronnement cesse pour frapper. Camille fait trop confiance au reste du monde, ou alors elle n'a pas conscience du reste du monde, car la porte s'ouvre sans qu'aucun judas ou système de sécurité ait été enclenché. Je reste planté sur le seuil jusqu'à ce que, d'un geste, elle m'invite à entrer. La pièce est sombre. Camille tient un sèche-cheveux dans ses mains.

— Que… Que fais-tu avec ça ? lui demandé-je en contemplant ses cheveux parfaitement secs.

Camille, vêtue du déshabillé que je lui ai déjà vu, referme la porte puis soulève l'instrument comme si elle ignorait comment il était arrivé là. Elle le pose finalement à côté des chaussures et se redresse, dévoilant une épaule. Malgré les semaines qui me séparent de la dernière fois que je l'ai vue ainsi, mon esprit se souvient de la moindre courbe de son corps.

— Les serviettes sont désagréables, dit-elle à voix basse. Et Arthur est habitué au bruit.

— Pas ta voisine, commenté-je.

Son regard se voile comme si elle disposait d'une capacité à occulter une certaine partie du monde. Peut-être le reste, finalement, tout le reste du monde en dehors d'elle et Arthur. Je me demande où est ma place.

Suivant son pas léger dans le salon, je contemple la pénombre bleutée qui m'avait déjà envoûté. Les deux fenêtres diffusent la lumière d'une nuit étoilée, à l'opposé de toute averse qui pourrait nous réunir. Mais il en est fini des excuses et de la pluie. Ma propre expérience est bien plus délicate, et je me racle la gorge pour qu'elle se retourne.

L'ayant enfin face à moi, je contemple son visage. Sa bouche scellée guette la mienne, à la recherche des mots pouvant en jaillir, mais je ne veux plus parler. Alors j'avance des deux pas qu'il me faut pour pouvoir glisser mes mains dans sa nuque, sans la toucher.

Elle ne cille pas tandis que je remonte une capuche imaginaire à l'arrière de son crâne, misant sur sa mémoire pour m'accorder une chance. Même dans l'obscurité, il est impossible de manquer la dilatation de ses pupilles. Elles tremblent un peu.

Mes deux mains restent en suspens de part et d'autre de son visage. Le sursis est encore plus lourd que tous les cartons d'Éloïse. J'attends son mouvement, le crains en même temps. J'ai peur de la réponse, quelle qu'elle soit.

C'est peut-être ce qu'il y a de plus inquiétant, ici. Sur neuf rencontres, seule la première a donné lieu à un contact. Certainement le parfait opposé de ce que tous les couples vivent. Pourtant, je n'ai jamais autant vécu.

Perdu dans mes pensées, je ne sens sa main qu'au dernier instant. Ses doigts chauds ont saisi les miens et tirent en douceur vers le bas. Mon cœur s'emballe à mesure que ma capuche invisible se défait, ne sachant jusqu'où elle descendra. Mon esprit découvre le plus parfait alliage des corps, celui de ceux qui ne se touchent pas.

Ou presque.

Camille garde ma main dans la sienne.

— Tu n'as pas mal ?

Hypnotisé par tout son être, j'ai failli à mon silence. Camille secoue la tête et laisse retomber nos mains telles deux plumes égarées mais encore liées.

— Tu n'as pas… trop… non plus ?

Elle sourit légèrement, énième courbe me réchauffant. Elle n'est plus une enfant, a connu ces moments. Disciple de ses enseignements, je patiente, à l'affût d'un indice intime que je n'aurais jamais eu pendant la conférence de vendredi.

— J'ai presque ce qu'il faut, répond-elle.

À présent, sa poitrine se soulève bien plus rapidement, son déshabillé menaçant de s'ouvrir à chaque inspiration supplémentaire. Dans ce déséquilibre parfait, je tente de saisir ma chance, mais elle me la lance avant.

— Déshabille-toi, s'il te plaît, murmure-t-elle, plaidant presque.

Son souffle parcourt l'intégralité de mon corps. Chaque membre à qui il est adressé frissonne.

Encore debout, je descends la fermeture de mon manteau. Je le dépose au sol, puis, par-dessus mes joues qui rougissent, j'ôte mon pull qui choit à côté. Un à un, les boutons de ma chemise sont défaits. Camille suit mes mouvements dans le plus parfait mutisme. Les lacets sont démêlés, le pantalon retiré, et bientôt je me dépossède de mes derniers vêtements.

Mon corps ne réclame aucune chaleur, aucun contact. Je suis nu devant elle, comme elle l'était devant moi la dernière fois, objet d'un désir refusé par sa propre existence. Je rajuste son déshabillé pour qu'il la couvre davantage et cache le dernier morceau d'épaule apparent. Nous sommes quittes.

Le silence nous étreint. La fièvre de nos corps aussi. Je la laisse boire mon apparence tout en me demandant quelle vérité elle peut bien y chercher. Sa quête chemine sur mes cellules, qui hurlent leur propre besoin. Leur besoin de vrai, de concret, de réel, qui se propage jusqu'au bout de ma langue.

— J'ai besoin que tu me touches, murmuré-je alors. S'il te plaît.

Comme si elle avait attendu ma prière, Camille lève une main. Elle l'approche de mon torse, y pose sa paume. Cette étroite surface de contact se propage à l'ensemble de ma peau. De l'autre, elle place l'une des miennes sur son cœur, par-dessus son vêtement.

Nous savourons cet échange insolite, celui de nos muscles pulsant à l'unisson. Camille respire lentement, lourdement. Mon pouce est en dehors du tissu. Je fais glisser ma main. Sa grimace me fait aussitôt regretter mon geste.

— J'apprends mal…

— Non, là, tu ne pouvais pas savoir. Arthur et moi avons fait une mauvaise rencontre, il y a quelque temps. Mais je serai bientôt remise.

Les yeux exorbités, j'absorbe ce morceau de soirée que je ne connaissais pas. Mon âme revient dans mon corps, me lançant dans une réalité crue, sans bulle et sans frôlement. Mes muscles se contractent en écoutant son récit. J'ai envie de la prendre dans mes bras, de former à moi seul cette bulle fendue par d'autres, de la consolider pour que plus rien ne s'y immisce, pas même moi.

— Tu es certaine de ne pas vouloir aller voir un médecin ? Ce n'est pas normal que tu aies encore mal.

— Je le saurais, si j'étais en danger. Un médecin ne fera que confirmer ce que je sens déjà : je me remets doucement. Et ne t'inquiète pas, je sais faire la différence.

— C'est bien là mon problème. Tu es la seule ici à en être capable.

— Tu te trompes. Tu as su, pour Arthur, sous la grêle.

— Il n'avait pas mal, commenté-je.

— Mais il préférait tes bras plutôt que la glace. Un mal pour un bien, voilà ce que tu as fait. Il n'aurait jamais laissé personne le toucher comme tu l'as fait s'il n'avait pas eu confiance.

— Je doute qu'il ait eu le temps de se poser la question.

— Il nous le dira demain, si tu veux.

Dans sa voix, je sens sa question. Finalement, lorsque Camille et moi ouvrons la bouche, nous parlons quasiment de tout, sauf de nous. Éloïse, Arthur, la pluie. Toutes les expériences y passent, mais nos propres êtres n'osent s'affranchir, encore cachés par des vêtements ou derrière leur nudité.

En songeant à ma peau exposée, je frissonne. Mon tressaillement résonne chez Camille. Nos mains retombent, trouvant leur pair entre nos ventres.

Nous n'échangerons plus un mot d'ici à demain. Nous n'échangerons plus un seul contact. En silence, je la suis dans sa chambre, adjacente à celle d'Arthur dont elle m'assure qu'il dort profondément. De son lit, elle écarte les couvertures. Je m'allonge là où elle me le permet. Sa position semble mûrement réfléchie pour créer le moins de contact possible avec les draps.

En apprentissage, j'oscille pour savoir où me placer. En apprentissage aussi, je ferme les yeux, prêt à passer une nuit à moins de vingt centimètres de celle que je voudrais faire fondre dans mon corps.

Je risque de ne pas beaucoup dormir, mais pas pour les raisons auxquelles tout le monde penserait. Dans cette chambre, tout est renversé. Neuf rencontres et la neuvième sera celle du contact zéro. Je ne me pose plus de questions, je suis tombé amoureux d'elle. Et je touche ma réalité du bout des yeux.

20

Camille

— Il y a du bruit dans la salle de bains, maman.
— Oui, je suis au courant.
— Qui c'est ?
— Aurélien.
— Pour-de-vrai ?
— Il s'appelle Aurélien, répété-je tandis qu'Arthur détale à toute vitesse en direction de la salle de bains.

Mon jean à moitié enfilé, je titube derrière lui, mais Arthur a déjà la main sur la poignée. La seconde suivante, il disparaît dans un nuage de vapeur, la porte entrouverte sur l'univers aussi blanc que celui de ma chambre. Enfin, peut-être un peu moins blanc ce matin, même si, de l'extérieur, il ne s'est rien passé.

Au plus profond de moi, en revanche, la nuit m'a remodelée. J'ai connu l'amalgame des corps sans qu'ils se mélangent à aucun moment. Aurélien était une présence qui réchauffait les draps et mon être en même temps, servant de brasier au métal de ma peau. Se laisser fondre ou transpirer, je ne sais même plus faire la différence.

Je n'ai quasiment pas dormi, je crois que lui non plus. Lorsque je me suis levée, j'étais aussi fatiguée que si nous avions eu la nuit agitée d'un duo récemment formé. Nous n'avons rien eu de cela, ni duo ni nuit agitée, pourtant nous étions dans une étreinte d'air commun. Nous respirions à l'unisson ce même air. Un air palpable, chaud et timide. Un air qui aurait voulu plus et qui avait déjà le maximum. Tout son corps contre lui et, de l'autre côté, tout le mien. Le plus parfait conducteur de chaleur, à trente centimètres l'un de l'autre.

À mon réveil, j'aurais pu mettre au défi n'importe quelle femme rassasiée, mais je me suis surtout assurée qu'Aurélien n'était pas en retard. Il m'a dit avoir pris un congé pour occasion spéciale, un repas lourd à organiser et à ranger, apparemment, aussi m'a-t-il simplement demandé s'il pouvait prendre une douche. Son hésitation m'a presque fait rire.

Je pénètre dans le brouillard inhabituel. La lumière est éblouissante, mais je distingue tout de même Arthur, debout sur son marchepied. Il dessine sur le miroir, étalant son dessin sur le carrelage alentour. Il pourrait ainsi faire le tour de la pièce, mais un obstacle se dresserait dans un angle. Aurélien, surpris par cette soudaine apparition, s'emmaillote dans la serviette que j'avais sortie pour lui. Ses yeux aussi harassés que les miens cherchent un secours inutile.

— C'est un trait de famille, de n'avoir aucune pudeur ? demande-t-il en se couvrant.

— Il est habillé, même si c'est seulement à moitié, soupiré-je avec un léger sourire.

Arthur est vêtu d'un tee-shirt et d'un sous-vêtement. Il termine son dessin, la langue de biais, puis descend de son marchepied pour prendre du recul. Comme s'il avait toujours su qu'il se trouvait là, il s'approche d'Aurélien qui peine à se sécher sans dévoiler sa nudité.

— Tiens, regarde, pour-de-vrai !

Arthur a saisi la serviette pour l'entraîner vers le miroir. Aurélien me regarde, désespéré, mais sa détresse m'amuse. Mon fils s'est rapproché de quelqu'un, il s'y est même accroché alors que cet inconnu avait violé toutes les barrières avec lui. À présent, Arthur fait exploser ses propres limites, retraçant son dessin pour cet homme qui s'efforce d'y voir clair. La buée recouvre déjà les premiers traits.

— Arthur, je crois qu'il voudrait terminer de se préparer, dis-je. Va prendre ton petit déjeuner.

— Mais je n'ai pas fini !

— Arthur…

— Attends, intervient Aurélien.

La situation est trop rare pour la gâcher, alors je m'interromps. Tout se met en suspens, vapeur incluse, puis Aurélien s'agenouille en rajustant sa serviette. Il fixe le miroir, me laissant une ouverture sur ce qu'il trame. Arthur observe la même chose sans savoir qu'ils n'attendent pas le même dénouement. Et enfin, au bout d'une petite minute :

— Voilà, ton dessin a disparu, dit Aurélien.

— Je l'aimais bien, commente Arthur, déçu.

— On aime encore plus les choses quand on sait qu'elles vont disparaître.

Arthur garde les yeux rivés sur le fantôme de son dessin. La seule chose qui l'intéresse, c'est sûrement d'en refaire un. Il faut que je le devance, sans quoi nous passerons la matinée ici, en tout cas tant qu'il restera assez de buée.

— Laisse-le être éphémère, dis-je avec douceur. C'est grâce à cela qu'il est beau.

— Tout ce qui est beau est éphémère ? me demande-t-il.

— On peut dire, oui.

Il tourne d'un coup les yeux vers Aurélien. Son regard est si percutant que ce dernier manque de reculer, mais il reste stoïque, attendant le coup de grâce que mon fils prépare soigneusement.

— Alors pourquoi pour-de-vrai est encore là ?

Il y a des jours où j'aimerais que mon fils soit moins intelligent, car ce n'est pas l'agencement de la serviette autour d'Aurélien qu'il vient de trouver beau. Ce ne sont pas non plus les rayons du soleil dans la vapeur, mais davantage le fait qu'ils éclairent trois personnes, liées les unes aux autres d'une façon qu'aucune ne pourrait encore décrire.

Aurélien le sait. Son corps palpite autant que le mien, sa mâchoire vibrant de mon propre sourire, ses joues rougissant de mon propre sang. La couleur est belle, si belle que j'ai la sensation de la découvrir. J'ai envie de rire de cette beauté qui nous a trouvés. J'ai envie de crier au monde entier ce que j'ai découvert : ma nouvelle expérience.

Cette nuit, j'ai fait l'amour, sans toucher celui que mon corps désire, que mon âme aime, et que ma peau repousse. C'était mon expérience et il s'en est forgé une. Notre expérience de l'amour. Elle aurait sa place dans mon lexique, en première page.

Au milieu de nos rougeurs, Arthur attend que je lui réponde. Je me contente d'orienter tête et bras vers la cuisine. Il soupire, puis s'en va. Je crois que mon répertoire finira dans ses mains plus tôt que prévu.

Enfin libéré, Aurélien se redresse, repositionnant sa serviette, mais il ne peut tout cacher. Si je ne veux pas que ce jour devienne aussi éphémère que la buée, je vais devoir lui donner une contrepartie.

— Je connais ton corps, dis-je, le sang brûlant mon visage.

— Je n'ai pas l'habitude d'errer nu dans mon appartement, s'excuse-t-il.

— Et je n'ai pas l'habitude de voir autant d'eau couler dans ma baignoire, souris-je.

Il se retourne, fixe la faïence. Ses lèvres s'entrouvrent puis il désigne l'eau.

— C'est comme pour la pluie ?

— Tu vois que tu apprends vite.

— Comment fais-tu ? Comment fait-il ?

— Nous apprenons nous aussi.

— Cela doit être épuisant.

Et ce serait moins difficile si tu étais là… Partager une expérience avec des points de vue opposés, l'expérience du trois, celle qu'Arthur et moi n'avons jamais connue.

Aurélien continue à se sécher même si cela n'est plus nécessaire. J'ai l'impression qu'il attend que je m'en aille pour s'habiller. Je traîne volontairement. Durant la nuit, mes yeux n'ont bu son corps que quelques minutes. J'ai terriblement soif.

Alors je reste plantée sur la première place qu'est la mienne, à espérer qu'il prenne conscience que la troisième existe. Puis mon cœur s'emballe quand je songe à la nuit que n'importe qui aurait voulu avoir, la comparant à l'avant-goût trop sobre et pourtant si intense que nous avons partagé. Avant une expérience du trois, il faudrait peut-être celle du…

— Deux.

Sa voix coule sur les carreaux de la salle de bains comme la vapeur s'y condensant.

— Pardon ? articulé-je, la bouche sèche.

— Il y a deux dessins, répond Aurélien en montrant le miroir.

J'ordonne à mon cœur de cesser ses cabrioles. Il y a deux tout, ici. Deux chambres, deux brosses à dents et deux autistes. Le seul « deux » qu'il manque, ce serait celui qui contemple les dessins qu'Arthur fait habituellement toujours par un.

— C'est uniquement parce que tu es là.

Il lâche le miroir, enfin habillé, puis plie la serviette et la garde en main, comme s'il ne savait pas quoi faire d'elle. De nous.

— Tu devines tout ce qu'il y a dans sa tête ? demande-t-il.

— Je devine surtout ce qu'il y a dans son corps. Arthur veut que tu restes.

— Il veut que je reste..., répète-t-il. Me connaît-il vraiment, en fait ?

— Il se connaît assez lui-même pour répondre à cette question.

— Alors pourquoi m'appelle-t-il « pour-de-vrai » ?

— Parce que tu es le seul à qui ni lui ni moi n'avons eu besoin de donner une autorisation pour nous laisser toucher. Dans le bus, la première fois, ajouté-je rapidement.

Il se racle la gorge, revenant sur ses gestes, imitant son attitude ce jour-là. Ses yeux s'agrandissent.

— Tu t'es laissé faire ?

— Non, j'ai compris après coup.

— Tu as compris quoi ?

Prise à mon propre piège, je prends une longue inspiration pour masquer mes doutes.

— Que je ne me connaissais pas assez.

— Et maintenant ?

— Maman ! Je n'arrive pas à attraper mon bol !

La voix d'Arthur ne perturbe même pas notre univers. Un lien se crée, celui du temps, de l'envie. L'engagement est là, à fleur de peau. Il me fait frémir, m'attise. Il me fait peur, aussi. Et ce mot, je m'en souviens parfaitement.

« Peur : ce que tout le monde considère comme le pire ; ce qui recouvre mon corps et qui, en définitive, n'est pas si horrible que ça. »

— Je veux que tu restes.

Aurélien déglutit. Peut-être a-t-il aussi soif que moi. Je ne sais pas, il n'a rien dit.

— Je te montre où sont les bols ?

Il serre encore la serviette, observe la salle de bains comme si elle pouvait lui fournir sa réponse. Je retiens mon souffle. Je la veux, mon expérience du deux. Je la veux tellement que je ne remarque pas immédiatement qu'il a déplié la serviette pour l'étendre. Lorsqu'il se retourne vers moi, son visage cramoisi fait écho au mien. C'est à se demander si nous avons réellement dormi l'un à côté de l'autre avec seulement un morceau de soie pour nous séparer.

— Alors, tu me montres ? dit-il.

Je souris, tends une main inquiète par nature. Il approche la sienne, sa paume suspendue au-dessus. Le geste est sûr, posé, comme s'il s'était entraîné des heures depuis notre essai à distance dans l'amphithéâtre. Mais je ne veux plus de ces attentes ni de la distance, et en un mouvement j'inverse le cours des sens.

— Que fais-tu ? s'affole-t-il lorsque j'attrape ses doigts. Je croyais que…

Je serre davantage, décidée à lui faire entendre mon désir de permanence. L'étreinte a dû gagner sa raison, car il n'achève pas sa phrase et m'abandonne ses phalanges. Dans ce simple geste, mon expérience devient sienne, notre moyenne créant le lien dont nous avions besoin : un peau à peau sans rien pour nous écarter.

Mon cœur s'étourdit de ce que nous aurions pu vivre cette nuit avec le même effort. Je me complais à l'idée qu'il ressente la même chose, mais je ne veux pas en parler. Sentir, ressentir, c'est tout ce qui m'intéresse. Je crois que c'est la première fois que cela m'arrive réellement, sans saturation.

Pendant que nous partons vers la cuisine, j'inspire profondément, raisonne mon cerveau et ses réactions instinctives. Sa main ne m'incommode pas, c'est juste une habitude à prendre, comme la baignoire pleine ou Arthur qui lui attrape le bras pour obtenir son bol. La sonnerie de l'Interphone interrompt mes pensées. Aurélien me lance un regard, et je hausse les épaules. D'un geste, il me fait signe d'y aller. Je lâche ses doigts à regret, la sensation me fait tressaillir.

— Oui ? dis-je en retenant un bâillement.

— Madame Julié, c'est l'agent Terdreau, des affaires sociales.

Tout ce qui circulait en moi, chaleur, sang et vie, devient glace. Même l'image de ma voisine du dessous, certainement honteuse délatrice, ne me secoue pas assez pour que j'actionne le bouton gris. Dans ma tête, seuls des chiffres défilent, lentes secondes de mon espoir que cet homme abdique. Lorsque la tonalité s'éteint, je n'y crois pas encore.

— Il y a un souci ? Tu veux que je parte ?

Aurélien a dû trouver le bol. Sa voix flotte sur la ligne de mes épaules. Mon courage m'échappe quand trois coups résonnent sur la porte. Je reste immobile.

— Tu n'ouvres pas ?

Mes lèvres se serrent. Je suis habituée à la peur, et ce n'est pas elle qui m'habite à l'instant. Au contraire, chaque cellule de mon corps s'effeuille, quittant cette couche hypersensorielle pour me transformer en un être banal qu'Aurélien ne reconnaîtra pas. Quelqu'un aura peur, aujourd'hui, et ce ne sera pas moi.

— Arthur, va mettre un pantalon. Immédiatement.

La chaise de la cuisine racle et de petits pas clapotent sur le parquet. Je prends une inspiration et tire le verrou. Derrière le battant, deux voix que je souhaiterais disparues à jamais se font des politesses. J'attends qu'elles cessent pour ouvrir plus franchement. À mon désarroi, la voisine est toujours là.

— Ah, la voilà.

Deux voix simultanées. Celle de Mme Ganvin qui me désigne comme la coupable du siècle, et celle d'Aurélien qui a visiblement un aussi gros grief que moi à son encontre. La première écarquille les yeux de cette seconde présence à laquelle elle ne s'attendait visiblement plus, s'appropriant ma peur.

Entre les deux, le regard de l'agent des affaires sociales entame un va-et-vient inquisiteur. Puis il s'installe sur moi, perplexe, et je tends le bras pour l'inviter à entrer. La main sur le montant, je m'apprête à repousser la porte quand Aurélien place sa main juste au-dessus de la mienne, ne laissant aucun doigt me toucher.

— Je m'en occupe, murmure-t-il.

Un poids s'efface, celui de la porte ou des responsabilités, je ne sais pas. Le souffle plus léger, je rejoins l'agent Terdreau qui s'est posté au milieu du salon. Il regarde Arthur, vêtu de son pantalon de pluie, retourner à son bol sans rien dire. Le revirement catégorique dans l'attitude de mon fils me fait craindre le pire. Se réfugier dans ses vêtements de pluie, aussi inutiles dedans que dehors, c'est signifier son opacité à tout ce qui pourrait avoir lieu. Renfermé dans son petit univers, il commence à trier les céréales de son bol en les disposant sur la table, selon le dessin du moment. Je me retiens de porter la main à mon front.

L'agent m'interroge du regard. Je laisse encore passer deux secondes, puis ouvre la bouche lorsque Aurélien me devance brusquement. Je n'ai même pas entendu la porte se refermer.

— Bonjour, lance-t-il.

— Bonjour, répond l'agent. Nous n'avons pas été présentés, finalement.

L'agent Terdreau tend une main qu'il ne m'a offerte que la première fois. Depuis, elle reste soigneusement accrochée à son attaché-case, sûrement pour s'éviter toute déconvenue. Aurélien la serre avec un air de déjà-vu.

— Aurélien Duval. Je suis un ami de la fille de la dame qui gardait Arthur. Je suis aussi un ami de la directrice de l'institut où va Arthur.

L'agent met quelques secondes à faire les calculs et sûrement autant à se demander ce qu'Aurélien fait là. Il connaît mes dispositions, sait de quoi relève mon autisme. La dernière de ses suppositions est celle qu'il aurait pourtant bel et bien le droit d'émettre aujourd'hui. Ce qui ne me laisse qu'une certitude au milieu de tous ces a priori : cette visite va être un véritable carnage.

— Vous êtes là pour son suivi ? demande l'agent en fixant Aurélien.

J'ouvre bêtement la bouche et la referme aussitôt. Rien de bon ne sortira d'une panoplie de mensonges. L'agent Terdreau ne cherche qu'un allié de fortune dans ce foyer où il n'a toujours eu que des ennemis. Arthur continue son chapelet de céréales, indifférent au lait qui suinte jusqu'au bord de la table.

— Arthur n'a pas besoin de suivi, assené-je, mais de liberté.

Je ne peux pas laisser cette conversation à Aurélien. De plus, l'agent n'aura que faire de son avis une fois qu'il aura compris qu'il n'a aucun lien avec l'autisme. Et puis, je connais la suite par cœur.

— Et sa liberté le laisse sortir à plus de 22 heures, seul, dans la rue ?

Mes lèvres se compriment l'une contre l'autre. L'alerte a donc bien été lancée par Mme Ganvin. J'imagine parfaitement l'appel au commissariat, relayé aux affaires sociales puis transféré à l'agent concerné. Je suis presque épatée que cela ait pris trois semaines.

— Écoutez, madame Julié, chaque fois qu'Arthur vous échappe est une preuve supplémentaire. Il a besoin d'être placé dans un institut spécialisé. De façon plus sérieuse, ajoute-t-il avant que je l'interrompe.

— C'est impossible.

— Vous travaillez dans un institut, argumente-t-il. Vous savez que le personnel prendra soin de lui.

— Vous venez de répondre à votre question. Je suis aussi compétente que n'importe qui.

L'agent pose son attaché-case sur ma table. Il ne l'avait encore jamais fait. D'une main leste, il l'ouvre, en tire un papier et le lit, ou plutôt le relit, comme pour être sûr.

— C'est la main courante de votre voisine. Au-delà des protestations à l'encontre de votre foyer, elle précise qu'un soir vous êtes sortie et revenue chez vous *nue*, insiste-t-il. Comment espérez-vous que je défende votre cas auprès de la commission ? Même toutes les conférences du monde ne pourraient vous excuser. Oui, je suis au courant, et je trouvais ça très bien jusqu'à ce que je reçoive *ça*, dit-il en agitant le papier.

Mes paupières se ferment sur mon courage. Je n'ai aucune envie d'expliquer cet épisode, encore moins qu'Aurélien s'en charge. D'une façon ou d'une autre, il a dû comprendre mon souhait car il reste muet, légèrement à l'écart.

— Nous n'avons vraiment aucune chance ? tenté-je piteusement.

— La commission est dans un mois. Il faudrait un miracle.

— Quel genre de miracle ?

— Madame Julié, soupire l'agent, vous n'aurez ni l'énergie ni le temps. Passez plutôt ce prochain mois à préparer votre fils à son entrée à l'institut Palfret. Sans compter qu'il vous faudra préparer tout le nécessaire pour l'internat.

— Quel genre de miracle ? insiste Aurélien.

Il n'y a ni ordre ni désespoir, mais une étrange neutralité qui me laisse sur ma faim. Sidérée par son intervention courageuse, je dévisage Aurélien. Moi qui croyais avoir digéré chaque facette de lui, je constate que j'avais tort. Il m'en reste encore plusieurs à découvrir, tels des paquets à déballer chaque jour.

— Arthur devrait montrer qu'il est parfaitement sociable. L'idéal serait qu'il soit inscrit à l'école, à des activités, et que l'on ait des preuves régulières de sa progression. Bref, tout ce qu'un enfant avec un syndrome d'Asperger ne devrait pas pouvoir supporter. Vous ne pouvez pas lui infliger ça, soyez lucide, madame Julié !

— Pendant combien de temps ? coupe Aurélien. Les preuves, bien entendu.

— Un an, répond l'agent, sourcils froncés. Mais ce…

— N'importe quelle école ferait l'affaire ?

— Oui, bien sûr, mais je ne… Madame Julié, me lance l'agent en se tournant vers moi, cet homme a-t-il une quelconque responsabilité légale sur votre enfant ?

Un rire nerveux tente de se frayer un chemin entre mes lèvres. L'agent Terdreau a pris soin de choisir son vocabulaire. Sûrement dispose-t-il d'un petit lexique à l'image du mien, mais il ne s'agit clairement pas du même.

— Il n'est pas son père, si c'est votre question, réponds-je sans détour.

— Alors permettez-moi de vous dire que cette option est une cause perdue. Un mois de démarches pour intégrer votre fils dans un établissement scolaire relève de l'impossible.

— Arthur en est capable, intervient de nouveau Aurélien.

— Qu'en savez-vous ? s'insurge l'agent dont la patience semble s'être envolée.

Il désigne la table où Arthur s'affaire toujours à sa décoration alimentaire. Ma bouche s'ouvre d'horreur.

Les céréales d'Arthur ont cheminé jusqu'à l'attaché-case et menacent de poursuivre leur route à l'intérieur, sur les piles de dossiers. Atterrée, je m'apprête à intimer à Arthur de cesser tout de suite lorsque Aurélien me devance. De sa main gauche, il attrape délicatement le poignet d'Arthur ; de la droite, il ôte le pétale de céréales qui allait s'abattre sur les feuilles. Arthur lève les yeux, le bras en suspens, telle ma respiration. Ce que j'aurais fait de vive voix, il le fait de corps. Tout le mien se met à trembler.

— Il a pu le toucher ? s'étonne l'agent tandis qu'Arthur ronchonne et récupère les pétales un à un pour les remettre dans son bol.

— À ce que je vois…, murmuré-je.

— Je croyais qu'Arthur ne se laissait approcher que par vous.

— Par ceux qu'il choisit, corrigé-je.

— Madame Julié, la raison pour laquelle cet homme est là ne me regarde pas, mais vous devriez…

L'agent continue sans que je l'écoute. Arthur vient d'attraper la chemise d'Aurélien pour lui demander quoi faire du bol. Mes certitudes prennent vie, tandis que je mesure la portée de cette découverte qui dépasse de loin l'épisode de la grêle. Mon expérience du trois ne m'échappera pas. Elle a déjà lieu sous mes yeux.

— Ce n'est pas moi que l'on menace de mettre dans un institut, émets-je doucement. Posez vos questions à Arthur.

— Vous savez pertinemment que votre fils ne me répond jamais.

— Jusqu'à aujourd'hui vous le croyiez incapable d'être sociable.

J'aurai joué avec la patience de cet homme jusqu'au bout, mais il aura joué avec la mienne trop longtemps. L'agent Terdreau prend une inspiration et s'approche de la table qu'Arthur est en train d'essuyer, sous la conduite d'Aurélien qui a posé sa main sur la sienne. L'éponge humide glisse sur le meuble lustré, la main de mon fils coincée entre deux surfaces, trois si l'on compte la pression de la table. Mon cerveau hurle ses craintes et mon âme crie de joie.

— Arthur, tu peux me dire qui est cette personne ? demande l'agent.

— C'est pour-de-vrai, répond Arthur sans s'interrompre.

— Tu as l'air de t'entendre avec lui. Tu le connais bien ?

Arthur relève la tête. S'entendre avec quelqu'un ne fait pas vraiment partie de son vocabulaire, et ses yeux trahissent la réflexion ardue qu'il mène pour trouver une parade.

— C'est lui qui m'aide, pour l'expérience de la pluie.

— L'expérience… Ah oui, je crois me souvenir, dit l'agent en me jetant un regard de biais. Et donc, tu te fais aider. Tu penses y arriver, pour la pluie ?

— Je ne peux pas vous montrer. Il fait beau.

— Et tu penses pouvoir aller à l'école avec d'autres enfants ?

— Je ne pourrai pas vous montrer.

— Pourquoi ça ?

— Parce qu'il n'y a pas école, quand vous venez. C'est toujours le soir, sauf aujourd'hui.

Arthur fait glisser les miettes dans la paume d'Aurélien et le suit jusqu'à la fenêtre où, ensemble, ils les posent sur le rebord. Des yeux, je suis ce ballet inattendu, la crainte que tout explose au creux de mon ventre. Je ne remets pas en doute la fiabilité de mon fils, mais plutôt le rôle qu'endosse Aurélien. Je ne lui ai jamais demandé ça, j'espère qu'il ne va pas déraper.

— Très bien, madame Julié, reprend l'agent en fermant son attaché-case, il vous reste un mois. Vous savez à quelle adresse nous écrire. Il nous faudra tous les justificatifs de ses inscriptions.

— L'école devrait suffire, en un mois, non ? tenté-je, déboussolée par ce revirement.

— Je plaiderai pour vous, mais il me faut la garantie d'autres activités.

— Et si ce sont celles de l'institut ?

Il hausse les épaules.

— Merci à vous, soufflé-je.

Peut-être le « merci » le plus sincère que j'aie émis en plusieurs mois… Depuis la fenêtre, Aurélien me jette un bref coup d'œil avant de saluer l'agent qui est déjà sur le pas de la porte. Lorsque je referme derrière lui, la fenêtre se clôt, elle aussi.

Aurélien et Arthur sont toujours devant, peut-être à guetter la sortie de l'agent au rez-de-chaussée. Puis leurs silhouettes se tournent face à face, mon fils fixant Aurélien comme s'il le découvrait pour la première fois. Son menton levé étire à l'extrême cette bulle que je croyais trop étroite. Mon expérience du deux m'échappe, volée par Arthur qui se façonne la sienne.

Le lien. Celui que je m'évertue à lui faire palper depuis sa naissance.

— Pour-de-vrai, dit Arthur en ouvrant sa main, bien verticale, devant lui.

Et Aurélien pose sa main contre la sienne, tournant les yeux vers moi, signant le plus délicat des contrats.

— Pour-de-vrai, répète-t-il.

21

Aurélien

Il fallait bien rentrer à la maison ; je l'ai fait à regret. Il fallait bien ne pas la toucher en partant ; je ne sais pas si j'ai eu raison.

Tout ce qui s'est passé depuis hier a eu lieu hors du temps, dans une troisième dimension que je ne connaissais pas. J'ai bu un café sans m'en apercevoir, elle a regardé mes lèvres sur le bord de la tasse comme si elles embrassaient les siennes. J'ai assuré à un agent des services sociaux qu'un enfant que je connais à peine pourrait se rendre à l'école. Elle a regardé son fils sceller un pacte avec moi comme si elle n'avait plus le droit d'invoquer le sien.

Je tourne la clef dans la serrure avec le même désespoir. Si cette clef était autiste, jamais elle n'accepterait d'ouvrir ni de fermer quoi que ce soit. Ce que la porte cache resterait à jamais un secret, jusqu'à ce qu'un imbécile l'enfonce. Je ne serai pas cet imbécile, Camille ne mérite pas ça.

Je pousse le battant sans force. À l'intérieur de mon appartement, il fait quasiment nuit. Tous les volets sont baissés, seule la lumière du palier montre que la grande table est encore là, les couverts répandus dessus.

Sur le côté, une masse informe occupe le canapé. Je pose une main sur ce que je suppose être une épaule.

— Tu étais où ? marmonne-t-elle en me repoussant.

Je m'assois au pied du canapé. Il y a trop de choses à dire et un tri immense à faire avant de savoir par où commencer. Mon soupir remplit la pièce, créant un appel d'air qui soulève Lucile. Ses jambes se posent à côté de moi, dévêtues, frissonnantes. Je ne propose rien. De toute façon, elle n'en voudrait pas.

— Loin des non-dits, réponds-je.

— Tu m'en caches un monstrueux, là.

— Depuis hier, oui. Lequel veux-tu entendre ?

— Parce qu'il y en a plusieurs ?

Je hoche la tête, les lèvres compressées par ce dont j'aurais dû me débarrasser la veille.

— Avant, dis-moi comment s'est terminé le repas.

— Bof... Caroline t'a laissé un message.

— Je n'ai pas consulté ma messagerie.

— Un message écrit, corrige-t-elle. Je te fais un résumé ?

Je souris malgré moi. La notion de secret a toujours été relative, avec Lucile, mais celle de vérité a son importance. Et pourtant elle a accepté de fabriquer cette fausse Caroline pendant plus de trois ans.

— Laisse-moi deviner. Elle présente ses excuses, donne tout un tas de raisons et signe de ce « Caro » trop démodé pour parler vraiment d'elle.

— Tu fais erreur. Ils ont tous appris, hier soir. En même temps que toi.

— Si tu savais tout ce que j'ai appris depuis que je suis parti..., murmuré-je.

— En fait, tu devrais aller voir par toi-même. J'ouvre les volets.

Elle pousse sur ses pieds pour se lever, laissant la couverture choir sur mes genoux. Je ne suis même pas surpris de la voir nue. Les fenêtres s'ouvrent sans pudeur et je pars à la cuisine. La pièce est comme je l'ai laissée. Le robinet goutte dans l'évier. Un bout de papier dépasse entre deux plats et une assiette. Sur la face visible, un « Aurélien » tremble. Insensible, je déplie ce qui ressemble à une brochure publicitaire.

Sur la feuille, il n'y a rien. Rien que le blanc du papier décoloré. Je la retourne, démuni, et j'aperçois enfin un peu d'encre. Treize mots, treize noms, ceux de la veille. Tout en bas, Lucile a noté le sien.

— Aurélien ? Tu… Ça va ?

Je la regarde, accrochée à l'encadrement de la porte. Derrière elle, la lumière du jour inonde mon salon sans le rendre aussi vierge que la feuille que je serre entre mes doigts.

— Ça leur a pris deux heures, dit-elle.

— Ça ? m'exclamé-je en soulevant le morceau de papier.

Elle acquiesce sans me lâcher des yeux. Je baisse les miens sur cette feuille qui représente tout ce qu'ils auraient voulu dire : que rien ne les excuserait et qu'il n'y avait rien à excuser. Le bien, le mal qu'ils ont faits, le résultat vide qui a été obtenu. Ils ont signé leur fait. Je replie la feuille et la pose dans un plat.

— Tu ne la gardes pas ? demande Lucile.

— Je ne suis pas rancunier.

— On l'aurait pourtant cru, quand tu es parti.

— Tu veux savoir où j'allais ?

— C'est ta vie, Aurélien, dit-elle en s'écartant de la porte.

— Ça te concerne aussi.

J'ai retroussé mes manches et attrapé une pile d'assiettes. Enfin en sous-vêtements, Lucile s'empare d'un torchon et se poste à côté de moi. L'eau chaude coule, donnant un élan à mes lèvres. Je déverse la vérité en même temps que la vaisselle. Lucile m'écoute, silencieuse.

La première assiette que je lui tends, d'un rouge profond, explose au sol sans qu'elle bouge pour la rattraper. La deuxième, verte, échappe au même sort de justesse. À la troisième, ses mains agrippent davantage les miennes que l'assiette. La quatrième, d'un jaune lumineux, semble lui donner un peu de courage, car je l'entends renifler. À la treizième, elle inspire profondément.

— Tu m'accompagnes, aujourd'hui ? Pour aller la voir…

— Bien sûr, réponds-je, ému.

— Et donc tu es resté à la hutte ? lance-t-elle plus vigoureusement.

— Non, j'ai dormi chez quelqu'un d'autre.

Je lui passe l'assiette que j'ai reconnue comme étant mienne, bleue et moins sale que les autres. Mon estomac se tord, mais ce n'est pas la faim qui le ronge, bien que je n'aie rien avalé de solide depuis près de vingt-quatre heures.

— À la tête de Caroline, j'aurais pu le deviner, lance Lucile.

— Elle t'a dit quelque chose ?

— Non, je crois que le papier vierge lui a mis une claque. Bastien a été plus causant qu'elle pendant la fin du repas.

— De toute façon, tu la connais.

— On ne parle pas de Caroline, là ?

Je secoue la tête en attrapant un verre à pied. Lucile range les assiettes dans le placard au-dessus de sa tête, ses joues scintillent. Les débris au sol n'ont toujours pas été ramassés, comme si elle préférait les laisser là pour ne pas oublier que sa mère l'a oubliée, elle.

— J'ai passé la nuit chez Camille, la maman du petit Arthur que ta mère gardait avant.

— Ah oui, ça…

Lucile se fige d'un coup, la tête tournée vers moi. Elle ouvre et referme plusieurs fois la bouche, si désorientée que je dois lui prêter main-forte pour finir de pousser la pile d'assiettes qui menace de lui tomber sur le crâne. Les sourcils froncés, elle repousse le battant du placard puis saisit le verre à pied que je viens de poser.

— Tu…, commence-t-elle. Je… Comment dire… Il s'est passé quoi ?

Je lève le menton à la recherche d'une solution parfaite écrite au plafond, mais celle-ci se trouve plutôt sur la feuille échouée dans le plat juste à côté.

— À peu près l'équivalent de ce bout de papier, réponds-je.

— Rien ? En même temps, avec Camille, l'inverse aurait été surprenant… Mais comment se fait-il que tu aies dormi chez elle ? Comment as-tu atterri là-bas ?

— Je n'étais pas particulièrement pressé de rentrer… Et il fallait que j'aille la voir.

— Tu as dormi… avec elle ? hoquette-t-elle.

J'acquiesce lentement, comme si je n'y croyais pas moi-même. L'eau commence à devenir froide, je la laisse s'évacuer avant de remplir de nouveau l'évier. Le bruit me projette dans cet appartement où j'ai invité ce son quasi méconnu.

— Mais tu étais… vous étiez… ?

— Aussi peu vêtus que cette feuille, dis-je en attrapant le plat pour le poser dans l'eau.

Le papier se met à flotter, l'encre à se diluer.

Je reprends l'éponge, la serre entre mes doigts. Arthur a hésité une seconde, ce matin, mais il a vite compris que son avenir était en jeu. Je n'ai rien eu à lui dire, il s'est plié à mes gestes, comme il l'avait fait sous la grêle, acceptant mon contact. En attrapant son poignet, j'ai craint de tout briser, mais Camille avait raison. Certaines expériences agissent tels des remparts qui empêchent de revenir en arrière. La grêle, nous l'avons vécue ensemble. Jusqu'à la prochaine barrière, il me fera confiance. J'aimerais pouvoir en faire autant avec Camille, mais elle a déjà franchi pluie, grêle et enfantement sans moi.

— Et tu as pu… ?

— Je ne l'ai même pas embrassée, Lucile, dis-je pour conclure.

— Et tu attends quoi ? s'exclame-t-elle, anéantissant mon désir de silence.

Le plat glisse de mes doigts, arrosant copieusement mon pantalon. À chacun de ses mouvements, ses orteils nus piétinent les brisures de céramique, qui crissent soudain contre le carrelage quand elle se détourne.

— De connaître l'expérience suivante, réponds-je. Cela fonctionne ainsi, pour eux.

— Je le sais bien, que ça fonctionne ainsi ! Mais bon sang, tu…

— Il y a une étape à respecter, coupé-je, et je ne sais pas encore…

— C'est toi, l'expérience suivante, sombre crétin !

Le clapotis de l'eau couvre sa respiration haletante. Mes pensées s'égarent dans les vaguelettes, flottant sur ses paroles que je ne comprends pas.

— Elle est autiste, Lucile.

— Et même les autistes peuvent tomber amoureux ! Pour qui est-ce que tu nous prends ?

Ses mains sautent sur sa bouche, prêtes à s'engager dans sa mâchoire tant elles s'y pressent. Désemparé, j'abandonne vaisselle et éponge dans l'évier. Mes doigts fripés avancent pour retirer cette carapace qu'elle s'est fabriquée.

— Lucile, tu…

Elle fait un pas en arrière, puis deux, les mains toujours plaquées sur les lèvres, les yeux presque exorbités. Sa tête oscille de gauche à droite à la recherche d'une issue, mais je suis sur la seule voie envisageable, nos corps coincés entre une table et un plan de travail. Comme Arthur lorsqu'il était piégé par la grêle.

Dans sa terreur et son aveu, chacune de ses attitudes s'explique soudain. Son aversion pour le mauvais temps, cette façon de se vêtir au minimum ou de se pencher en avant lorsqu'elle pleure.

Le fait d'attendre que je propose un contact.

— Pour de vrai…

Mon murmure est aussi étroit que l'air qu'elle inspire. Je déglutis, ramène mes mains en arrière et les observe comme le pire instrument de torture. Lucile devait les voir ainsi, et moi, je pensais toujours bien faire. Bien, mal. Peu importe, tout est fait.

Je reproduis ce mouvement désormais insensé, celui d'ouvrir les bras et de patienter. L'attente est longue, encore plus longue que ce jour où elle est tombée de l'arbre. Je la sermonnais sur sa façon de grimper, à toujours vouloir poser le minimum sur l'écorce. Si j'avais su ce qui se passait en elle, *sur* elle, à ce moment-là, j'aurais scellé mes lèvres, car pendant que je lui disais qu'elle manquait de courage, elle était en réalité la plus courageuse de tous.

Mes bras commencent à peser, châtiment de mon imbécillité, mais Lucile me prouve de nouveau sa vaillance. Elle avance, laisse retomber ses mains et cale son cou dans mon épaule. Son corps se plaque au mien, chaque courbe épousant l'autre pour allier confort et efficacité. Mes paupières se ferment. Les siennes aussi, sûrement.

— J'ai été aveugle, chuchoté-je.

— Tu as fait ce que maman et moi voulions.

— Mentir à tout le monde ? demandé-je sans animosité.

— Fabriquer une vérité qui aurait pu devenir réelle.

— Et ça a marché ?

— Un peu, soupire-t-elle. Disons que je suis arrivée au même stade que Camille.

Je ne réponds pas, trop craintif à l'idée de comparer deux femmes qui comptent tant pour moi. Le pire les unit et me lie à elles aussi.

— Je suis écœurante, dit-elle alors.

— Arrête. Tu t'es protégée. D'autres auraient pu le faire.

— Non, répond-elle en secouant la tête, je suis écœurante parce que, quand tu m'as dit que maman perdait la mémoire, tout à l'heure, j'ai cru qu'elle avait oublié notre marché. J'ai cru qu'elle… Et quand tu m'as annoncé qu'elle m'avait… qu'elle m'avait oubliée, je me suis dit qu'elle ne pouvait du coup plus rien révéler. Je suis une égoïste. Je ne pensais qu'à moi, alors que c'est d'elle que je devrais prendre soin.

— Tu mérites tout le soin possible, toi aussi.

Son corps s'est enfin relâché. Une habitude, certainement, mais je refuse que Camille ait à se forcer comme Lucile le fait. Si je suis l'expérience suivante, alors nous l'affronterons ensemble.

— Comment dois-je faire, pour Camille ?

Lucile soulève son menton et s'écarte. Maintenant que je sais, chaque précaution me saute aux yeux.

— Tu ne dois pas *faire*, tu dois être, un point c'est tout. Il n'y a pas de recette ni de mot magique, lorsque l'on est hypersensoriel. Il n'y a que des essais, des grimaces, et beaucoup de ténacité. Ceux qui n'évoluent pas, c'est leur choix. À l'institut, le travail de Camille consiste à proposer ce choix, montrer qu'autre chose existe.

— Et toi, tu n'en veux pas ?

Elle se penche pour ramasser le torchon. Sa poitrine oscille dans son soutien-gorge si transparent qu'il pourrait ne pas être vu.

— J'étais à l'institut, le jour où tu es venu. J'y suis tous les vendredis, en fait.

— Tes jours de repos…, comprends-je dans un souffle.

— Quand je t'ai vu dans le couloir, j'étais en réunion de groupe, et il était hors de question de t'affronter. Certes, je suis loin d'être aussi sensible que certains Asperger et nous ne sommes qu'une… branche de l'autisme, hésite-t-elle, mais l'expérience de la vérité, à ce moment-là, c'était trop pour moi. J'ai toujours manqué de courage face à toi.

— Tu es plus courageuse que n'importe qui !

Elle se met à rire, un peu gauchement, et attrape l'éponge flottant à la surface de l'eau. Lentement, elle l'écrase entre ses doigts jusqu'à ce que la dernière goutte en sorte, puis elle me la tend.

— Camille a dû te parler de ce dilemme. D'après toi, combien de douches ai-je prises chez toi ?

— J'entends l'eau couler chaque fois ! Tu as passé ce cap, non ?

— Combien de *vraies* douches ai-je prises chez toi ? répète-t-elle, plus sérieuse que jamais.

La sensation soudaine de la défendre contre son propre glaive m'envahit. Lucile attrape le plat, le laisse se vider de son eau avant de le mettre entre mes mains.

— Tu laissais l'eau couler sans y aller ? m'exclamé-je alors. C'est pour ça que tu fermes toujours la porte à clef alors que tu te promènes nue sans la moindre gêne ?

Elle hoche la tête, se tourne vers l'égouttoir en guise de conclusion. Je replonge plat et éponge dans l'eau, frottant vigoureusement, au rythme de mes pensées agitées. Il est impossible de se souvenir de toutes les visites de Lucile, mais je comprends mieux ses habitudes et le comportement de sa mère avec moi. Éloïse avait le droit de me prendre dans ses bras, mais elle ne pouvait pas le faire avec sa fille.

— Ce n'est donc pas qu'elle t'aimait moins…

— Ma mère m'a toujours aimée et elle t'aime autant. Simplement, elle avait plus de latitude avec toi.

— Alors pourquoi ne voulais-tu pas qu'elle parte dans la hutte ? Je croyais que c'était encore un de vos différends.

— Tout est trop petit, là-bas. Trop étroit, trop serré. C'était un défi de s'y rendre, chaque été. Maman n'avait pas besoin de me forcer car j'étais contente de ces jours de vacances avec elle et toi, mais la vie est plus dure dans la hutte qu'à la maison. Maman a beau tout ranger à la même place, il arrive que je passe dix centimètres trop près, plaisante-t-elle.

Je souris pour lui faire écho. Le souvenir d'un vase, à présent recollé et rangé dans un coin, me revient brutalement. Lucile avait pleuré à nous en déchirer les tympans. Désormais, je sais que même les larmes avaient eu leur rôle dans cette crise qui avait ébréché la porcelaine et nos âmes en même temps.

— C'est donc pour ça que tu préférais être dehors, quitte à grimper aux arbres avec moi ?

— Et aussi pour ça que je viens aussi souvent chez toi, répond-elle. Mon appartement est petit et je n'ai pas l'argent pour trouver plus grand. Ici, au moins, on peut respirer et circuler sans craindre de se cogner au premier meuble qui passe. À l'exception de ta cuisine, ajoute-t-elle en désignant la table dans notre dos.

— Ce qui justifie mes longues heures de vaisselle et tes longues heures de musique ?

— Je me rattrape aujourd'hui, non ? dit-elle en soulevant le torchon.

Je lui tends le plat sans ménagement. Le choc entre ses mains est un peu rude, mais elle le saisit sans rien dire. Persiste toutefois une raideur et je vois bien qu'elle voudrait la faire disparaître.

— Camille l'aurait acceptée en douceur, marmonne-t-elle.

— Et elle l'aurait appelée l'expérience du plat ? blagué-je.

Ses épaules se secouent d'un rire joyeux et nous finissons la vaisselle sans éclaboussures. Pendant que j'essuie la table, pensant de nouveau à ce geste avec

Arthur, Lucile part s'habiller. Collants, pull moulant, jupe encore plus courte que les précédentes, chaussures quasi dépouillées de cuir.

— Moi qui pensais que tu devais te geler chaque fois que tu t'habillais ainsi…

— Mieux vaut le froid qu'un frottement persistant sur les mollets. Tu veux toujours m'accompagner ?

— À la hutte ? Pourquoi est-ce que j'aurais changé d'avis ? Je refuse que tu y ailles seule, de toute façon.

— Je peux demander à Caroline, sinon, minaude-t-elle.

Je grimace un mauvais rictus. Finalement, les non-dits sur Caroline protégeaient aussi Lucile, ce qui explique que, malgré mon dégoût pour le faux, elle ait accepté la combine. Mais, aujourd'hui, Caroline n'a rien à faire là. Pas plus que les autres jours, d'ailleurs. Elle et les autres ont signé, ils ont dit que tout pouvait recommencer de zéro. Un zéro neuf, sans mensonges et sans bavures.

J'enfile mon manteau que j'ai ôté il y a si peu. Les rallonges de la table attendront notre retour. Cette fois, je prendrai garde de ne pas laisser Lucile verrouiller chacune des vis de serrage. L'espace est un peu confiné, une fois qu'on est coincé entre les pieds.

— Ça va aller, la voiture ? demandé-je soudain. Elle n'est pas très grande…

— Arrête de réfléchir à tout, je ne suis pas en sucre, je suis en peau. Juste un peu *trop* en peau. Je n'ai quand même pas donné l'impression de détester les trajets avec toi, si ? Allez, on file. Ça commence à bien faire, cet appartement, il n'y a plus assez d'espace, avec cette table.

Elle ouvre la porte pour se ruer au-dehors. Avant de fermer, j'aperçois la chaise où elle était installée pendant le repas. Loin de tous, des murs et des meubles, la zone parfaite en ce qui la concerne. Sûrement celle où se seraient mis Arthur et Camille. Mon esprit s'évade quelques instants sur mon appartement avec eux à l'intérieur. Si Lucile s'y sent à l'aise… Il n'y a que la seconde chambre dont elle n'a jamais voulu. Trop étroite, sans doute.

— Aurélien ! appelle-t-elle depuis le palier inférieur. Tu fiches quoi ?

Mes clefs tournent dans la serrure. Si elles étaient autistes, elles se forceraient peut-être ou alors seraient curieuses de connaître la suite. Deux façons de voir le monde pour une même façon de le sentir.

Je dévale l'escalier, Lucile le descend comme une danseuse. À peine lui ai-je expliqué où se trouve ma voiture qu'elle râle des trente minutes de marche nécessaires. Mais, pendant qu'elle bougonne, je l'examine, indifférente au froid qui rougit ses joues. Son pas vif la projette en avant, ses cheveux restant derrière ses oreilles, ses pieds de ballerine se posant sur le goudron avec autant de délicatesse qu'un flocon. Au-dessus de nous, les nuages sentent l'humidité, mais l'expérience de la pluie ne sera pas pour aujourd'hui.

Notre élan disparaît vingt minutes plus tard quand Lucile se fige. Un instant, je crois qu'il s'est mis à pleuvoir, mais il n'y a pas la moindre goutte.

— Arthur ? s'étonne tout à coup Lucile. Que fais-tu là ?

Je me décale juste à temps pour voir le garçon sortir du hall de l'immeuble. Il observe Lucile, puis se penche vers moi, sans sourire ni grimace. Me regarder simplement, c'est me dire « bonjour », « merci » et « tu existes » en même temps. C'est être vrai, comme sa mère.

D'ailleurs, elle est là, elle aussi, aussi vraie que lui, malgré la matière imperméable derrière laquelle ils sont tous les deux dissimulés. En revanche, elle a appris à sourire et sait le bien que cela peut engendrer. Elle salue également Lucile, plus tristement, puis le silence nous étreint.

— Ils savent, pour maman, c'est ça ? me demande Lucile en les désignant.

En effet, je les ai mis au courant avant de quitter leur appartement.

Je hoche doucement la tête.

— Alors venez, s'il vous plaît, poursuit-elle.

Je cherche une réaction chez les deux autres, leur bulle apparemment déjà adaptée à ce quatuor que nous formons une fois Camille revenue avec un siège pour Arthur. À présent, il me reste dix minutes pour deviner comment conduire en présence de trois personnes que le contact hérisse plus que tout.

Les cahots de la piste forestière se révèlent le moment le plus compliqué, mais je fais mon possible pour les atténuer. À côté de moi, Lucile fixe la route, anticipant chaque virage. J'imagine qu'à l'arrière il en va de même. Les dimensions de la voiture de location de Camille s'expliquent alors, et je me demande comment leur conscience peut rester intacte avec autant de choses à prévoir.

— J'ai peur, chuchote Lucile tandis que nous approchons du but.

— C'est normal.

— C'est peut-être le seul truc normal que j'aie jamais ressenti…

Une main se glisse entre les deux sièges avant. Je reconnais les petits doigts et leur façon de se placer. Camille sermonne son fils en lui disant de se réinstaller dans son siège. Même en apercevant la hutte, j'ai du mal à croire que j'étais là hier. La notion de passé est d'ailleurs obsolète. J'ai connu mon expérience rempart, celle qui empêche de revenir en arrière. Mon expérience de Camille.

Je suis le dernier à descendre de la voiture, peut-être le seul à montrer de l'inquiétude. Les trois autres affichent leur vérité habituelle, une insensibilité pour parer à l'extrasensorialité qui façonne leur quotidien.

Nous sommes tous dehors quand la porte de la hutte s'ouvre. La silhouette d'Éloïse apparaît, ses yeux nous balaient les uns après les autres. Nos gorges sont serrées, je sens ma salive descendre à grand-peine. J'aimerais attraper la main de Lucile, la plus en avant de nous, pour la rassurer, lui donner de la force, mais, plus que jamais, il m'est interdit de le faire.

Chacun dans son monde, mais aussi tous ensemble, nous guettons un mot, un geste, pour savoir quoi faire. Aucun de nous n'est maître, ici, seule Éloïse a le pouvoir de décider. Sur sa vie, sur les nôtres, sur sa façon de les mêler. Finalement, elle tourne les yeux vers un seul d'entre nous et entrouvre les lèvres.

— Arthur ? dit-elle en levant la main avec un sourire.

Le garçon approche, dépose ses doigts sur sa paume. Même d'ici, je peux sentir la chaleur qui s'en dégage, le soulagement qui nous gagne à l'unisson. Le contact dure trois, peut-être quatre secondes, puis

Éloïse descend les marches. Son regard est aussi bleu et doux que d'habitude. Enfin, elle articule :

— Je prendrai soin de lui. Vous devriez profiter de la forêt. De toute façon, nous serions trop serrés ici.

Et elle retourne dans la hutte, sans avoir prononcé le moindre prénom.

Lucile pivote vers moi et me lance un regard terrifié. Mon visage doit être un mauvais reflet du sien. Même Camille ne bronche pas, suivant des yeux son fils qui referme la porte derrière lui. Nous voulons tous savoir. Quelle réalité, quelle vérité pour Éloïse, et, surtout, si nous en faisons partie.

— Arthur nous le dira, murmuré-je sans penser atteindre les femmes à mes côtés.

Mais mes mots agissent tel un déclencheur. Lucile glisse ses mains dans les poches de son manteau rouge et part d'un pas vif vers l'étang. Camille flotte jusqu'au perron où elle s'assoit, perchée sur la dernière marche. Dans l'abominable attente, chacun a choisi son camp, je n'ai plus qu'à trouver le mien.

N'ayant qu'un seul sanctuaire dans cette forêt décharnée, je prends la direction des arbres auxquels nous grimpions. Lorsque je m'y assois, sans plus aucune vue sur la hutte, des pas retentissent sur le sentier. Une poignée de secondes, puis Camille apparaît. Alors qu'il ne reste plus que quelques mètres, ses pieds caressent le sol comme s'ils craignaient d'avancer. Manque de souffle, manque d'audace, nous sommes deux lâches au milieu des intrépides.

Les yeux embrumés par son souffle blanc, Camille arrive dans un brouillard que je transperce en me levant. Son expression indéchiffrable me laisse encore plus indécis que d'habitude, mais tout aussi affamé d'elle. Je voudrais l'ingérer tout entière, faire de sa peau la mienne pour comprendre ce qu'elle vit. Mais je ne l'atteindrai jamais, tout comme nous n'atteindrons sûrement plus jamais Éloïse.

— Tu le sais, n'est-ce pas ? dis-je.

Elle hausse les sourcils, affichant cette dualité dont nous n'arrivons pas à nous débarrasser. De la hutte ou de nous, elle ignore de quoi je parle. Je ne le sais même pas moi-même, à vrai dire.

— Je devrais arrêter de parler, lancé-je alors, dépité. Vous ne… parlez pas. Ce trajet en voiture… c'était étrange. J'ai compté, nous avons prononcé exactement sept phrases, et elles n'étaient même pas nécessaires. Vous aviez déjà débattu dans le silence avant même que l'on n'arrive. Je suis… C'est toujours comme ça ?

Encore haletante, elle ne dit rien, mettant en œuvre ce dont je viens de l'accuser. Mes paupières se ferment et mes lèvres se pincent, la douleur transperçant chaque ride venant de se creuser. J'ai mal d'essayer avant même d'y songer. Mal pour elle sans savoir comment le ressentir.

— De toute façon, dit-elle brusquement, j'aurai trop. J'aurai trop toute ma vie. Alors autant…

— Pardon ?

Elle n'a pas parlé fort. Sa bulle semble au bord de l'implosion. Inquiet quant à la résistance de son enveloppe déjà si fragile, je me pétrifie en la voyant tendre un bras et ébaucher un pas. Elle va se briser. *Je* vais la briser.

Incapable d'agir autrement, je reste en place. Quand elle saisit mon poignet, je me laisse faire. Quand elle lâche ma main près de son épaule, je lève un sourcil. Cette danse, nous l'avons déjà partagée, une fois sous la pluie, une fois chez elle. Je connais les pas suivants et je connais la fin. La torture est équivalente, le désir encore plus ardent.

Muet, je passe mon autre bras à l'arrière de sa tête et saisis la capuche du ciré pour la remonter. Prudemment, je la dépose sur ses cheveux dont elle ignore apparemment le frottement. Mes deux mains restent encore un peu accrochées au tissu, puis je le lâche.

— Désolé, je ne sais plus quoi faire d'eux, dis-je en pliant mes doigts sous ses yeux.

— Peut-être sauras-tu quoi faire d'elles.

Elle avance de nouveau, et son manteau frôle le mien. Désespérées, mes mains retournent à la capuche, île au milieu de l'océan, seule zone autorisée. Mais, trop attiré par ce baiser virtuel, j'avance mon visage jusqu'à ce que nos lèvres ne se manquent plus que d'un millimètre.

Chaque fois, nous en étions là, et cette fois encore, nous en resterons là. Je n'ai pas trouvé la clef qu'accepterait la serrure. Je ne connaîtrai jamais les secrets qui se cachent derrière.

Mais soudain, au milieu de cet infime écart, l'air froid amène une sensation parasite. À la recherche de plus et de moins en même temps, nos regards floutés par la proximité, nous observons les pétales blancs et gelés échoués sur nos bouches brûlantes.

Les flocons s'y réduisent instantanément, attisant ma faim. Ceux sur les lèvres de Camille me subjuguent, puis mon ardeur s'évade tandis que la neige y fond. Camille ne cille pas. Elle ne bouge, même, ni ne réagit. Sur elle, les grains passent du froid au chaud, du solide au liquide, du contact à la fusion, et pourtant…

— Il ne se passe rien, avec la neige ? demandé-je en m'écartant légèrement, rompant ma promesse de silence.

Lentement, elle ouvre une paume, l'offrant à cette blancheur plus délicate que ses propres mouvements.

— C'est la seule expérience qui n'a aucun retentissement, dit-elle en refermant les doigts.

Pour me le prouver, elle attrape le haut de sa capuche et la retire. Elle incline même la tête en arrière, paupières baissées, soumettant sa peau à cet élément sans pareil. L'unique matière qu'elle ne repousse pas.

Les flocons poursuivent leur chute feutrée. L'un d'eux atterrit sur mon pouce. Avant qu'il disparaisse, je dois au moins tenter, même s'il ne s'agira que d'une piètre imitation. Alors j'approche ma main de sa joue et y dépose l'infime parcelle de neige. En une fraction de seconde, le lien se métamorphose et l'ambassadeur s'efface. À présent, il n'y a plus qu'elle et moi. Et un contact où tout peut exploser.

22

Camille

Sur ma joue, un énième flocon fond, mais, derrière le froid, il y a le chaud. Celui d'une peau, d'une chair et d'un sang qui coule à foison. Je rouvre les yeux, l'imposteur est là, mais il n'est plus intrus. Il est parvenu à se muer en cet unique élément me rendant humaine, ou en tout cas humaine comme lui. Jusqu'ici, il n'y avait que cette matière pour m'aiguiller sur ce que ressentent les autres. La normalité sans surcharge.

« Neige : ce dont le monde devrait être fait. » Jusqu'ici.

Comme lors du trajet en bus, je ne me rétracte ni ne le désavoue. Peut-être savait-il instinctivement comment agir ce jour-là, mais la foule, la peur et les corps chauds avaient liquéfié nos sens. Aujourd'hui, nous avons le temps et nous l'utilisons. Nous avons l'espace et nous le réduisons.

Proposé devant moi, aussi nu que la dernière fois, Aurélien n'attend rien. Tout son être en suspens, ses paupières s'ouvrent et se baissent comme si elles observaient le plus sage des paysages. Puis elles se ferment tandis que je comble les derniers centimètres qui nous séparent.

Je n'avais jamais vraiment embrassé et j'ai comme l'impression qu'il découvre aussi. La pression va et vient, se décale, explore. Mon corps frémit, ma peau réagit. Trop, c'est certain.

Ses lèvres n'hésitent pas, elles n'assouvissent pas non plus. Nous résistons, tâtonnons, échouons également. Mais, dans le plus léger des mélanges, nous créons ce lien qu'aucun de nous ne connaissait. Ce lien que je veux éternel.

Nous le défaisons à regret en entendant une porte claquer. Aurélien s'incline, mais il ne peut voir grand-chose. Nous savons simplement que deux personnes peuvent être sorties de la hutte ou qu'une troisième a pu y rentrer. La vérité nous intéresse cependant bien peu, et, tels des chercheurs insatisfaits, nous reproduisons notre expérience.

Comme si chaque essai pouvait déboucher sur une nouvelle conclusion, nous testons empiriquement le contact, mais les flocons poursuivent leur chute, chatouillant notre mémoire.

— Arthur sait-il faire la différence entre la neige et la grêle ?

— Maman !

D'un même élan, main dans la main, nous nous précipitons vers la hutte. Je ne sais à quel moment il m'a saisie, mais je peux désormais cesser de calculer. Arthur s'est laissé faire avant moi, considérant son pour-de-vrai comme perpétuel. Je n'ai qu'à prolonger l'hiver aussi longtemps que nécessaire.

Nous franchissons le virage, mais j'avais déjà aperçu les taches rouges et jaunes à travers les arbres. Derrière, un peu de blanc et de bleu, une silhouette effacée sous les flocons de plus en plus épais. En me voyant, Arthur accourt, perdu face à une expérience qu'il n'ose plus tenter. Ses yeux alarmés ne remarquent pas l'étreinte qui est née il y a quelques instants. Ceux d'Éloïse l'ignorent de la même façon, quand elle arrive précipitamment à son tour.

— Dès qu'il a vu dehors, il s'est mis à paniquer, dit-elle en montrant Arthur, transi de peur à mes pieds.

Éloïse s'adresse toujours à nous sans nous nommer. Sa phrase ne nous laisse pas le moindre indice sur l'état de sa mémoire. Le temps de laisser mes doutes de côté, Aurélien prend les devants. Agenouillé, il attrape le ciré d'Arthur, moins délicatement que le mien. Ces deux-là ont franchi une étape avant que j'y goûte moi-même.

— Arthur, c'est comme l'éponge, ce matin. Ce n'est pas une histoire d'essayer. C'est une histoire de se laisser toucher.

Pas de réponse de mon fils. Son regard est aussi vide que la forêt, ses mains recroquevillées sous le tissu étanche. Je fixe Aurélien qui pourrait lui-même remplir mon lexique. Depuis des années, je parle d'aller vers les autres. Jamais je n'avais songé à les laisser venir à moi.

Mais laisser l'initiative au monde extérieur, c'est se rendre vulnérable. C'est se mettre le corps et le cœur à vif aussi, et jusqu'à aujourd'hui cela n'en valait pas la peine. Puis Aurélien est arrivé, me malmenant autant que je l'ai malmené. En définitive, je contrôlais ses demandes sans les anticiper, lui montrant une vérité qui pouvait l'effrayer, plaçant chaque barrière toujours plus haut que la précédente…

… alors qu'il avait franchi la plus élevée dès le premier jour.

Je le rejoins, une main hésitante sur sa cuisse. Il a attrapé le poignet d'Arthur.

Le visage de mon fils ne trahit aucune réaction. Fatalisme, terreur ou approbation, son autisme expire pourtant au même rythme que lui. Je peux deviner les dimensions de son univers à l'expansion du petit brouillard devant ses lèvres. Il inclut Aurélien, la neige, et c'est tout.

Alors je recule, laissant les deux hommes de mon cœur décider quoi faire de lui. Aurélien a déjà répété cinq fois ses mots. Arthur n'a pas bougé d'un millimètre. Pourtant, il cherche la solution dans les yeux de l'unique présent dans son monde.

— Je ne peux pas dessiner sur la neige ! pleure-t-il presque.

C'est donc le secret qu'ils ont échangé, la solution qu'ils ont trouvée. Je m'en veux presque de ne pas y avoir songé, mais Arthur dessine trop et trop souvent depuis qu'il est petit. Cependant, je rejoins son avis. Si le dessin était facile à intégrer avec l'éponge, l'école ou le sable, la neige va poser des difficultés tant qu'elle ne sera pas entièrement tombée par terre.

— Laisse-la dessiner sur toi, dit Aurélien en lâchant le ciré jaune.

Puis il relève les yeux sur moi et ses lèvres articulent la même phrase à une exception près. Au bout de trois itérations, je hoche la tête, au bord des larmes. Je l'autoriserai à dessiner sur moi autant qu'il le faudra pour tarir ma soif. Un flocon sur ma langue ne suffira jamais.

Sans prise sur quiconque, je contemple mon fils et ses indécisions. Sans s'écarter d'Aurélien, il m'a finalement tourné le dos. Je voulais être son repère, je ne serai même pas son reflet. Arthur a choisi sa voie en tendant le bras vers un inconnu et vers l'inconnu tout court.

Il s'appuie sur Aurélien.

Il ouvre ses doigts sur la neige.

— C'est…, commence-t-il.

— … beau, achève Aurélien.

Arthur lui lance un regard curieux avant de baisser de nouveau les yeux sur sa main blanchissante.

— Pour toi aussi, c'est beau ?

— Je crois que c'est beau pour tout le monde, répond Aurélien en posant sa paume sur ma main.

Arthur voit le geste, suit le regard puis le bras, l'épaule et le cou qui le mènent à moi. Enfin, il remarque ma capuche baissée, et sa main enneigée se dirige jusqu'à mes cheveux. Elle glisse ensuite jusqu'à mes doigts étreints, restant au-dessus de l'amalgame de chair et de peau.

— C'est aussi éphémère pour tout le monde ?

— En fondant, la neige nous lie les uns aux autres. Tu ressens comme lui, dis-je en désignant Aurélien, et il ressent comme toi.

— Mais… c'est toi qui touches ? Ou c'est lui ?

— C'est nous deux.

Le silence s'épaissit à mesure que les flocons s'accumulent. La main d'Arthur agit tel un parapluie, créant une zone vierge en dessous. Ses yeux s'arrondissent, puis il s'exclame d'un coup :

— Elle dessine ! Elle dessine avec moi !

Le visage rayonnant, Arthur cherche une confirmation sur les nôtres. Nous la lui offrons, Éloïse incluse. Abandonnant son poste, il se réfugie près d'elle.

— Regarde, Éloïse ! Regarde ! La neige a dessiné avec moi sur le pantalon de maman !

Il retient sa respiration quand les premiers flocons échouent sur le cercle jusque-là intact.

— C'est éphémère, déclare-t-il comme s'il commentait la couleur d'un vêtement. Viens, Éloïse ! On va en refaire un autre !

Tandis qu'il part dans la forêt, Éloïse cherche mon approbation. Sait-elle encore qui je suis ? Arthur a beau avoir glissé une information, je peux être une mère parmi tant d'autres. J'acquiesce avec un sourire ; Éloïse me le renvoie, puis elle regarde Aurélien et nos mains juxtaposées tandis que nous nous levons.

— Arthur a raison, c'est beau aussi.

Étourdie de délice, je m'écarte pour apercevoir mon ange rouge et jaune flottant parmi le blanc. Entre les arbres, j'entends ses rires et ses cris de découverte. Il vit l'une de ses plus belles expériences. Et moi, je vis celle qui vient de prendre la première place de mon lexique.

Par-dessus mon épaule, j'adresse un regard à Aurélien. Lui, ce dont mon monde devrait être fait.

Éloïse se penche à son oreille. Je voudrais me faufiler pour savoir ce qu'elle lui dit. Pendant qu'elle lui embrasse chaque joue sans apparemment comprendre pourquoi, une timide silhouette émerge, coincée dans un manteau et une jupe trop courte.

Arthur passe à côté de Lucile comme il le fait pour nous tous, en courant, capuche baissée, manches relevées. Ses allers-retours n'en finissent plus, traçant un réseau indestructible. Cette fois, la neige n'aura pas besoin de fondre pour nous relier, et quand elle disparaîtra pour de bon, les liens ne s'effaceront pas non plus.

Notre lien à tous, ce sera lui. Et il n'aura rien d'éphémère.

23

Arthur

Ce soir, j'aurai vingt ans. Pourtant, les messages ont plu dès le petit matin. Maman ne m'avait pas dit que, par-dessus la pluie, il y aurait d'autres expériences encore plus nouvelles et plus délicates à gérer. Toucher les objets de tous mes doigts, j'ai appris à le faire, mais toucher les autres du fond du cœur, ça reste encore à voir.

Le groupe d'étudiants patiente devant une salle de cours aussi anonyme que toutes les autres. De ce côté-là, je me fonds parfaitement dans le décor. Un bâtiment, des corps, des bouches qui articulent et expirent de concert, il n'y a rien de compliqué. Mon univers se mélange avec le leur sans difficulté.

Depuis qu'Aurélien y a surgi, je n'ai toutefois cessé de l'agrandir. D'abord l'école, puis les activités sportives, les membres de ma famille et les agents des services sociaux. Mais, tandis que je regarde cette fille, dont je ne connais même pas le nom, mettre mon corps à feu et à sang tant mon cœur bondit hors de ma poitrine, je m'aperçois que mon univers n'est peut-être pas aussi grand que je le voudrais.

Pour le savoir, il faudrait approcher à moins de quelques centimètres, sentir son haleine, découvrir la véritable couleur de ses yeux. Ma bulle semble tout à coup réduite à moi-même, raide et indéformable, mes jambes incapables d'effectuer le moindre mouvement. Puis l'unique phrase d'Aurélien, ce matin au petit déjeuner, me revient en tête.

« Il n'y a rien de plus éphémère que tes vingt ans, alors fonce ! »

Je ne peux retenir un sourire et, quand j'émerge de mon souvenir, elle est là, proche et intriguée. Mon sourire me quitte aussitôt, ma gorge se serre comme si elle l'étreignait elle-même.

Foncer… Je l'ai fait des milliers de fois. Au parc quand j'étais petit, dans la forêt, un peu plus grand, puis à courir partout et dès que je le pouvais lorsque j'ai découvert qu'on agrandissait ainsi son monde.

Son monde et celui des autres.

Aurélien a raison. Il a toujours eu raison, même le premier jour dans le bus.

Maman disait souvent que j'étais ce qui nous reliait tous, jusqu'à ce que je décide qu'il en soit autrement. Elle faisait erreur.

Aurélien nous a reliés.

Il nous a reliés à son monde, à son univers bien plus grand que le nôtre. Il m'a fait découvrir la terre, l'eau et le vent, il m'a fait découvrir l'espace, ici et là-haut. Mais il ne savait pas tout sur là-haut, et c'est pour ça que je suis devant cette école d'astrophysique aujourd'hui.

Mais, cette fois, je ne courrai pas. J'avancerai simplement. Cette fille ne me connaît pas. Elle n'imagine pas la carapace qui me recouvre, dure et opaque, alors qu'en dessous il n'y a que de la chair à vif. Je dois me transformer, être celui qui avance pour me laisser apprivoiser. Tout le monde n'est pas comme Aurélien, même si j'aimerais beaucoup.

Et tandis que j'esquisse le premier pas, un flocon tournoie devant mes yeux.

Composition et mise en pages :
FACOMPO, Lisieux

Imprimé en Allemagne
par GGP Media GmbH, Pößneck
en mars 2020
Titre: S30023/01